大华

徐静 著

陕西师范大学出版总社

图书代号　WX21N1711

图书在版编目（CIP）数据

大华 / 徐静著. —西安：陕西师范大学出版总社有限公司，2021.12
ISBN 978-7-5695-2203-7

Ⅰ.①大… Ⅱ.①徐… Ⅲ.①长篇历史小说—中国—当代 Ⅳ.①I247.5

中国版本图书馆CIP数据核字（2021）第079929号

大　华
DA HUA

徐　静　著

策划编辑	尹海宏
责任编辑	张爱林
特约编辑	刘　腾
责任校对	尹海宏
装帧设计	梵　响
封面题字	寇　遐
出版发行	陕西师范大学出版总社 （西安市长安南路199号　邮编710062）
网　　址	http://www.snupg.com
印　　刷	西安市建明工贸有限责任公司
开　　本	720mm×1020mm　1/16
印　　张	16.5
插　　页	1
字　　数	280千
版　　次	2021年12月第1版
印　　次	2021年12月第1次印刷
书　　号	ISBN 978-7-5695-2203-7
定　　价	62.00元

读者购书、书店添货或发现印装质量问题，请与本公司营销部联系、调换。
电话：（029）85307864　85303629　传真：（029）85303879

序

按照黄仁宇先生《万历十五年》的讲法：公元1935年，为民国二十四年，论干支则为乙亥，猪年。这一年固然有些事情值得记述，但是与此前此后中国发生的事件相比，实在算得上平淡的一年。这一年的年末，虽然中国共产党抵达陕北并有转折性的洛川会议召开，但在当时，都还算不上特别重大的事件。越明年，才有西安事变发生，再后一年，卢沟桥事变，全面抗战爆发。1935年往前，西安有陇海铁路开通，有关中霍乱流行，这些，都是陕西近代史上的大事件。

1935年，在这不算惊奇的一年，西安建了一座纺织厂——大兴二厂，后来更名为长安大华纺织厂，也常被叫成大华纺织厂。这在编年体的历史事件中，几乎排不上队。一战之后，中国有过一个短暂的经济复兴，上海已经有远东现代大都市的模样。在遥远的西部，在西安，建一座纺织厂，已经不算大事。

但长安大华纺织厂的建立，确实又是陕西的大事件。因为此后长安大华纺织厂快速发展，成为西北最大的纺织企业，又因和蒋氏家族关联，在历次的政治动荡中备受关注，也备受牵连。棉纺织业虽然是所谓轻工业，但实际上又有不可承受之重。现代以来，西北的所谓工业，除了国防，便是棉纺和面粉，足见西北民生之艰。1949年后，从咸阳到西安、到渭南，国棉、陕棉、一厂、二厂若干厂，遍布关中。陕西著名的小说《创业史》，主人公梁生宝喜欢的女主人公改霞，就准备去棉纺厂。梁生宝和改霞在庄稼地里分手，不会表达的农业爱情，只在心里发芽蔓延，只有羞涩不会表达，如同植物之间的交流，只能靠阳光照晒轻风吹拂，无法自己从这个地头越过那个田畔，留下诸多遗憾。当然像大华纱厂一样，在20世纪80年代之后，陕西众多的棉纺厂渐次衰落，在经历激动人心的历史之后，变成工业废墟，变成商业景观，棉纺厂涌动的自行车流和白帽子女工，包括好多改霞，都变成一代人的工业记忆。

　　《大华》的作者徐静是我的同事，她少年时代就开始写小说、出版小说，没有想到的是，她要围绕大华纱厂，整理故纸，收拾想象，写一部工厂史。她依赖的历史文献其实十分有限，西安北郊大华旧址提供的民国故事物是人非，现在恢复得更多的是文化革命和机器波普的商业混合体。徐静的小说交叉着历史和现实，虚构着现在和回忆，书中充满纠结和不安。我大概能感受到，作者既苦恼于历史的粗疏和匆忙，又遗憾于自己对这部小说感情上的准备不足：大华纱厂的历史大量遗失，"文革"期间企业被破坏得厉害，个人、企业深刻介入国家的命运，人和工厂都变成一个符号，历史记录单调整齐、粗糙简陋，留给作者想象的空间太狭窄了。直到读完小说，我都在分辨这是一部小说还是一部纪实文学。

　　小说的主人公李三命，少年时代从乡下逃难进城，为求一顿饱饭辗转流离。在旧时的西安城东北角，他看着一个书香门第的旧家族败落，在废墟中变为一个工厂。自己又介入工厂的生产，亲眼看见这个工厂在战火中被轰炸。徐静从工厂的兴废中看到底层人的生存艰难，看到农业传统向现代工业文明不情愿地转向，看到家国命运的动荡无奈。小说中的人物来得匆忙走得仓促，来得没理由走得没道理，工厂建得冲动毁得迅速。所有的一切似乎都在拆毁，都在重建，战争、饥荒、革命，人的命运被时代裹挟，一直在躁动。一切似乎都在折腾，都在动荡，安静地做一个人，或者建一个工厂，都是艰难的。

感谢徐静，这部小说让我回忆了好多关于棉花和棉纺厂的故事，有棉花有棉田有工厂，这种阅读充满时间的陈旧感和温暖，也算是匆匆忙忙的都市生活中对自己的一次回望。

王朝阳

2021年2月30日于西安

自　序

渭北乡村的冬日，清冷却并不寂寥。

人们不愿在户外走动，田间地头覆着一层不被打扰的薄雪，薄雪下面的土地正在休养生息，以待来年更好地孕育新生命。农家院的人间烟火不断地绵延升腾，贴着窗花的玻璃被屋内的暖意哈上一层白雾。透过那层白雾，里面是因战胜严寒而傲娇无比的暖意。

和同事们坐在采访车里，随着蜿蜒的山路转弯盘桓，望着窗外的风景，我浪漫地猜想着万家灯火、千家炊烟里的故事，他们会谈论什么？他们会担忧什么？除了家长里短、柴米油盐，还有没有飞出大山的梦想？车上的暖气开得太足，我脑海中的画面也越发天马行空，汽车收音机里传出夹着杂音的凤凰传奇的歌声，我像被催眠一般歪头酣然入睡。

这次的采访任务是民间非遗。

为了迎接我们的到来，支书把村里手最巧的女子、媳妇们都聚到了村委会。她们手里拿着的除了土布，还有花馍、剪纸以及虎头帽子，一个个热情地向我们介绍自己手中作品的故事，一时间，简陋的村委会办公室因为她们的出现而红火起来。

还好多带了几个实习生，明确了采访任务后，他们就跟着手巧的女子、媳妇们去农家院中寻找非遗故事。我喝了几口热茶，暂且辞别支书，决定也去村里转转。

这是个陌生却又熟悉的村落。说它陌生，是因为我不认识这个村子里的任何一个人；说它熟悉，是因为它和所有的关中农村一样，有着同样的灶间柴火香。

"咔嗒、咔嗒"的声音吸引了我。一户人家院门敞开着，朝院里一望，北房里一个老妪正在织布机前忙活。我敲敲院门，一个约莫八九岁的小姑娘出现在我面前。小姑娘用一口纯正的渭北土话问道："你是个谁？你寻谁？"

我拿出足以证明我身份的证件，也用陕西话向她说明来意，并问道："织布的是不是你婆？我想跟她聊一下。"

小姑娘摇摇头道："这不是我婆，这是我妈的婆，我要叫老姥婆呢。你跟她有啥聊的，她就是个会织布的老婆儿啊。"

我笑了笑道："我寻的就是这会织布的老婆儿。"

得到允许后，我走进北房，看清了小姑娘的老姥婆。老人头戴着青蓝布帽子，身着黑色夹袄，显得干练利落，脚踝处扎着绑腿，白袜外面套着的黑色布鞋上缀着一朵娟秀的小红花。老人的背已经驼成了一条曲线，这曲线恰好与织布机完美地融成一体。她口中哼唱着我从没听过的调调，那调调与她脚下的织布机踏板合拍押韵。她并没有察觉我的到来，仍专心于自己手中的活计。那双枯瘦的手与梭子配合得娴熟而密切，一截彩色条纹粗布随着这番动听的声响宛如一道虹从布机上缓缓织出。

小姑娘趴在老人的耳边用极尖细的童声叫道："老姥婆，有个记者要来采访你呢。"

老人停下手中的活计，动作明显地慢了下来，这才更像是一个八旬老人该有的节奏。她回头看着我，十分仔细地打量了一番。我也在心里盘算该如何解释自己这个陌生人的突然造访。没想到老人却缓缓地在脸上堆满了笑,像对一个自家的亲戚娃似的问道:"娃,你吃咧么?没吃就叫碎女子给你取个苞谷去。"

这突来的亲切烘得我有些热泪盈眶,我也像对自家老人似的说道:"婆,我正好饿了。"

小姑娘取来的老玉米里有着农家独有的味道,不是很甜,却有着粮食该有的香气。屋里的炉子上煨着一锅小米粥,老人拿勺子在锅底搅匀,稠稠地盛出一碗递给我,笑着说:"我娃喝,我娃喝。"

这是关中老人最热情最亲切的待客之道。我关了手机录音,合上采访本,盘腿坐在炕头,喝着小米粥,啃着老苞谷,和老人聊了起来。

老人不知道自己的名字,只知道自己娘家姓秦,在家排行老五,从小人们都唤她"五妹"。现在,她户口本上的名字也写着"秦五妹"。织布的本事是她从娘家妈那里学来的,当年带着纺线、织布的手艺,五妹是那种"一家女百家求"的姑娘。她用织布机织出了自己的嫁衣,织出了丈夫的平安,织出了儿女的前途,也织就了自己的一生。

"娃们家小的时候,白天我和他爸上地干活儿去,晚上回来,吃罢饭,人家都早早睡下了,我就去织布房里,点上一盏油灯,开始忙活。有时候忙到麻麻明(麻麻明:天蒙蒙亮)了,我才回去睡一会儿。天亮了,又跟着他爸去地里。"五妹说道。

我感叹五妹的辛劳,而她却说:"当妈的,都是那样子。那时候不觉得苦,你以为那手底下织的是布吗?那织的是女人家的念想。织了布给家里人添置四季的衣裳,这家女人是个啥手艺,这屋里人穿出的就是个啥气派。手巧的织了花布,拿到集上卖了,拿钱买些好吃好喝的,给娃们家打牙祭。你说,这是多有意思的个事儿嘛。"

我想到一些往事,随即向五妹问道:"婆,你年轻的时候,一百尺布能干啥？能换下多少钱？"

五妹思谋着，感慨道："一百尺布啊，那就给儿子把家业创下了。能给娃娶媳妇，也能送娃去读书。反正有了那一百尺布，娃的日子就好过了。"

"都是为了娃？"我喃喃着。

"当妈的，那可不都是为了娃。"五妹的眼里流出更多爱意，向我询问，"女子，你有娃吗？"

我点头道："还是个奶娃娃。"

五妹脸上的笑更浓了些："那你也就开始织你的布了。一尺、两尺、十尺、一百尺。你织的那不是布，是你娃的前程。细细地、密密地织，叫娃一辈子不走弯路，不受委屈，一辈子平平安安、顺顺当当。"

院里飘起了雪，寒意渐浓。"咔嗒，咔嗒……"五妹的织布机又响了起来。儿孙们早已不再穿戴她织的土布，却没有一个人不在她的庇护和福泽下成长。

走出五妹家的房门，我看到乡村的羊肠小路上也覆着一层薄雪。我突然想起龙应台所说："所谓父女母子一场，只不过意味着，你和他的缘分就是今生今世不断地在目送他的背影渐行渐远。你站在小路的这一端，看着他逐渐消失在小路转弯的地方，而且，他用背影默默告诉你：不必追。"这条终将渐行渐远的小路，正是母亲亲手织就，织得越长，走得就越远。于是，我便释怀了分娩之痛与喂养之苦，格外珍惜当下孩子完全属于我的时光。

写下这篇序时，我的孩子尚不足百天，而我已经像天下所有的母亲一样，学着"织布"，护他周全。

愿你三冬暖，愿你春不寒。谨以此书，致我的孩子。

徐　静
2019年12月25日深夜于西安家中

目录

第一章	001
第二章	020
第三章	041
第四章	066
第五章	087
第六章	110
第七章	129
第八章	144
第九章	161
第十章	177
第十一章	199
第十二章	215
第十三章	224
第十四章	240
后　记	244
附录　长安大华纺织厂大事记	247

第一章

1

还是在渭北的乡村，时光却要倒回八十多年前李三命藏在马车上从这里逃走的那个夜晚。

像是被泼了墨一样的黑夜沉沉地压了下来，这让未满十岁的李三命有点透不过气。他躲在马车的麦草垛里已经大半天了，而那垛子下面的车轮还是没有转动起来，这让他开始有些焦虑。风呼呼地灌进他的领子、袖子还有裤腿，他的衣服很新却又散发着霉味，那是大妈前几天用干草和破棉絮给他缝制的新棉袄，体面却不挡风。他知道，如果这车轮子再不转起来，穿着这样的棉袄，不用太久，只要到了下半夜，他就会冻死在这里。

天下起了雪，没有雪花，都是冰碴。这倒是给一片漆黑的夜幕添上了点点的光。李三命深深地吸了口干冷而新鲜的空气，觉得胸腔里舒服了许多。但紧接着，随着雪越下越密，他的焦虑更加重了。脚已经很久没有知觉了，他努力地蜷起腿，用手摸了摸，脚还在，心下踏实了些。脚上的棉鞋是妈妈活着的时候给他做的最后一双，唯恐针脚纫得不密，唯恐新棉花絮得不厚。

不知过了多久，李三命被一阵脚步声和咒骂声吵醒，醒来发觉自己还没被冻死，他甚是庆幸。更让他庆幸的是那咒骂声正是他一直盼望的讯息。

大华

来人先是清清嗓子，然后朝地上吐了口浓痰，便开腔骂了起来："天冷成怂咧，还让人送货，狗日的，真是钱难挣、屎难吃。"来人一边骂着，一边检查车上的麻绳是否捆紧，没捆紧的地方又死命地拉拽一番，再往那缝隙处填实几把麦草。隔着麦草，李三命感觉自己的身体也被捆紧了，这反倒让他更加高兴，这样就不至于在路上被颠下来。他不知道这车里装的是什么，也不知道这车要驶去哪里，不过他很清楚地知道，离开这里就能活下去。

马打了几个响鼻后，车轮终于转动了起来，李三命知道就要启程了。透过麦秸的缝隙，他再次仰望渭北乡村墨一样的天空。那墨色竟也透出些光亮来，照出点爹妈的影子，算是有人送他了。

天空开始泛出晨光，马车走了大约半个时辰，李三命开始看清路边的麦田、农舍、被冻停的河流，还有早起的柴狗。这些都从他眼前向后奔去，毫无温度，他也毫不留恋。摸出藏在兜里的石头馍，他终于舍得把它填进嘴里，他需要用它充一充饥，好获得一些力气等会儿跳下车去。

路上的景致开始发生变化，大片的农田还有蜿蜒的山路越来越少。路变得宽阔而平缓，就连路两旁的农家院落也都变得崭新而高阔。就这样走了不多时，李三命的眼前竟然出现了城墙，那城墙上的大字他是认得的——安远门。

那时候的李三命对于"谋划""安排"这一类词还不甚了了，对于离开老家之后的日子，他想无非是从一个村子去到另一个村子，凭着一股子还不算大的力气谋得一碗饱饭吃。但他万万没想到，存着卑微希望的他，竟与西安城撞了个满怀，而那些希望似乎也被撞成了满地连缀不起的碎片。

后来的岁月里，李三命时常能想起躲在马车上透过麦秸秆缝隙看到的西安城墙。从他的角度看过去，那城墙几乎是要耸入云端的，太阳的光芒给城墙镶上一圈金边，城墙立时就变作身披金盔金甲的神武将军，让人不得不心生敬畏。

第一章

"停下！停下！"城门启处，马车被一个"大盖帽"叫停。

"车上拉的啥？打开，检查！""大盖帽"的这一声让李三命的心提到了嗓子眼。他的惶恐更甚，手紧紧地握住两把麦草。

"拉的砖茶么。"车夫道，"老总你三天见一回我，再能送个啥新鲜货嘛。"

"大盖帽"摆摆手："走走走，今儿进不去。"

车夫连忙下车，堆着一脸笑道："老总，老总，今儿咋还是你亲自站在外头当值呢，这么冷的天，辛苦咧！"他一边说着一边老练地将一叠不算厚的票子往"大盖帽"的袖筒里塞。

往常会一抽手收下票子的"大盖帽"，今日里却像是被火炭烫着一般把手抽开，让那几张票子尴尬地暴露在外。"大盖帽"装腔作势道："走走走，你今天来是不是专门扒我这身皮呢！赶紧拿远。"说罢，他故意整了整帽檐和衣领，一副以正官威的样子。

车夫收了票子，又赔上笑脸道："不敢不敢，我可不敢。老总你是西安城里有头有脸的人物，抬抬手，把我放进城里，我就挣下这一天的活命钱了。"

"大盖帽"吸溜了一下冻红的鼻子道："给你说了几回了，民国二十一年就不叫西安咧，叫西京！西京城！""大盖帽"故意把"京"字的音拉得很长。"这儿马上就是民国政府的陪都了。再叫西安城，小心把你乱棍打出去。"

车夫继续赔笑道："西京，西京。记下了。再是啥，人都要喝茶呢么，你说对不对？"

"大盖帽"还是摆摆手道："今儿不要说是城里人没茶喝，就是没饭吃，外面的粮一粒都送不进去。"说完朝四周指了指："睁开眼看看，爷今天不是为难你一个。"

车夫朝四下里张望，果然拉着货被拦在城门外的人不在少数。众人一个个缩着身子，把手揣在袖筒里，却又抻着脖子不停地朝城门处张望。

大华

"为啥？老总，天天都能进城，今儿个咋就不叫人进了呢？"车夫焦急地问道。

"大盖帽"说："西京城里赫赫有名的宋三公子屋里头办白事，从昨天晚上就开始净街了，今天早上所有的商铺都不敢开张，祭棚搭得到处都是。这阵仗，敢叫你这些拉骡子拉马的人进去？想得美！"

车夫问道："这么大的阵仗，死的是他爸还是他妈？"

"大盖帽"赶紧上去捂住车夫的嘴道："人家宋三公子他爸正在民国政府当权，你胡诌啥，小心把你舌头割了。"

"那他屋谁死咧？"车夫继续追问道。

车夫的憨劲儿惹得"大盖帽"很是不悦，他抄起腰间别着的警棍，像撵牲口一样朝车夫挥去："滚滚滚，这也是你该问的？"车夫躲闪到一旁，那"大盖帽"拿着棍子朝着马车后的麦秸垛一阵乱舞乱捅，没想到那装满麦草和砖茶的马车里竟有了动静。

"哎哟"一声，从草垛子里直挺挺地坐起个孩子，吓得众人都是一愣。这孩子正是藏身在此一天一宿的李三命，只见他捂着屁股朝车下面喊道："叔，你戳我尻子（屁股）咧。"

"大盖帽"见这孩子脸色惨白，活脱像个小鬼儿还阳，一时竟有些胆怯起来，他举着棍子道："咋回事，咋还藏了个娃？你是个弄啥的？"

李三命一边揉着屁股一边朝四下里张望，无疑，此时的他已经明明白白地曝光于众人眼前。他的小黑豆似的眼睛在眼眶里只转了两圈，就定格在了车夫的身上，随即冲着车夫叫道："爸，到地方了吗？我是不是藏不住了？那车里的东西是不是也藏不住了？"

听闻此言，"大盖帽"大为光火，反手揪起车夫的衣领道："你在车里藏的啥？看来你今天真是进城来扒我这身皮呢！"

车夫吓得双腿抖如筛糠，嘴角也抖动得说不出半个字来，只不停地双手合十向"大盖帽"作揖。见此情景，"大盖帽"更料定车夫心中有鬼、车上有赃，拽着车夫硬要法办。一旁等着进城的人们见状，有拉架说情的，有起哄看热闹的，总之那个车顶上揉着屁股的小孩儿很快就退出了人们的视线焦点。李三命像个小猴儿一样从马车上跳下来，赶忙混进了等待进城的人堆里。

渐次放大的诵经声从城门里传来，城外的人们循声望去，只见一支看不到尾的送葬队伍浩浩荡荡从城内走来。纸钱洋洋洒洒从城里飘到城外，唢呐声、诵经声夹杂着孝子贤孙的悲泣声，搞得人们早已忘记了刚才"大盖帽"和车夫之间的拉扯。一群"大盖帽"用手中的警棍驱赶着城外的人群，快速地让出了一条路，好让送葬队伍顺利通过。

李三命抬起头，漫天飘舞的纸钱和着刺眼的阳光从空中落下来，像是有什么东西逼得他睁不开眼。他低头俯身注视着那些圆形方孔的纸钱。那方孔一瞬间变成了无底的隧道，带着他回到了给父母送殡的那天清晨。他懵懵懂懂地被两个叔伯兄弟从两边架着往前走，身上被穿戴上了不合身的孝服孝帽。纸钱也像雪花似的从天上飘下来，有一瞬间他眼花了，抬头竟然呢喃道："六月天，咋下雪了？"随即，身后有人狠狠地踢了他一脚道："瓜娃，放声号！"那一脚是他大伯踹的，踹得他尾巴根儿生疼。

队伍里的一阵狗吠声把李三命拉回到眼前这场葬礼上。一群穿着孝褂子的少年每人手里牵着一只同样披麻戴孝的狗。狗狂吠不止，少年们则彼此偷偷地传递着眼神和嬉笑，似乎这并不是一场葬仪，而更像是一场游戏。李三命原本挤到队伍前面想看个究竟，没想到一鞭子抽到了他的身上，大约已是皮开肉绽，那股子寸劲儿逼迫着他从喉咙里号出声，就像大伯踹了他一脚之后的效果一样。

这脆生生的一哭在送葬队伍中显得格外响亮。走在队伍最前面、已经哭得没了力气的宋三公子回过头来，竖起大拇指道："好，好娃，真是我宋家的好娃！这才是真正的孝子贤孙。"说罢，又伤心地揉揉红肿的双眼转过身，拄着柳木拐继续朝前走。

李三命的周围响起一阵哄笑，有人推搡着他道："哪来这么个孝子贤孙？"就在这推推搡搡间，他被一只手拉进了队伍。一个长着蒜头鼻的孩子，蜡黄的小脸上因为被风割出一道道皱裂而泛出红来，他悄悄对李三命说："跟上，有饭吃。"李三命一听说有饭吃，陡然来了精神，眼角还挂着泪的他兴奋地想向那孩子继续打听些什么。正在此时，又一阵抽打落在了这群少年的队伍里，原来专门有人用鞭子提醒着这些"孝子贤孙"要在适宜的时候号丧。被打怕了的少年们发出稀奇古怪的哭号声，但隔着袖子他们还在继续传递着嬉笑玩闹的眼神。

2

因为心里惦记着吃上口饭，那段莫名其妙的送葬之路在李三命的印象中格外漫长。

杂沓的脚步在城外的荒地上扬起不大的尘，冬日的太阳穿破寒气直照得人头顶发烫，唢呐声、诵经声还有狗吠声，此时都裹挟挤压着李三命的辘辘饥肠。为了能稍稍忘却饥饿，他开始将自己的注意力转移到那些狗的身上。这些狗与乡间的土狗柴狗不同，它们个个高大威猛、皮毛光亮，脑袋足有狮子脑袋那么大，就算不完全张大嘴巴，那獠牙也能闪出白色的光。它们眼睛里都透出一股子傲视人类的劲头，就好像它们不是人类的仆，倒是人类的主。它们狂吠的劲头不像是哀伤，倒像是骄傲，或是威胁。与其说是人牵着狗，不如说是狗牵着人。狗们昂首挺胸地走在前面，有目标、有自信、有威严，而绳子的另一端牵着的是一群面呈菜色的半大小子。这些半大小子在鞭子的驱使下偶尔干号两声，偶尔互相嬉笑推搡两下，总之这些都不该是一场正常的葬礼的样子。

他们的窃窃嬉笑因为一个少年的离队戛然而止。

那少年趿拉着一双底和帮几乎分了家的烂鞋，刚开始还能微微抬脚向前走，后来差不多是蹭在地面上向前磨。实在走不动了，他踮着脚准备提提鞋。就这么个空当，他手里牵着的黑狗因为被扯住了步子，回头一口咬住了少年小腿肚上的嫩肉，汩汩的鲜血很快从狗嘴里流到地上。少年大叫一声歪倒在路边，黑狗并不撒嘴。"唰"的一声，刚才抽在李三命身上的鞭子再一次落了下来，但是没有抽到黑狗的身上，反倒抽在了少年的脸上。还没把腿从狗嘴里夺出，脸上又热辣辣地挨了一鞭子，少年本能地大叫着："妈！妈妈呀！"

持鞭人在狗的脑袋上温柔地安抚几下，黑狗终于撒了口。持鞭人带着谄媚的笑从口袋里掏出一把花生米，熟练地在手里搓掉红衣，又连忙递到了狗的嘴边。黑狗满意地嚼着花生米，一些碎渣从狗嘴里掉下来，那上面还沾着少年的鲜血。黑狗像一个胜利者似的回归到了送葬的队伍里继续前行。拉李三命进队伍的那个蒜头鼻孩子骇得停下脚步，瞪大双眼像是突然失去了意识，盯着路边呻吟的少年。鞭子又"唰"的一声在空中响起，抽向了"蒜头鼻"，李三命本能地扑过去护住了他，那一鞭子立时在他脖子根儿上留下一条火辣辣的印记。

送葬队伍没有片刻停留继续向前，李三命从那倒地少年身边路过时，看到那被黑狗咬伤的小腿上翻着白肉、露着白骨。他的心猛地揪紧。他抬头看到前面路旁灰黑色的树枝上挂满了火红的柿子，那颜色又让他想起了少年的鲜血。

连李三命自己都不知道什么时候真的有两颗黄豆大的泪珠挂在了脸颊上。他的脑海里现出了渭北贫瘠土地上的两座新坟，那个识文断字被人尊为"先生"的爹，那个答应他织一百尺布换钱送他进城上学的娘，此刻就安葬在这两座新坟里。坟头没有墓碑，只有已经燃尽的香蜡纸表，过了这个冬天，大约还会生出一层荒草。

"孝子贤孙"们再也不敢彼此传递嬉笑的眼神，他们都耷拉着脑袋默默前行，但脚步明显沉重了不少。而队伍里的狗却明显又增了不少士气，它们的头抬得更高，狂吠声也越发凶恶。已经被吓傻的"蒜头鼻"因为害怕碰到身旁的狗而左右躲闪，样子可怜又滑稽。

一声清脆的铜锣声在耳边炸开，很多人将喊出一半的干号生生又咽了回去，李三命觉得自己的脑袋像是要被敲碎了。队伍终于停了下来，他踮着脚尖向前望，却很难看到队伍的最前端。只听到宋三公子的

大华

哭号断断续续地从前方不知多远的地方传来。李三命再回头看看队伍的尾端，更是看不到尽头的样子，他们已经停下许久了，远处似乎还有人在慢慢赶来。狗们吠得累了，此时大多吐着舌头，口中哈出一团团白气。

突然，一阵肉香气冲进了李三命和所有"孝子贤孙"的鼻腔，那真是整个葬礼最让人愉悦的味道。李三命的眉头展了展，虽然一路被鞭子抽打，被恶狗惊吓，但总算真的能有口饭吃，也是值得的。此时，有人双手托着木盘，里面高高摞着带着汤汁的牛肉和排骨，那肉和排骨都是整块整根放着，香气粗暴地迎着面门而来，惹得少年们的喉结不由自主地上下滚动，馋虫在腹间肆虐。

当口水已经盈满口腔的时候，少年们发现自己不得不努力地把口水咽回去。因为那些牛肉和排骨本就不是为他们准备的，而是为眼前这些一路都比他们高贵的狗主子准备的。同样闻到香气的狗，不需要像少年们那样矜持，它们贪婪的双眼布满血丝，盘子还没有递到眼前，它们已经一跃而起叼住了肉和骨头，用锋利的牙齿将它们嚼得稀烂。

因为躲闪不及，几个送食的仆人也被恶狗所伤。见此情景，李三命的小黑豆眼睛又快速地转了三转，马上跑过去接住了一个仆人的盘子。就在转身时，盘子向内一斜，几块肉就乖乖地顺到了上衣的口袋里。肉的香味萦绕在身边，只有李三命知道那香味是来自他的口袋，他的愉悦几乎要流露在脸上，但却努力地让自己的嘴角向下压着，好不被别人怀疑，也别被狗怀疑。

同样不甘心的孩子还有"蒜头鼻"。他看着身旁的狗大快朵颐，准备从狗嘴边上拾几粒残渣。他轻轻落低身子，用余光观察周围的情况，手在袖筒里握出了汗。片刻之后，当他将手缓缓伸向那些残碎的骨头时，周围的几只毛色不同但眼神都一样凶恶的狗齐齐望向他，狗的眼神也是会说话的——"敢动一动，就撕碎你。"最先明白狗的示意的人，当然还是李三命，他急中生智猛地朝"蒜头鼻"的屁股踢了一脚。

第一章

当所有人的目光以及所有狗的目光都集中在"蒜头鼻"身上时,李三命快速蹲下身子从旁边的盘子中抓起一把不知是肉还是骨的东西,塞进了自己的衣兜,然后指着"蒜头鼻"的红鼻子骂道:"碎子儿,你胆大包天,敢偷吃骨头!"

"蒜头鼻"吓得面色如火,全身的血似乎都涌向了头顶,忍不住浑身颤抖起来。

"唰唰唰……"这次是好几鞭子连续袭来,混乱地抽打在李三命和"蒜头鼻"的身上。持鞭人道:"敢在这儿偷,胆子大得很,滚!"

"蒜头鼻"哭道:"叔,没偷没偷。我就是蹲下提个鞋。"

持鞭人又甩了几下空鞭,恐吓道:"我管你偷没偷,这会儿赶紧给我滚。不要等一会儿宋三公子开始祭灵的时候,我拿你的小身子板给主子们加道菜。"

"蒜头鼻"委屈地哭丧着脸道:"叔,你说好要给的一个馍呢?"

持鞭人反手举起鞭子,但这回并未落下来,他的脸上拧出一块块的疙瘩肉,十分可怖。他再没说话,仅那和恶狗一样的目光就足以吓退"蒜头鼻"。

见此情景,李三命上前拽着"蒜头鼻"就往外拖:"跟狗抢骨头,你脸都不要了,你还敢跟叔要馍。"说罢,两人就推推搡搡、扭扭拽拽地离开队伍向外而去。

不远处,宋三公子时哭时诉的祭灵声传来:"吾家犬翁,伴宋氏兴旺。夙兴夜寐、齐力护家,乱世更迭不动其心,风雨飘摇不改其志。"李三命听出点意思,刚准备停下细听,又想起那些恶狗和鞭子,最关键的是口袋里已经到手的肉,于是放快了脚步,几乎是提着"蒜头鼻"离开队伍。宋三公子的哭诉仍在继续:"呜呼哀哉,言有穷而情不可终,犬翁及子弟知否?"

走出去百余米,李三命自觉已经离开了危险区,终于停了下来。刚一松手,"蒜头鼻"就像堆软泥巴似的瘫倒在地。"蒜头鼻"一脸懊悔道:

009

大华

"完咧,完咧,一早上可白忙活咧。一个馍渣渣都没落下。"

李三命躺在一旁的草地上,大口地喘着粗气道:"馍渣渣有个啥吃头,人家狗吃的都是肉,你娃还惦记着那点馍渣渣!"

"蒜头鼻"委屈地说:"要不是你害我,兴许我还能落一块骨头尝尝味。"

李三命一挥手道:"算了吧,要不是我,你这会儿已经成了狗嘴里的骨头了。"说罢,他从兜里抓出一块排骨,递到"蒜头鼻"的面前:"来,吃。"本来瘫软得没了精神的"蒜头鼻"一下坐了起来,抓过排骨就是一顿猛嚼,最后连骨头渣都细细地嚼过咽进肚里。

李三命吃完一块碎牛肉,仔细地舔着留在指头缝里的酱汁,满足地说:"太香咧。"

"蒜头鼻"看着李三命渗着油汁的口袋,又咽了咽口水:"哥,还有吗?"

李三命摸摸兜,里面只有一块,有点不舍得拿出来。"蒜头鼻"连忙摇着手说:"哥,不是我吃,能不能给我妈留一块?"

百米外的送葬队伍又响起了唢呐声和诵经声,李三命望了望那队伍道:"你妈是不是也在那里头?"

"蒜头鼻"摇摇头道:"我妈要是知道我给狗送葬,非得把我腿打折了。"

"给狗送葬?!"李三命惊掉了下巴。

"羞了先人的宋三公子,屋里不知道养了多少恶狗,把狗看得比他爹都亲。狗死了,没人哭丧,就拿馒头骗着我们这些讨饭的娃来给他的狗当'孝子贤孙'。一路上除了挨鞭子,啥都没吃上。""蒜头鼻"的小红脸上满是怒气。

李三命想了想说:"把肉留给你妈可以,但是我晚上得住你屋。"

"蒜头鼻"揉了揉红鼻子:"你要是不怕挨饿,那就跟我回去吧。我家离这儿也不远,就在北郊的郭家圪台。"

李三命点点头道:"能遮风避雨就行,哦对,你叫个啥名字?"

"大名记不住了,大家都叫我'小灵宝'。"说完,他的蒜头鼻又流出两股清鼻涕。

3

几棵挂着稀疏枯叶的桑树后面就是郭家圪台。

郭家圪台的黄昏是属于引车卖浆者的。他们或是推车,或是挑担,此时都揣着辛苦一天赚得的微薄收入回到这个穷杂聚集之地。他们脸上的疲惫与满足,是李三命曾见到过的;他们灶间腾起的炉火和升起的炊烟,是李三命曾见到过的;他们或宠溺或打骂孩子的笑与怒,是李三命曾见到过的;他们端着老碗面圪蹴在门槛上拉家常的情形,也是李三命曾见到过的。从未出过渭北乡村、从未来过郭家圪台的李三命,此时心里填满了关于家的记忆,一股暖融融热乎乎的气息涌向他的身体。

小灵宝说自己未满周岁时老家遇上了饥馑,他被爹妈用货郎担子一直挑到了郭家圪台,最终在村口一处已经废弃多年的破窑院里安顿下来。因为他们祖籍河南灵宝,所以村里人把这个还在担子里的奶娃娃唤作"小灵宝"。

小灵宝的家就在几棵桑树后面的一间破窑院里,院墙颓损得只剩下一半,最低处抬抬腿应该就能翻过去。院子里的落叶一副死气沉沉的样子,破碎无力地瘫在凹凸不平的泥坑里。家中的灶间没有像旁边的邻居家那样升腾起炊烟,跟着小灵宝一同进门的李三命还没有看清屋中陈设,便闻到了一股子浓重的"病味"。小灵宝用火镰点燃油灯后,李三命才看清一个疾病缠身的女人半卧在炕上,面色青灰,浑浊的眼珠深陷在眼眶之中。

小灵宝从兜里掏出仅剩的最后一块牛肉放在菜墩上,仔细地用刀切成小块后盛入盘中,转身将盘子端到女人的病榻边,细声中带着些喜悦,说道:"妈,我回来了,有肉吃。"

灵宝妈轻轻抬起眼皮,往盘子里看了看,眉宇间挤出一丝笑道:"俺孩儿灵宝能吃就中。"

"妈,我吃了。今天去给大户人家帮工,没给钱,临走的时候一人发了两块肉。"说罢,小灵宝将切好的一小粒肉递到母亲嘴边。

灵宝妈顺从地将肉粒夹在唇间,又在口中含了片刻,才开始认真地咀嚼。"妈吃好了,真香。我灵宝吃吧。"

李三命突然插言道:"婶儿,你吃吧。我和灵宝明天还能讨到好活计,往后让您天天吃肉。"

灵宝妈有些诧异地看着儿子身后的这个瘦削少年,问道:"这个孩儿是谁啊?"

小灵宝赶忙介绍:"这是我今天打小工的时候认的哥哥,也是个没爹没娘的可怜孩儿。从渭北逃到西安讨生活,没个去处,我就引回家来了。"

灵宝妈将李三命上下打量了一番说:"娃儿,俺家穷得很,俺是个累赘,别委屈了你。"

李三命上前拉住灵宝妈几乎是皮包骨的手道:"婶儿,能让我在这儿躲避风雨,就是您的恩德了。"

灵宝妈点点头:"那你可得帮帮俺这个孩儿,他心眼太实。"

一点点豆大的油灯亮照得三个人的脸上有了些暖色。小灵宝把剩下的肉仔细地用碗盖上,又从灶头边扯出一块黑得发亮的围裙系在腰间道:"三命哥,我给咱做饭。"他几乎是把一整个瘦小的身子都探进了面缸,缸底传来被碗沿剐蹭的声音,等他从里面钻出来的时候,鼻头上一抹白,手里却只有半碗面。他有点不好意思地说:"三命哥,本来想给你做个烩面,看样子只能做个疙瘩拌汤了。"说完他憨直地笑了起来。

院门的门环响了几声,接着一阵轻妙的脚步声传来,有人走了进来。

"婶儿,我给你端了碗鸡蛋汤来。"一个女子轻柔的声音穿透了黄昏中的破败小院。映着那点豆大的灯光,李三命看到一个十七八岁的素衣少女出现在小屋门口。她手里的汤还冒着热气,嫩黄的蛋花满满地浮在上面，几粒葱花更是惹得人眼馋。自打那女子走进来，李三命的目光就没从那碗汤上挪走过。

"思旗，"灵宝妈唤着女子的名，"这可是主贵（河南话，金贵、珍贵的意思）东西，你赶紧留住，自个儿吃。你给我吃都糟践了。"

思旗转身看到因为抹了白鼻头而酷似戏台上小丑的小灵宝，忍不住笑了起来："灵宝儿，咋，你还唱戏去了？"

小灵宝揉揉他的蒜头鼻，傻呵呵地也笑起来："思旗姐，准备做饭呢，没面了。"

思旗道："没事儿，我家今晚做流水席吃臊子面，我妈正跟几个婶子一起擀面呢，你们一会儿都来吃。"

灵宝妈有些诧异道："思旗呀，是你哥订媳妇哩还是你订婆家？也没有见你跟婶子吱咛（河南话，打招呼、告知的意思）一声。"

思旗赶忙羞涩地摆摆手："不是，都不是。听说宣统皇上开了春要在东北登基，我爹说大清回来了，科举也就不远了。他们这些读书人终于要有出头之日了。我爹心里高兴，豁出家里那点家底，定了三天流水席，要宴请整个郭家圪台的邻居们。"

李三命什么也没听进去，只是盯着那碗蛋花汤看。大约是那眼神太炽热，简直要把蛋花汤给煮沸了。思旗扭过头，这才注意到有个陌生孩子在家里："你是个谁？"

"我是蛋花汤。"李三命的脑子里此时只有蛋花汤。

众人皆笑，思旗手里的汤都漾了出来。李三命连忙伸手去捧漾洒出来的汤汁，一副窘态让人生怜。

"饿得都不中了。"灵宝妈说，"这也是个没有爹妈的苦命孩儿，跟着我灵宝儿一路回来的。思旗，要是中的话，把这碗汤给他喝算了。"

思旗点点头，把汤递过去。李三命仰起脖子一饮而尽。

等李三命和小灵宝再走出破窑院的时候，郭家圪台的中心场院已经搭起了席棚。妇女们在席棚外的大土灶上忙活着，男人们则带着孩子们围坐在一起，享用着流水席上一碗碗热得烫嘴的臊子面。李三命注意到，人群中有个穿长衫的长者正在向四下里拱手致意，那长者的样子像个先生又像个官家，无论是面容还是举止，都与郭家圪台的这群扎绑腿、穿短袄的人极不相同。

李三命悄悄问小灵宝："这人是谁？"

"范先生！"小灵宝道，"官名范铭业，就是思旗姐姐她爸。你看见那后面的小楼了吗？那是人家的藏书阁，人家世代都是读书人。听说过去郭家圪台还有附近的几个村子的地和房都是他们家的，后来因为要供子弟读书都卖了。现在就剩下了这个藏书楼和他家三进的院子。不过，就剩下的这点家业，也是郭家圪台没人比得上的头一份。"

正在帮忙揉面的范思旗看到他们，把手从面絮里抽出来，拍了拍掌心的面粉后就来招呼他们："叫你们早点来呢，咋才来！这会儿面都快吃完了。"

小灵宝不好意思地挠挠头道："给我妈熬药呢，耽误了。思旗姐姐给口面汤也行。"

思旗笑着在小灵宝的蒜头鼻上刮了一下："还能少得了你的？我都给你藏着呢。"思旗走到灶边，在一个不起眼的角落揭开了倒扣的面盆，从里面取出两碗素面，又走到灶边从锅里稠稠地舀出两勺臊子汤浇在面上。

李三命和小灵宝全然忘了白天为狗送葬的窝囊和憋屈，也全然忘了他们是因为皇帝即将登基才吃上这口热面的，他们只是尽情地沉醉在一碗臊子面的酸香和筋道中，时不时地彼此交换着幸运的愉悦的眼神。

郭家圪台的人们大口地喝酒，大声地吸溜臊子面，酣畅而痛快。儒雅有礼的主家范铭业此时倒显得有些拘谨，他像在适应或者复习如何拱手、如何行礼、如何谈吐，他将眼前的引车卖浆者全都幻想成了朝中重臣，生怕因一丝失误而露怯失礼。而在每日靠卖力气果腹的郭家圪台人眼里，留着一条辫子的范铭业犹如西洋镜里的人物，古怪而新奇。大清亡国二十几年了，皇上、大臣、状元都已经是上辈子的事情，而此时的范铭业正在身体力行地为他们呈现王朝回归的场景，他们觉得可笑却又不敢笑，他们觉得荒诞却实在也讲不出正经道理。好在有这一碗接一碗的肉臊子面来填饱肚子，他们便不再吝啬口中的赞誉之词。

"范先生大喜啊。皇上登基，开科举的日子估计就不远了。这么多年的书没白读。"一个老汉抖动着灰白的胡须说道。

"没白读，没白读。"一边附和着一边用筷子往嘴里刨面的年轻人突然愣住了，扭头问老者，"爷爷，啥是个开科举？弄啥的？"

范铭业眼中略有尴尬，赶忙朝老者摇摇手道："不敢不敢，皇上登基是朗朗盛世要重现的吉兆。我们这些读书人唯愿学有所用，为国尽忠，谈不到什么出不出头。"

一番文绉绉的话搞得大家接不上茬儿，还是思旗端着一盘七八碗刚出锅的肉臊子面过来，一股子热气冲散了刚刚尴尬的气氛。众人都伸手端面，却没想到范铭业竟从袖筒里抽出扇子狠狠地砸在了其中一人的手上，被打的人正是范家少爷——范青山。

随着扇子的"噼啪"声，范青山手中的碗重新落回木盘里。不用抬头也能想到父亲的神情，"掬尽三江水，难洗一面羞"，已是堂堂七尺男儿的范青山像个犯错的孩童一样把头埋在衣领中，低头看着自己因为慌张而互相挤碰的脚尖。一团火在他的脸上烧起来，他知道此时的自己一定又成了郭家圪台人眼中的笑柄。

"书没读完就敢下楼吃饭，这饭也是你吃得的？"范铭业一改刚才面对众邻时的谦逊有礼，满脸怒色地对着儿子喝道，"皇上开春登基，大考就在眼前，你现在连一篇策论都写得荒腔走板，还不赶紧滚回去用功！"范铭业扬起手中的折扇作势要打。范青山则连连向父亲鞠躬后退，几步之后才敢调转身子急急回到范家大院里。他听到父亲在身后不满地继续说道："辱没祖宗，辱没祖上的阅微楼。"

再不敢多逗留，范青山一心只想让楼里的书将自己埋了。

4

吃了流水席上的三碗肉臊子面之后，李三命终于腾空了腹中连日来的饿气，浑身暖透了地舒坦。此时，他才终于抬头看见了位于郭家圪台白菜心位置的范家藏书楼，上书三个大字：阅微楼。

在以后的岁月中，李三命眼见过太多的高楼平地起，但无一能比得上这座楼此时带给他的震撼。那座楼因为太过耀眼，仿佛是从天上不慎坠入郭家圪台，就像范铭业在引车卖浆者中显得各色，阅微楼矗立在一片贫民窟里更是精美得不太真实。

而关于范家和阅微楼过去的故事，就不是小灵宝能讲得清的了。李三命住进郭家圪台之后，从街坊四邻的老人们碎片般的讲述中拼出了一个不怎么完整的范家故事。

老年间，西安城的老北门叫作安远门，取安稳久远之意。出城门过吊桥便是北关正街，二里地长的南北街道上车少人稀。街道往北到了北稍门就已经是坡沟土壕随处可遇，东西两侧皆是农田。经常行走在这里的是一群贩夫走卒，他们愿意住在南头吊桥坡下的姜家老店，是为了次日进城能赶上头一拨；肖家和杜家的棉花店，因为卖的是美国"洋花"陆地棉和斯字棉而生意兴隆，成捆成捆的棉包白生生地出出进进；客贩们在翟家的茶铺歇脚喝茶时，有牙家撮合，生意上的事儿兴许就定了个七八成。但在老人们的记忆中，这里绝对不算是西安的繁华所在，只能算作是渭北粮棉油炭在省城周边的一个大集市。

这样的集市应当充斥着贩夫走卒的旱烟味儿，充斥着拉车骡马颈上的铜铃声，充斥着你来我往讨价还价的精明与算计，无法想象这样的地方竟立着一座传习百年的阅微楼。它虽比不得书院门里的关中书院那般儒雅，却也着实因其精致的悬廊雕花、古朴典雅的配色而成为北关不可多得的一景。

传说阅微楼里藏着清乾隆以来的许多孤本，价值不菲。若将其变卖，范家几代人应当都能过上吃穿不愁的日子。可正是从清乾隆年间开始，这楼里住进了范家的一个更胜一个的"状元痴"。他们读书的目的十分明确，只为在皇上开科取士时能够得中头名，从而踏入仕途得做高官，光耀门楣。早年间尚无阅微楼时，整个郭家圪台数百亩良田、上百间屋舍皆归范家一家所有。但范家人自痴心科举之后，百业俱废，逐渐变卖田产只图科举。范家人娶妻从不问家室、相貌，一看身材是否适合生养，因为多生多养能够增加状元及第的概率；二看能否任劳任怨操持一家大小生计，因为范家的男人们念的四书五经实在无法烹制出一顿能养活人的家常饭菜；三看女人是否少言寡语，爱嚼舌的妇人要耽误多少读书的时间，真是让人不敢想象。在这样的择妻条件下，范家族谱里竟然有几位老祖母是出身贫寒的哑巴。

造化弄人，范家人近乎疯狂地创造了一切利于读书的环境，但并未培育出一位状元，甚至连个能考中进士、进京面圣参加殿试的都没有。乾隆年间，一次乡试过后，又一位范家秀才落榜。正当范秀才灰心丧气之时，朝廷下令从乡试落第生徒中，择选字迹匀净者予以录用，担任《四库全书》的抄写工作。峰回路转，范家秀才因卷面整洁、字迹端正而被录用。五年期间，范秀才没日没夜地誊写，竟然完成了二百万字，被朝廷任命为河南某直隶州的州同，派了从六品的官职。范家因为范秀才而翻了身，一时间名利如潮水般涌来。

既已走进官场，更知"万般皆下品，唯有读书高"。虽说已身入官场，但范秀才却总因他并非科举高中入仕而被同僚明里暗里嘲笑挤兑。不到五十岁，范秀才含羞告老还乡，他凭着自己对阅微草堂的记忆，仿照着大学士纪昀的府邸阅微草堂将范家宅院整修一番。两进的四合院，五檩硬山顶，合瓦屋面，元宝脊，东西各设跨院，梁架皆饰有苏式彩绘。除此以外，范秀才甚至学着纪大人同样在前院手植藤萝，在后院栽种海棠。在第二进的院子里，范家倾尽家财建起了一座面宽六间的二层书楼，所有书籍按照经、史、子、集列柜陈放。此楼被范秀才亲笔题额"阅微楼"。

大华

  阅微楼像是范家为自己修建的一座庙宇，父一辈、子一辈都在虔诚地传递着关于读书入仕的信仰。但是阅微楼并没有改变范家科举之路的运势。从乾隆、嘉庆、道光再到慈禧垂帘听政，范家始终没能出一个真真正正的状元郎。

  光绪三十年，正值盛年的范铭业终于进入了殿试，这也是范家人离实现状元梦最近的一次。这是一场为贺慈禧太后七十大寿而特地加试的甲辰恩科殿试，二百七十三名考生满满地挤在保和殿中。主考官是七十四岁高龄的武英殿大学士王文韶，他看着这些从弱冠到花甲的考生，坐在自带的小板凳上，映着保和殿外投进的光亮，从日出到日落。王文韶和参考的学子们谁也不知道这一次日落之后，中国再无科举。

  三日后，主考官们带着筛选好的十张考卷呈送给慈禧太后，这其中就有范铭业的。他的卷子文辞畅顺华丽，太后初阅甚是欣赏。但细读之后，八个格外刺目的字跳入了老太后的眼中——"国家危亡，痛哭流涕"。在自己大寿之年，竟然看到这样的话，老太后不由得心头阴云顿起，眉头也跟着皱得紧了起来。四下里再无人敢言语，只听空荡荡的养心殿西暖阁里传出低沉却足以震颤人心的三个字："不吉利。"随即卷子被扔到了地上。

  范铭业殿试折戟之后，回乡复学，然而没过多久清廷就传出了废科举的诏书，一时间，天下读书人愕然。延续千余年的读书人入仕之途被彻底切断，他们成了无根的浮萍。文人们突如其来的命运转折也为王朝的覆灭奏响了第一支悲歌。

  范铭业没想到自己踌躇满志的赴考以落榜告终，更让他做梦也没有想到的是，他和范家再也没有从头再来的机会，他和阅微楼都成了时代更替巨变后留下的遗骸。但他总是不愿意放弃，他相信一个延续二百余年的王朝不会这么容易被击垮，他坚信不用等太久，自己还有成为天子门生的机会。但他没想到，这一等，竟是二十二年。

  这二十二年，天翻地覆。但范铭业锁紧了大门，努力不让时代变迁的飓风刮进阅微楼中。他并不为世事的新来旧往而焦虑或者兴奋，依旧过着自己的耕读生活，享受着西安城四时往复的光景。云卷云舒，繁星明月，头顶上的那片天空依旧，读书人还是应当"两耳不闻窗外事，一心只读圣贤书"。

许多年后，关于范家的传闻已经成型了许多版本，郭家圪台这些讲故事的老人们，谁在里面添了勺油加了盏醋，已经不得而知。这些故事或是光怪陆离，或是匪夷所思，但终因范家人三缄其口而无从考据。

民国二十三年之前，西安城一直都被城墙阻隔成两个世界。

城墙之外，荒郊野地，零零星星的车马偶尔会从城门启处进进出出，这点动静并不能给萧条的城门以外的世界增添什么生气。城墙内则是另外一番景象。一直作为民国政府陪都建设的西安城，彼时已被政府定名"西京"，东西南北四条大街宽阔而大气，石块铺街，碎石马路所到之地皆繁华。街道纵横交错中，捧出一个圆鼓鼓的钟楼，成了这座城里至今都最耀眼的所在。

一声汽笛的轰鸣划过西安城北关之外苍老而幽静的天空。陇海铁路在陕西人陌生而略带懒散的目光中徐徐伸展，也正是这条铁路打破了长久以来西安城内外的格局。

跟随铁路而来的，是源源不断的新，这新与旧的碰撞让那时的西安城显得洋派又局促。古老的皇城，前所未有地迎接着一批新的事物，有些亢奋，有些迷茫，新旧交织碰撞出的火花向城郭之外的人散发着非凡的吸引力，尤其是对那些看过、见过、听过、尝过、抚摸过这里的人，更是如此。

也正是此时，范铭业因溥仪皇帝人生中的第三次登基而欢欣鼓舞。他看到了王朝即将复兴的影子，慨叹自己多年坚持的不易。他倍加刻苦地读书，并要求儿子范青山也一样用功。在他看来，这二十二年的中国社会变革不过是一场闹剧甚或是游戏，大清的真命天子归位后，天下方可太平，科举这条读书人的入仕之途也将豁然通开。

第二章

1

时逢冬至，西安城和中国大多数的北方城市一样，开始经历最严酷的冬季。但生于斯长于斯的人们却总能找到办法愉快地对抗严寒，等到春暖花开的时候，再细品那三九天里的滋味竟也能回味无穷。

从立冬到冬至，北关正街上的贾家羊血泖馍生意日渐兴隆。羊血块切成均匀的火柴棍棍粗细的条状，和蒜苗香菜一起在烧开出锅的鲜汤中翻滚，再美美地舀上一勺秦地特有的油泼辣子和蒜泥。等这碗汤端上桌来时，带着热气的鲜香掺杂着辣子香和蒜香分毫不差地扑在食客面前，挑逗着老陕人最粗犷也最敏感的味蕾。

食客们每每吃完一碗这样的泖馍后，额上渗出细密的汗珠，唇上蒙着一层红透的辣油，嘴角发出吸溜吸溜的声音以减轻辣椒带给口舌的灼痛感。人说辣味是一种痛感，而老陕似乎更偏爱这种痛感，不似四川的麻，不像湖南的灼，只是一种干脆的辣香，这种满足实在是在秦地之外很难感受到的。

"碎子儿，给你范爷把泖馍端上来，汤煎（汤煎：汤要刚出锅的）辣子多。"这年冬至，范铭业踏进了贾家热气腾腾的泖馍馆子，因为是这里的熟客，他一进门就在跟四座打着招呼。也因为这些熟客多是贩夫走卒，像范铭业这种大学问家不多，所以他每次一来，总要弄出点动静来，让大家知道知道——范爷来了。

一见范爷进门,伙计忙招呼道:"哟,范爷,咋一个人来咧,今儿没带着你的大公子?"

"再不要羞臊人咧,娃夜黑(夜黑:陕西话,昨晚)把一篇文章写得是七零八落、荒腔走板,跟喝了迷魂汤一样的。这阵子正面壁思过呢。"范铭业故作失意道。

坐在一旁的一位熟客用袖子揩了一下嘴上的油,叹道:"不要难为娃咧,对不对?啥光景了嘛,对不对?你老人家也睁眼看看,对不对?你还指望着哪一天再叫你娃去考状元去?对不对?"

范铭业在一旁落座,捻着手指轻轻摘下头上的瓜皮小帽,微微一笑,随即摇了摇头。

那人没看出范爷的眉眼高低,继续说道:"再者说了,读书再有用还能有娶媳妇生娃重要了,对不对?我就不信了,不考状元人还就活不成了,对不对?"

范铭业笑道:"大丈夫,匈奴未灭,何以家为。"

热腾腾的羊血泖馍被端了上来,范铭业摘下石头眼镜,再无心与那人打趣,仔细又认真地享受起眼前的美食来。

门外有人吆喝了一声:"伙计,来一碗泖馍,汤要煎和些,辣子多放。"这人虽然在极力地学着老陕人点餐的方式,但是那跑了调的口音还是能让正宗的老陕一提耳朵便分得清明。陕西话就是这样,外地人学得了皮,学不了骨,说得出字,却说不出韵来。

伙计在门口招呼道:"哟,石三爷,您来咧!听听,听听,您说我们这老陕话是越来越地道了。"

一句话把一旁正在吃饭的范铭业给惹笑了:"崽娃子,睁着你的狗眼说瞎话。"

那位石三爷也爽朗地笑道:"就是的,我就知道这娃子哄我呢。"说罢,他直接在范铭业的对面落座:"老哥,你要是不嫌弃,咱两个一搭吃,你给我教上两句正经的老陕话。"

范铭业抬头端详,对面的人一张国字脸,四十岁朝上的光景,眼里填着似乎见了谁都不会面生见外的笑,叫人实在没办法拒绝他的热情。再看,这又是店里唯一一个和他一样穿着长衫的人,范铭业心里陡增了几分好感。

"请坐,不要客气。"范铭业让道。

石三爷望着伙计的背影问道:"我刚那一句吆喝都是跟这小伙子学的,咋,不地道?"

范铭业笑了:"何止是不地道,简直是把你带进糜子地里去了。"

很快,在范铭业抠着字眼的教学中,石三爷竟然比刚进来时的调调有了不少的长进,两人也因此攀谈起来。

范铭业问道:"先生姓石?"

那人道:"对,姓石,在家里排老三。这帮伙计就跟着瞎叫。"

"先生从啥地方来,到西安时间不长吧?"

"不长,不长。我是从河北过来的,每一次都是办事,停不下多长时间。棉花长成咧我来收棉花,拿棉花回去织布,布织好了我再来卖布。"石三爷道。

"尊夫人织布的事情还要劳动你亲自收棉花?"范铭业道。

石三爷先是一愣,继而明白过来,朗声笑道:"老哥,织布的不是我夫人,是机器,从日本漂洋过海运来的机器。"

说话间,又一碗码着羊血棍棍、腾着白色热气的泖馍端上了桌,石三爷爽利地抖抖肩膀,伸手从筷子筒里抽出筷子,竟然也学着那些车夫的样子在衣襟上蹭了蹭筷子头。范铭业这才注意到,石三爷的左边袖筒竟然是空的。

"辣子美呀!"石三爷这一句陕西话说得颇为地道,也像是开吃前的一种仪式。

范铭业不愿再深问,客套道:"看来石三爷是个做大生意的。"

石三爷一边吃着羊血一边摇头道："小生意，小生意。"

范铭业笑笑，继续有一搭没一搭地问道："小生意，有多小？难不成像这贾家的泖馍馆子这么小？"

石三爷道："人家这馆子店面虽小，惦记的人可多。说不上整个西安城吧，在北关人家这也是独一份。不像我，快让同行给挤兑得没活路咯。"

范铭业再次上下打量眼前的石三爷，皱皱眉说："石先生说笑了，你可不像是没有活路的人。"

石三爷继续吃着泖馍，额上渗出一层白汗。

范铭业继续闲谈着："不过，你那生意听着都麻烦。棉花从西安拉出去，织成布可又拉回来卖。一来一去，路上都不够麻烦的。"

石三爷听罢，突然停下了手中的筷子，少时，复又像自问也像是问范铭业道："那依着老哥的意思，我应该直接把生意就做到西安来？"

范铭业听罢，直觉得一阵呛口辣子直逼咽喉，刺得他猛咳几声道："不得行，不得行。"他端起面前的茶一口饮尽，缓和点便又继续说道："长安自古轻商，这城根子里就没有能做成的生意。"

石三爷又道："那你说说，这西安城的根子是个啥？"

范铭业立起眼眉道："西安城的根子是啥？是读书啊！是开科取士，是广纳贤才。这里曾经成就过大唐盛世，大唐盛世靠的是啥？还不是因为人才济济，所以能够国泰民安。"

石三爷赶忙应道："科举，科举，对，张謇就是状元，可是最后也没有当官，而是做了商人。可见，这考上状元的人同样能做得了生意啊。"

范铭业听到"张謇"的名字气得手抖了起来："对咧对咧，再不要跟我提张謇那个人。你知道他状元咋来的不，知道吗？"他狠狠地往嘴里填了一大口羊血后，继续发狠地说道："那都是帝师翁同龢暗中操作才让他得中状元。后来他又借着南下的机会一路收受贿赂，才有了返乡创业的资本。他那钱来得干净吗？不干净！"说罢，范铭业又摇了摇头："大清朝就是这样被掏空的啊，不然二百多年的铁杆庄稼，说倒它咋就能那么容易呢。要是这大清不倒,兴许科举也废不了。继续招贤纳士,让这天下重新回到读书人的手里,朗朗乾坤不会再这般乌烟瘴气。"

石三爷的笑依然堆在脸上:"先生莫不是也参加过科举?"

还未等范铭业自己答话,传食的小伙计便插言道:"我范爷是西安城大名鼎鼎的老进士,我范爷还等着皇上再开科举,重新让他当状元郎呢!"话没说完,他就被范铭业在屁股上狠狠地踢了一脚。小伙计调皮地伸伸舌头,又往后堂跑去。

听罢小伙计的插言,石三爷拱手道:"失敬,失敬,原来我对面坐的竟然是西安城真正的大学问家。"

范铭业对此显得很受用,并不着急回答,而是舒坦地喝下一口泖馍汤,矜持道:"没啥大学问,不过是祖辈皆以此为志,我当然也不敢有二心了。"

石三爷接言道:"原来是书香世家。"

范铭业点点头:"世代都在郭家圪台,守着一方田产、一座藏书楼,耕读度日罢了。"

石三爷又道:"那您祖上一定出过不少国之栋梁。"

范铭业怅然一叹,再不多言。

石三爷料定自己问得不妥,转而又笑道:"我这人就会做生意,学问自然比不得您。往后真要在西安谋个生计,少不得还得请您指点。"

范铭业摆摆手:"你做生意的,我可指点不了。自古读书人和生意人坐不到一个桌上,进不了一个门。你我今日这般,也算是少有的缘分了。"

说罢,范铭业放下手中的碗,从袖筒中掏出手帕擦了擦嘴角的辣子红油,又从大襟里摸出几张票子,冲着伙计指了指桌上的碗,吆喝了一声:"两碗,结账。"石三爷不允,范铭业也没有给他更多推让的机会:"我比你虚长几岁,又应尽地主之谊,这是应该的。不过还是奉劝你一句,西安城真的没有做生意的根子,你呀,另寻宝地吧。"

石三爷道:"未必,我还要还你这一碗泖馍的情分呢。"

第二章

范铭业戴上石头眼镜，手背在身后，并不多言，只是摇摇晃晃地一边往门外走一边念白道："一不得吹牛，二不喧，我家三辈做大官；我爷见过皇上的面，我婆跟娘娘吃过饭；我爸穿过黄马褂，我妈穿过绫罗缎……"

再走，便只听得见唱，看不见人影了。

石三爷跟周围伙计打听此人底细。

伙计笑着跟石三爷说："爷，范老汉可不是跟你胡吹，人家真的是上了大殿见过老佛爷和皇上的人，就是没有那个状元命。他屋就在离这儿三里以外的郭家圪台，你去那儿打听打听阅微楼，周围的人都知道。"

太阳依旧东升西落，谁都没有把这个冬至放在心上。

2

本来打算吃完泖馍后立刻就返回河北石家庄的石三爷改变了行程，在西安城内城外兜兜转转又逗留了数日方才启程。然而他并不是返回石家庄，而是改道直奔湖北武汉。

范铭业怎么也不会想到，和他有一面之缘的独臂商人正是河北石家庄大兴纺织厂的厂长石凤翔，石家庄大兴纺织厂的母公司正是当时实业界赫赫有名的湖北楚兴公司。

这里有必要费些笔墨来讲讲楚兴公司的前世今生。它的历史可以一直上溯到清末湖广总督张之洞创办的布、纱、丝、麻四局，由于官办失利，辛亥革命后转由汉口楚兴公司租办。由于楚兴经营得力，十年获利白银超千万两。此后，第一次世界大战爆发，各国资本向中国输入量锐减，使得民族实业在这一时期迎来了向上发展的"黄金十年"。也就是在这一时期，楚兴公司投资创建大兴纺织股份有限公司，并在河北石家庄开设大兴纺织厂。不久，楚兴几位股东又投资组建裕华纺织股份有限公司，在武昌建成裕华纱厂。"裕大华"纺织工业系统就此成局。

自"九·一八"之后，城市、农村的购买力都大幅下降，加之日商在华杀价大量倾销纱布，逼得许多厂家走投无路，或倒闭，或转卖。全国的

大华

纺织工业受到重创，破产殆尽。眼下，石家庄的大兴停产、武汉裕华入不敷出，这样的景象，即便是上溯到清末，楚兴公司都从未出现过。

彼时，武汉苏公馆大门紧闭，管家正忙着辞谢要来为裕华公司董事长苏汰余祝寿的各路贵客。而主人苏汰余则把自己锁在书房里，望着窗外枯枝上冒出来的那点不易察觉的绿芽出神。书房的案头放着一张他刚刚翻出的发黄的旧报——《广益丛报》，经年累月，纸张脆弱，字迹墨淡，但上面苏汰余洋洋洒洒几千字讥讽清廷软弱无能的文章依然力透纸背。

苏汰余回想过去的二十多年里，自己弃文从商，从商号小伙计到跟随徐荣廷承租官办四局；临危受命，在政局不稳、连年灾荒的情况下，接手裕华，创办大兴，最终创立"裕大华"纺织工业体系。回想半生荣辱，自己的命运就如纱厂里的织机一样上下起伏，编织的是一个"经纬天下，衣被苍生"的理想。在通往理想的路上，硝烟弥漫，国难重重。

书房的门被推开了，管家终于带来了苏汰余今天唯一想见的人——石凤翔。

苏汰余上前一把握住了石凤翔的手，没想到却让石凤翔抢先开了口："董事长，我今天可是来拜寿的。"

苏汰余苦笑一声，摇摇头："你有拜寿的心意，我却没有过生日的雅兴。"

石凤翔从管家的手里接过自己提来的贺礼——一方用粗麻油纸包好的砖茶，上附红纸，书着三个字——裕兴重。

苏汰余道："你果真是来贺寿的，竟连寿礼都带了。"

石凤翔说："这茶你一定没喝过，来，让管家煮后送来。"

管家应声提着砖茶去煮，石凤翔继续道："这是陕西关中出产的茶。"

苏汰余道："你莫诳我，自古岭北可不产茶。"

石凤翔道："自古岭北虽不产茶，但唯有泾阳出砖茶。南茶北上，陕西的泾阳县是必经之地，也是湖南的黑茶路过此地，偶然二次发酵生了'金花'，被制成了茯砖茶。这可是正经的'陕西官茶'，我特意提来为您拜寿。"

听他说得热闹，苏汰余的兴致却未提起太多，不由得转头看着案上的那份旧报叹气。

石凤翔也跟随苏汰余的目光看向案头，拿起来念出作者的姓名："苏必润。"

苏汰余道："苏必润可是个朝廷通缉犯嘞。"没等石凤翔细问，苏汰余长叹一口气继续说道："当时我年轻气盛，就因为这几千字被清廷通缉，不得已逃到了汉口，更名苏汰余，进了德厚荣商号，一步步走到今日。"

苏汰余又道："别说我了，说说你小时候的趣事儿。"

石凤翔哈哈一笑道："我小时候太顽劣，家里管教不了，才让我跟着哥哥去日本读书。那时候我已年过十五岁，才刚刚把心放在读书这件事上。比起三四岁就开蒙的孩子，我当初可是差远了。"

苏汰余好像故意要挖挖石凤翔年轻时的窘事，问道："我可是听你哥哥说，你在日本求学的时候也不是个乖学生哦。"

石凤翔有点不好意思，抓抓已经掺杂了几根白发的脑袋，点点头："逃过学，打过架。带着一帮中国学生在学校的草地上踢球，全校教室的玻璃恐怕没有没被我们踢碎过的了。"

苏汰余仰面笑道："没想到我们的石厂长还有如此意气风发的少年时代。"

石凤翔越发不好意思："为了踢球还把校监打了，差点让学校开除了。亏了我那时候初生牛犊敢和校长理论，后来非但没开除我，学校还不得不为我们专门修了一个正规的足球场。现在想想，也是有趣得很。"

苏汰余笑着说："像你这么顽劣的学生，没有被学校开除，竟然还学回一身真本事，也是奇了。"苏汰余又道："你留学期间，想必是多有见闻，谈谈你对日本工业的看法。"

石凤翔摇摇手："一个字，怕！"

苏汰余问道："怎么讲？"

大华

少了回忆少年往事的精神,多了几分忧虑的石凤翔说:"留学的假期,我去了大阪内外棉厂实习。我第一次见那么多机器一起工作,工人们在机器间行走有条不紊,各种各样的布眨眼间就能织得堆出一座小山来。这是我在中国从未见过的情景。那时候我就想,难怪日本这个弹丸小国有底气来闯我国门,这后面隐藏的力道果然不可估量。"

"就是你实习过的这个大阪内外棉厂,二十年来在中国不断建厂,仗着日本军方势力,利用中日那些个不平等的条约占尽先机,发了大财。十几年来,该厂纯利都在一倍以上,日积月累,如今已经在中国获利超过一亿日元了。"苏汰余怅然道。

石凤翔用手揉了揉太阳穴:"是啊,当初我怎么也不会想到大阪内外棉厂如今成了吃我的猛虎。"

苏汰余又道:"连年战乱,如今石家庄大兴厂还有武汉的裕华,在市场上都接连受到日货的冲击,商行的进货量也比往常少了很多。你对我们现在面临的这个局面有什么想法?"

"战争绝不是实业的坟墓。"石凤翔道。

苏汰余听到此话一下来了兴致:"你接着说。"

"董事长,您还记得当初一战的时候我们的纺织厂是如何壮大起来的吗?当时多少人唱衰中国实业,而我们偏偏在那个时候觉醒获利。楚兴公司在战后两年,利润达到八百万两白银,相当于原始股本的十几倍。也正是因为有了楚兴公司那时候的积累,才有了后来在石家庄创建大兴、在武昌创建裕华这一系列事情。"

"可这一次,我总感觉不大好。"苏汰余仰面靠在沙发上。

"就现在这个局势看,我也清楚中日这一仗是迟早要打的,只是不知道战争哪天爆发。我一直认为,打仗前先不能输了士气,更不能慢了脚步。跑赢乱世,跑赢战事,我们的企业未必不能逢凶化吉。"

"跑赢乱世,跑赢战事。"苏汰余品味着这八个字,点头道,"凤翔,你讲得好。"

"战争打的是财。日本从本土每派出一架飞机，飞机在中国的领土上每扔下一颗炸弹，枪管里每打出一颗子弹，这后面都需要有国家财力的支持才可以。可是以日本现有的国力和财力，究竟能支撑多久？所以说到底，两国交锋是财力的交锋。实业不该死在战争中，倒是该想方设法活得更好，才能赢得最后的胜利。"

苏汰余脸上的神情已经不似刚才那么沉重，继续问道："那现在这个局，你说说该怎么破？"

此时，管家端着一壶刚刚煮好的砖茶进来，仔细地为两人换了杯盏，添上新茶。

石凤翔邀道："董事长，不着急，您先尝尝这茶的味道。"

苏汰余见这茶汤色红艳明净，如同陈年红酒。茶香随着热气氤氲在唇边，入口初觉偏酸，咽下却略有回甘，及至后来舌根甜纯无杂味。"果然好茶。没想到在大西北竟有这样的茶。"

石凤翔笑道："董事长您刚才所说的破局之地，也正在西北。"苏汰余没有插言，端着茶杯等着石凤翔继续说。"中国之大，足以让我们在任何时候都有回旋的机会。之前我给您的调研报告，不知您是否已经呈送董事会？咱们现在的客商大多都来自西北，而我们的原料棉花又基本产自西北。加之陇海铁路已经通车，我们完全可以去陕西再建一座大兴纱厂，除节省运输成本外，还能开拓更多的西部市场。"

苏汰余脸上露出了满意的笑，他从抽屉中抽出一纸董事会决议："凤翔啊，看来你又要启程了。你来之前，我正担心你不愿临危受命，如今看来我的担心是多余的了。"

石凤翔接过决议和任命书，脸上露出了笑容。

苏汰余又饮了一口茶，像是突然想起了什么，赶忙道："对了，去西安建厂把品堂带去，这小子是该历练历练了。"

在这段谈话发生的两日前，苏汰余在大兴公司董事会上呈上报告："石家庄厂频年营业不振，大受亏折，几乎无有办法。查本厂所出之布，近以陕西为唯一销路,而所用棉花,亦以陕棉为大宗。但是往返装运,运费亦属不赀。故本厂同人屡有迁厂至陕或在陕设一分厂之建议。近政府计划开发西北……因时制宜,实以在陕设一分厂,为保全销市与就近采用原料之要著。"董事会当即通过在西安建厂的提议,并点将石家庄大兴纱厂厂长石凤翔亲自负责此事,同时出任西安大兴二厂厂长。

3

石凤翔和苏汰余一起谋划在西北建厂的这一年是1934年。翻看历史书,这一年虽然没有"西安事变""抗战爆发""国共合作"这样的重大事件,但匆匆阅过大事记,总有一种山雨欲来风满楼之感。

在这一年之前,中国的两股力量展开了一场看似战斗力悬殊的博弈,与此同时,日本军队在中国侵占的土地进一步扩大。先有故宫大批文物被勒令南迁,这些侍奉过历代帝王、价值连城的物件终因兵燹之灾而被迫颠沛流离;后有热河省主席汤玉麟率部不战而逃,日军以一百二十余骑先头部队,兵不血刃,进占承德,热河沦陷。转年蒋介石发起以"礼义廉耻"为基本准则的"新生活运动"。不久,溥仪又在东北称帝,年号康德。同时,中国工农红军抗日先遣队六千余人从江西瑞金出发北上抗日。

究竟是"攘外必先安内"还是"联合抗日",这两者哪一个更能救中国,对于生活在市井中的百姓们而言,这是个挺遥远的命题。他们仍然在自己认知的圈子里努力度日。他们不敢回头看,更不敢朝前想。连年军阀混战,外敌侵扰,他们不是在柴米油盐的平静里度日,而是在炮火连天的夹缝中求生存。

离开苏汰余的办公室后,石凤翔让汽车先回石公馆,自己叫了辆黄包车去寻石家管家聂改华。跟在石凤翔身边近二十年的聂改华,从没让自己的家眷进过石公馆的大门,两家女眷也少有来往。石家的太太小姐经常给聂改华下帖邀请聂家妻女来参加家宴,但都被聂改华婉拒了。婉拒的理由很简单:石家是他工作的地方,不该带家眷来分心。

第二章

石凤翔知道聂改华今日告了假说要回家安顿，可眼下的事等不得明日再议，便准备亲自登聂家的门。

黄包车七拐八绕来到了聂家所在的巷口，一个年轻妇人拉着个五六岁模样的女娃儿正走在前面，女娃儿不时地探看妇人手中的牛皮纸包，兴高采烈地说道："妈妈，让我再看一眼，就看一眼。"

妇人笑道："北北啊，这就是给你买的啊，等妈妈给你做好了新棉袄，穿在你身上，你不是可以天天看了吗？"

女娃儿脸上的笑意露得更多了些，但还是忍不住一蹦一跳地探看纸包。巷子里一个街门打开了，走出来的人正是聂改华，他一把将女娃儿抱在怀里，用胡楂儿故意扎扎女娃儿粉嫩的小脸，十分亲昵的样子。石凤翔这才知道，原来这妇人和女娃儿正是聂改华的家眷。

回到自己家里的聂改华，放下了平日里作为石家管家的谨慎，显得十分轻松。他从长褂里掏出钱包，把钱包里薄薄的一沓票子取出来，脸上露出略带羞愧的笑容，将钱递给妻子。

聂妻拿过钱，仔细数了数，失望地摇摇头道："将将够我们母女俩这个月买粮买菜的。"她小心地收起钱，然后提起水壶把水倒进院墙边的脸盆里，又扯下手巾在脸盆里浸湿后拧干，转身把热腾腾的毛巾递到丈夫面前。聂改华接过毛巾露出舒心的笑容。擦过脸，妻子又把一杯茶递到了面前。

这些在别人家稀松平常的小事，对聂改华来说弥足珍贵，他拉住妻子的手，把茶杯推给妻子："你喝。"

夫妻二人在石桌前的小木凳上落了座，北北很开心地搂着爸爸妈妈的脖子，在两人的脸颊上各亲了一下。

石凤翔在门外看到这样的情形，没有马上推门，想多留给这个小家一些团聚的时间。

聂妻瘦削的身上罩着件已经褪色的白底蓝花长衫，颈上的蓝色盘扣也因时间太长磨得发白了。聂改华细语道："怎么不做件新衫子？"

031

大华

聂妻佯装嗔怒道:"聂管家,您刚才给了我多少票子,心里不清楚吗?"见聂改华没有答言,聂妻又道:"真不是我说,石家也太吝啬了些。你做他家管家也十几年了,兢兢业业,每月就发这点薪水啊,打发叫花子吗?"

聂改华抱歉地说:"让你们受苦了,大先生现在也很难。"

聂妻又道:"他再难,他家女儿身上都是绫罗绸缎。你看看咱们北北,多久都做不起一件新衣服了。"

听到妈妈说这个,北北一下来了兴致,举起刚刚拿回的纸包给爸爸看:"北北有新衣服的,这是妈妈刚刚给北北买的花花布,爸爸你看好不好看?"

还没等聂妻阻拦,聂改华已经接过了女儿手上的花布。翻看几下,刚才的和颜悦色立时消失,心下上火,嘴上也就跟着叨念了出来:"怎么买了日本洋行的布!"

聂妻知道这是犯了丈夫的忌,并不多言,伸手一把拿过布,不再言语。

聂改华又恢复了几分和气,耐心地说:"咱家不穿日本洋行的布,你去退了吧。"

并不知道发生了什么的北北见爸爸说要退布,泪水哗地一下涌出了眼窝,但仍克制着不敢惹怒爸爸,只委屈地求情道:"爸爸,这是给北北做新衣服的花花布,求求你,不要退了好不好?"

聂改华怜爱地抚摸着女儿的头发:"北北乖,这个布啊,不是咱们自己人织的,北北穿不得的。"

北北哭得更凶了:"穿得,穿得,北北好久都没有穿过这么漂亮的花花布了。"小姑娘的头像拨浪鼓一样摇着,脸颊上的泪甩出几滴落在聂改华的脸上。

聂妻一把搂过了女儿,眼圈红了起来:"你跟孩子说这些做什么!"

聂改华拉过妻子和女儿的手,依旧十分耐心地说:"我在大兴厂干了半辈子了,怎么能让女儿去穿日本洋行卖的日本布?"

聂妻不抬头,把半张脸埋在女儿的身上,委屈地说:"别再说你在大兴厂干了半辈子了,一块布头也没见你给我们娘儿俩拿回来过。"

聂改华有意缓和气氛,语气也不再强势,说道:"咦,怎么能这么说?结婚的时候,给你做嫁衣的料子那可是大兴厂当时最好的料子了。大先生专门挑选送来的,你忘啦?"

听罢,聂妻更显委屈:"那嫁衣最后都被我改成了北北的夹袄了。"她抹了把脸上的泪:"都是女人,结一回婚,我连一个念想都留不住。"

聂改华看着眼前这个比自己小了十几岁的女人想,自打结婚后,她家里家外地操持,守着一座深巷里的简陋小院,每天靠给人浆洗衣裳补贴家用,几年间确是衰老了不少,真不似一个年纪刚过三十的妇人。

聂妻继续道:"日本人的布便宜,起码能让我的北北穿上件新衣服。"

聂改华脸上开始有些为难,但依然坚持道:"我的孩子真的不能穿日本人织的布。我挣的钱,哪怕是一分都不能送到日本的布庄里去。"

聂妻不再说话,一味地擦着泪。

聂改华拉过妻子的手,安慰道:"知道让你受苦了。我拿不回布,也拿不回几个钱,但是我们不能让她从小觉得日本人的东西好。你明白了吗?"

还没等聂妻回应,大门吱呀一声被推开了。聂改华一家人循声望去,只听门外有人搭话:"改华啊,你可是委屈了这娘儿俩了。"

未见其人已闻其声,聂改华赶忙紧走几步到了门口唤道:"石先生。"

石凤翔稍一皱眉,低声耳语道:"怎么就给那点钱,我给你开的工钱可不少,你别是又在外面……"

聂改华赶忙拦道:"先生您说哪里话!"

听是石凤翔到了,聂妻很怕刚才埋怨的话被听了去,紧张得手也不知道该放哪儿,只赶紧抹干自己和女儿脸上的泪,嘴里却连两句客套话也说不出了。

见自己搞得一家人异常紧张，石凤翔冲着聂妻笑起来："聂太太，突然造访，真是打扰了。"

聂妻更加紧张，搓着手道："石先生，不不不，让您见笑了。"

聂改华紧跟几步，又恢复了石家总管的状态："先生，家里是有什么事儿要交代我办吗？"

石凤翔点点头："是有事儿得交给你办。不过……"话没说完，旋即又转向聂妻道："聂太太，今天咱们得让他先把自己家里的事儿办妥帖了，您说是不是？"

聂妻反应过来后，赶紧邀石凤翔进院，又忙去准备茶水。

聂改华并不请石凤翔在院中落座，三步并作两步地从屋里拿出大衣，走到门口对着石凤翔道："既然家里有事，我们就不要耽搁了。我先去给您叫车。"

石凤翔看看聂改华，转而又看看聂妻："聂太太，您家先生就这么打发客人的吗？"

聂妻也觉得丈夫太过唐突，便埋怨道："你做什么呀！石先生从来没有来过我们家，你不好这样的啊！"一边说着一边顺手抄起桌上的抹布，仔细又迅速地擦了擦石凳："石先生啊，屋子里实在太乱了。您跟改华就坐在院中聊好了，我去给你们沏茶。沏最好的茶，西湖龙井，您看好吗？"

"好的，我最喜欢龙井。别用太烫的水沏茶，小心把茶烫坏了。"石凤翔笑道。

"放心，放心。"聂妻一边应承着一边进了屋子。

石凤翔没想到聂改华的家境竟然如此窘迫，按说石公馆的管家，每天也是与达官显贵频频交往，加之石家大笔的开销与进账都是从聂改华手里过，就算洁身自好，仅靠石家开出的薪金也不至于落到这步田地。

石凤翔拿起桌上的花布，仔细看了看，又把小女娃儿北北揽过来，问道："北北啊，石伯伯问你，是不是很想做件新衣服呢？"

北北不敢吱声，只轻轻点了点头。

石凤翔说："下次啊，石伯伯亲自给你和妈妈一人选一块花布，让爸爸带回来给你们，好不好？"

北北不知该怎么回答，抬头看看爸爸又看看妈妈，希望能从他们的表情里得到自己应该给出的答案。

这时候轮到聂妻羞红了脸，手里的茶壶几乎要拿不稳了："石先生，真是不好意思，我刚才……哎，真是不知道该跟您怎么讲了。"

石凤翔摆摆手道："聂太太，该说抱歉的不是您。放心吧，这样的苦日子不用撑太久了。不过我要和改华先去一趟西安，等万事办妥了，就来接你们母女。"

聂改华脸上露出笑意："是西安的事定下了吗？"

石凤翔点点头，又看聂妻的反应。

聂妻道："去哪儿都是一样过日子，他在哪里，哪里就是家了。"

听闻此言，石凤翔满满饮了一口聂妻斟的茶，过瘾地唱叫了一声："好茶！"

4

在西安建厂的先遣部队中，李品堂是最年轻的一个。这位在别人眼中的公子哥，实则是当时武汉纺织工业界的一个奇才。西安厂建成之后，他就任总技师一职，直到20世纪70年代，和他年龄相当甚至更为年长的人说起他时，都说他"快人快语，满腹笑谈，实则是个欢喜虫"。而在抗战胜利之后进厂的人提起他，都说那是个"很难相处，性格孤僻，除了工作连招呼都不会跟人打的怪人"。除此之外，此人的终身未婚总会在一批又一批新职工进厂之初成为阶段性的热议话题。

明明人们说的都是李品堂，描述出来的却是完全不同的两个人。所有的故事还要从他随石凤翔一起赴陕择地建厂说起。

李品堂的父亲是武汉裕华厂的创业级元老，李品堂出生时，父亲已

大华

为他创下一片殷实的家业。生长在"九省通衢"——那时已被称为"东方芝加哥"的武汉城，李品堂确也曾是个不折不扣的公子哥。不过这个公子哥后来被人们记住的不是他对吃喝玩乐的精通，而是他与生俱来的纺织工业天赋。自小就随父亲混在纱厂的他，在山一样的棉花堆里打滚，在纺织机轰鸣作业的车间里盯着纱锭一看就是几个小时，把织好的布匹扯到灯下看花纹，把纺好的棉纱攥在手心里对比纱支的粗细。看似调皮且见到什么都要问个究竟的李家小少爷成了裕华纱厂里最让工人们头疼的孩子。因为只要机器转动起来，就会时时有危险，工人们尚且需要多加小心，有个追来跑去、乱翻乱动还要问东问西的孩子，实在让人防不胜防。

但没过太久，情形就完全不同了。刚刚十岁的李家少爷成了裕华纱厂的神童，不知从哪一刻开始，他能听懂每台机器的声音了。站在机器前，他的耳朵就会不自觉地动一动，像是在听机器说话，也只有他那双会动的耳朵能听出机器的异响。如果他指着哪个机子说上一声"坏了"，工人们再去检查，准能发现机器里面纺进纤维断裂的棉花，或者稍有松动的零部件。

苏汰余认定："这孩子早晚是我裕华的中流砥柱。"

裕华的神童李品堂十六岁时被送到日本留学，专学纺织工业技术。开除警告和优秀学生嘉奖总是同时从学校传回来，这让李家父母一头雾水，问清原因后更是哭笑不得。逃学逃课的是他，不尊师长的是他，带头闹事的是他，严重违纪的是他，但是让学校无可奈何的是，每年各科成绩遥遥领先的还是他。学校的老师对这样不服管教的学生十分恼火，但如此优秀的人才，甚至将来会成为纺织界奇才，又是真的可遇不可求，所以便将警告和嘉奖一并发给家长，以期劝诫李品堂收敛不羁，安心完成学业。

而人们并不知道，在学校里看似顽劣的李品堂，实则已经在日本的纺织工厂里偷偷下足了功夫。暑假期间，纺织学校的学生们虽说都有进厂实习的机会，但由于厂方保密工作做得严格，他们几乎无法接触到关键性的技术。最终，学生们的实习基本都以打下手、干杂活混个实习鉴定而告终。

而李品堂不同，他通过中国驻神户总领事和日华学会的帮助，在两年的时间里坚持在仙台丰旭纺织厂实习，参与了这个厂机器安装及生产的所有活动，最后竟然连清花和浆纱两种从不外传的技术也学到了手。他白天上班，晚上画图，回国时，皮箱里已经装满了厚厚的报告，报告内容从技术、管理到工艺无一不全、无一不新。

这些报告成为裕华纱厂摆脱困境的一把利剑，同时也让李品堂成为裕华纱厂乃至整个中国纺织界最年轻的技师。他被当时裕华纱厂主管技术的石凤翔看中，一直带在身边不离左右。从武汉到石家庄，又从石家庄到西安，近十年的时间，苏汰余当年的预言变成了现实，李品堂真的成了裕华不可或缺的中流砥柱。

从小长在深闺的范思旗大概从来不知道天下竟有这样的男子存在。她从小面对的男人只有两个，一个是满腹诗书、轻易不开笑颜的父亲范铭业，另一个就是身体孱弱、总有读不完的书也总有睡不醒的觉的哥哥范青山。她想大约天下男子皆如父兄一样，严格而刻板地循着自己的轨迹生活，耕读一世。连范思旗自己也没想到，在大芳照相馆偶遇李品堂这个"怪物"之后，会发生后面一连串的故事。

早年间的西安南院门并不是如今那条南临老市委、东西长约八百米的横街。粉巷、五味什字，再远点包括竹笆市以及南广济街，都是南院门的范畴。从清朝到民国，这里几乎集中了西安所有的老字号。如果时光能够回到故事开始的时候，那一天南院门老字号的砖瓦上一定都蒙着一层暖黄色的光亮。这光亮映照着亨得利钟表行嘀嗒作响的座钟，也映照着老凤祥金店里一件件昂贵的首饰，更映照着五大书局里藏在书籍扉页下不曾褪色的文字，同样映照着西京国货公司里琳琅满目的繁华。

如果历史的车轮可以不再转动，只是停留在那时的平常岁月里，国恨家仇与刻骨铭心都未曾发生，李品堂和范思旗在那一日也只是擦肩而过，

大华

西安城就会少了许多的爱恨别离。

南院门的大街上有家大芳照相馆，因给杨虎城拍过照片而在西安城中名声大噪。来这里拍照的人都穿得非常体面，恨不得将生活里所有的光彩都展现在照相机前。因为过十六岁的生日，父母特许范思旗去做一身新旗袍，并去大芳照相馆给自己拍一张小照留念。

因为从没见过照相馆如何拍照，范思旗显得十分紧张。这让她在摄影棚里摆了很久的姿势，都无法令摄影师满意。

开门铃铛被撞响，门口走进来的是穿着蓝灰色粗布工服、乱糟糟的头发上还粘着几朵棉絮的李品堂。见惯了光鲜衣着的照相馆老板抬头先是一愣，继而又把头低下自顾自地忙起来，打发道："收破烂还是弹棉花，都走错门咧。认得字不，我这儿是照相馆。"

李品堂知道老板以貌取人，不屑地一笑道："不照相，李少爷也懒得进你这门。"

老板重又抬起头："什么，您这副尊容来拍照，不是跟我开玩笑的吧？"

李品堂已经有点不耐烦跟此人掰扯："谁有空跟你开玩笑，赶紧的，能拍不能拍？"

老板再次确认道："您真的不换换衣服，洗把脸？"

李品堂指着自己身上的衣服："看见了吗？就这件，不换啊，就这件。"

老板看看李品堂的头发，略有些难为情地说："衣服旧点也就旧点吧，那头发总要稍微梳一下？"

李品堂又指着头发道："还是这头发，不动，一根的位置都不能动。就这么拍。"

"拍全身？"老板问道。

李品堂在自己面前划拉了一圈说："大头照啊，就是个大头照。"

老板苦笑一下："那就难为我们摄影师喽，不过您放心，我们一定尽心给您拍张好的。"

李品堂摆摆手:"不用,随便一照,看得清是个人就行了。"

说罢,不但老板乐了,连影棚里正在拍照的范思旗也乐了。只听摄影师"咔嚓"一声摁动快门,随后高兴地说:"女子啊,这一张可给你拍好了。笑得美得很。"

没想到僵硬地摆了半天姿势都没过关,只这么扑哧一乐就拍好了。范思旗悄声问道:"这就拍好了吗?"

摄影师满意地笑道:"好咧,好咧。"

就在范思旗和摄影师闲聊的当口儿,李品堂一个脑袋伸进了摄影棚的帘子,眨眼道:"果然是个好美的姑娘。"

循声看去,范思旗看到李品堂投来的目光,立时羞红了脸,再不敢多往门外看一眼,把头低至胸口就要离去。见范思旗羞涩地出门,李品堂一个侧身让过去,自己也转进摄影棚,刚要落座拍照,见椅子旁落了个粉色的小布包,便一把抓住追出门去:"姑娘,姑娘,你的包。"

范思旗还沉浸在第一次被男子夸赞的羞赧中,并没意识到自己遗了什么东西,只觉得脸上烫得要命,想快走几步赶紧离开,却不想身后的李品堂竟也跟着追了出来。

李品堂从身后一把抓住范思旗。范思旗一惊,以为遭遇了什么抢匪,再一回头竟是在照相馆里见到的登徒浪子,心下一时害怕,便连一句整话都说不出了。李品堂则故意大喘着粗气道:"小姑娘,手里不觉得缺点什么吗?"

范思旗这才发现手中空空,而自己亲手缝制的布包正在此人手中。她鼓起勇气努力让自己大胆并礼貌地说道:"谢谢您,能还给我吗?"

李品堂把包递过去:"追出来不就是为还给你的吗?"

范思旗抱上包扭身就跑,再不多回头看一眼。李品堂大约也是没见过这么胆小的女子,有点愣愣地冲着范思旗的背影喊道:"就这么跑了吗?你叫个啥名儿啊?跑慢点啊,别摔着。"

那一天的范思旗去拍的是十六岁的留念小照。

那一天的李品堂去拍的是用来应付父母催婚的相亲照。

那一天之前，这两个几乎是生活在两个世界的人，都没想到过对方的存在，更不会想到有那么一天两人会匆匆相遇；或许即便是想到了这场匆匆相遇，也不会料到往后的故事。然而，命运偏不允许这两个年轻人就此分道扬镳，而是安排下人世间所有的悲欢离合，让他们最终成为彼此生命中最重要的那个人。

几天后，两人取走了各自的相片，大约因为不同的原因，他们都没有在照相馆中查看自己的照片便匆匆带了回去。等回到家中再看之时，发现错拿了对方的照片，却阴差阳错地更合了心意。

李品堂从袋子中拿出照片，那照片上的女子正朝着他笑得清晰而明媚，有着说不出的温暖。而当范思琪取出照片时，男子故意摆出的严肃面庞倒显出几分憨态和亲近，而她并不知道的是，这相片里的男子此刻正对着她的相片痴痴地笑着。

第三章

1

20世纪80年代,关于大兴纺织二厂在陕择地建厂的情形,《陕棉十一厂志》中几乎是寥寥几笔带过。"1934年11月,石凤翔等八人,在参府巷(现菊花园)17号惠公馆设立了大兴分厂筹建处。厂址最初选在东郊胡家庙,草契购地70余亩,后因故放弃。厂址最后选定在西安火车站附近的郭家圪台。在陕西省主席邵力子和西安绥靖公署主任杨虎城的支持下,购地122.86亩。"

而目睹这一过程的李三命直到晚年都记得,藏在这后面的故事,远不止这百余字。

民国二十三年以前的郭家圪台,甚至整个西安城,其实都像是一块璞玉,如果不是因为陇海铁路打通了连接西南、西北的咽喉要道,大约这块璞玉很难会有被雕琢的机会。

璞玉被凿开的那个缝隙,是郭家圪台贴出的第一份征地公告。

其实,征地拆迁在那时候的西安人看来并不算是新鲜事。自打国民政府决议修建陇海铁路开始,西安北城的人真是没过过什么消停的日子。因为要给从没见过的铁路腾出地方来,北关外的东菜园子、石家巷、史家巷、刘家巷、火神庙逐一被拆,原来住在那里的村民被迁到了北稍门外龙首原南坡下,那地方还被起了个新名字叫"联志村"。就这样,很可能是

大华

西安第一批的拆迁暴发户，就在他们中间诞生。当时的政策是，政府占下你家多少地，就在新地方给你补下多少地，拆了你屋的房，还给你赔现大洋。

祖祖辈辈生活在同一块土地上的人，第一次有了不用串联就组合好的两大阵营——搬与不搬。

老西安人总是不愿意挪动的，关中大地太过肥沃，人们随意地播撒下些什么都能过上衣食无忧的生活。尤其是对祖辈都在耕耘的固有的那片土地更是信赖，换块地方或许就种不出那样熟悉的味道了。总之，他们是不愿意搬的。

还有一些人则愿意去更好的地方。他们大多不是关中本地人，没有托生在这么富庶的土地上，而是被贫穷或者饥饿追赶着来到这里讨生活。他们知道稳定不是自己的宿命，相信在动荡中变革会带来更多的可能和希望。在他们眼里，离西安城墙更近一些，就是他们向新希望又迈进了一步。

后来，不愿意搬家的这一阵营的人逐渐发现，他们再怎么坚持也没能挡住这条可以走铁皮箱子车的路修过自家土地。他们眼前仿佛有那么一辆大车在向前跑，他们想尽一切办法试图让车轮停止转动，而最后他们发现缰绳根本不在他们手里。如果不跟着这车一齐向前，哪怕稍停一停，就会被狠狠地甩进尘埃之中，而自己也将化作尘埃。

阅微楼里的范铭业自然是不愿意做尘埃的，他及祖上的"状元痴"们都是不愿意做尘埃的。他总盼望着那架大车的车轮能够按照自己希望的方向行驶，虽然世事发展与他预期的轨迹偏离得越来越远，可他的心是安定的。为什么？你瞧，那阅微楼不是好好地立在那儿嘛！圣贤绝学白纸黑字地存在着，并没有因为改朝换代而变成一堆废纸啊！修铁路整个北关拆了那么多村子，独独绕过了郭家圪台，这就更让范铭业觉得他的阅微楼简直就是存万世绝学以济苍生的所在，任谁也是动不了的。

一天清早，范铭业如常地坐在阅微楼上读书，却被门外的一阵喧闹声打断。儿子范青山将头探出窗外想看个究竟,范铭业用力地在书桌上扣了扣手指以提醒儿子应当不闻窗外事安心读书。儿子却似乎并没有听到,把脖子抻得更长了些去看外面的热闹。范铭业咳了两声——"读书!"

范青山缩回了脑袋,复又拾起了案上的书。但是窗外的喧闹声更大了,惊扰得范家父子实在无法继续读书。

"谁在闹?"范铭业并没抬头。

范青山答道:"萨胡子。"

"萨胡子也是你信口叫的?"范铭业提高了声音斥道。

范青山赶忙改口道:"是萨爷爷。"

"你萨爷爷能闹将起来什么,一定是有人为难他了。"范铭业又问道。

范青山又试着把头伸向窗外,想帮父亲探探究竟。"看不来。萨爷爷倒在东小院的偏门上,一群人正围着他。"范青山回道。

范铭业反扣下手中的书,左手摘掉架在鼻梁上的石头眼镜,右手捏了捏太阳穴,轻声说道:"下去看看吧。"

父子相携走下阅微楼,走出门的那一刻,范铭业突然说了句:"我咋感觉楼梯刚才晃了一下。"

范青山摇摇头,表示自己并没有发现什么异样。

早已挤在人群中看热闹的李三命悄悄问小灵宝:"灵宝儿,这老汉是谁?"

"萨胡子!"小灵宝悄声道,"这是郭家圪台的一个神人。除了范家人,谁都不知道他是从哪儿来的。"

故事听到这里,对于这个叫萨胡子的人,读者一定来了兴趣。只听这名字,就知道一定不是个没有故事的普通老汉。其实,从萨胡子住进郭家圪台,关于他的传言就从来没有停息过。有人说萨胡子原是清军将领;也有人说他是满腹经纶却"一生襟抱未曾开"的落魄书生;更有人说他原是秦岭山里的游道散仙,来这世上不过是看一回热闹。不过,那都是些传言。在郭家圪台十几岁孩子的记忆中,萨胡子就是住在范家东偏院里的一

大华

个弹棉花匠，郭家圪台没有谁家的被褥不是出自他手。他时而沉默，时而声音婉转字正腔圆地唱上几句京戏，时而又说些极有趣的歌谣哄着村里的孩子们围着他转。他的口音在郭家圪台十分各色，不是关中话也不是河南话，而是一口地道的京腔。他没有自己的家人，却又是范家少不了的一口人。范铭业对萨胡子极为尊重，多年来，萨胡子住着范家的偏院，却并不用给范家交一分钱。那东偏院萨胡子的房里，据说除了范铭业之外，还没人进去过。有人说，一个弹棉花的老汉，屋里除了棉花床子还能有个啥，所以也不屑进去。还有人说，这老汉神神秘秘的，说不定屋里藏了好些宝贝。萨胡子的三餐，并不往范家院里去吃，都是范妻做好后差女儿思旗亲自送过去，自然也是不取半文。

范铭业实在想不来，从不与人争辩的萨胡子怎会与人对峙？想着不能让人欺负了老汉，他的脚步紧了些。范家父子二人来到近前，却见萨胡子提着个拾来的瓦罐罐酒壶，半躺在东偏院的门口，敞着怀露出苍白又苍老的胸膛。那张布满皱纹的脸却红得吓人，从不整理的络腮胡子上沾满了酒汤，嘴皮喝得发紫，活脱脱一个邋遢济癫僧的模样。他身下垫着一堆写满字的纸张，因为已经被踩了不少的脚印，又被撕得凌乱不堪，而无法辨识纸上的内容。

五六个生脸拨开人群，走到萨胡子面前。为首的是个块头不小的青脸大汉，嘴皮发紫，眼窝深陷，冲着萨胡子喊道："哎，老汉，你胡撕个啥！"

萨胡子仰脖又是一口酒，摇晃着脑袋甩着京腔道："字写得太不像话，瞧着别扭。"说完，再不理会那人径自又喝了起来。

青脸大汉知老汉是故意找碴，没好气道："少管闲事。"

萨胡子笑道："你这字真真是糟蹋了这纸，一会儿只能收拾到茅房当厕纸去。"

青脸大汉故意调侃道："咋，儿女连擦尻子纸都没给你买下？"

"老绝户一个，无儿无女。"说到此，萨胡子的音调反倒高亢起来，像是在台上念戏词。

青脸大汉并不动气，又笑着说道："一张得够？不够咧我叫人再给你取十张来。"

"送来的不要，我只要你往郭家圪台的墙上贴的这些纸。"萨胡子又应道。

青脸大汉身后几个年轻人按捺不住，欲往前来，被青脸大汉拉住。他换了口吻道："老汉，既然你没儿没女，守着这地方弄啥？在哪儿不是自己吃饱全家不饿？"同时招呼身边的年轻人："去，把你叔，哦不对，那是你爷，把你爷扶起，咱给老人家寻个好去处。"

几个人两步上前，不由分说架起了萨胡子。青脸大汉趁势取出尚未被完全撕烂的纸。郭家圪台的青年们欲上前理论，只见青脸大汉退去了脸上的笑，脸色变得更加铁青黢黑，转身对郭家圪台的村民说："乡党们，不是我要拆你们的房。"他举起手中的纸又道："这些都是征地拆迁的告示。为啥要拆你郭家圪台，哎，你都问不着我。人家就给了我们一个差事，要在一个月之内把所有村民全都请出郭家圪台。刚这疯老汉把告示都撕了，这下我们再给大家贴上。看清楚啊，不要稀里糊涂。"说完就在东小院的外墙上先贴上了第一张告示。

"古有衙役，今有黑狗。南游北转，东看西瞅。"被高高架起的萨胡子依旧没停下口中的痴语。青脸大汉扭头抓住萨胡子的衣襟骂道："老怂东西，你骂谁是黑狗！"萨胡子突然坐起身，紧盯着青脸大汉，像是要故意激怒对方似的说道："瞄准猎物急下手，揪住领口大声吼，黑狗，黑狗，往哪里走。"

青脸大汉正准备下手，被早已站在萨胡子身边的范铭业一把攥住手腕，动不得半分。青脸大汉回头喝道："你又是哪一个？松开！"

范铭业高声喝道："把你萨爷爷给我放下，他也是你这群混蛋动得的人吗？"青脸大汉见状给手下使了个眼色，众手下放下了萨胡子，转身去贴那些已经破烂不堪的告示。

大华

李三命被人群挤着向前拥，因为他和小灵宝的身量太小，根本看不到青脸大汉贴的告示，只听见人群中发出慨叹："终于拆到咱屋咧。"那慨叹里有的是兴奋，有的却是无力。

2

征迁告示在郭家圪台贴定时，小灵宝的妈在家中的土炕上已经气若游丝。村里人都在各怀心事的时候，小灵宝正迫切地等待去乡下游走卖货的爹能早点回来救妈一命。

灵宝妈心里却十分清楚，灵宝爹是不会回来了。"灵宝娃儿，别等了。"她半撑着身子坐了起来，靠在炕箱上，用手捋了捋蓬乱的头发，"给妈打点水，妈洗个脸。"

小灵宝也明白了妈的意思，但却不忍说破。他揉了揉红透了的蒜头鼻，乖巧地打来水，帮着妈妈擦洗梳头。李三命瞧着这对母子，突然觉得这屋里的"病味"退散了许多。灵宝妈从旁边的包袱卷里拿出了一件夹袄，针线还在上面纫着，明显是还没完工的半成品。灵宝妈拨了拨灯芯，油灯亮了一些："一天弄一点儿，一件夹袄就剩个袖子了，等我做好了，我灵宝娃就有新衣裳了。"

李三命看到此时灵宝家的土墙上映出了三个人影。他突然想起了小时候妈妈常给他念的那首诗："慈母手中线，游子身上衣。"他心里热辣辣的。眼前的灵宝妈有一刻似乎已经变成了三命妈，她们的眼神专注在手中的一针一线上，一样唯恐针脚纫得不够密，一样唯恐棉花絮得不够厚。小灵宝安静地看着妈妈，心里也变得无比踏实和平静。

不知道什么时候，两个孩子都睡着了。又不知道什么时候，灯油尽了灯也灭了，夹袄做好了，灵宝妈咽下了最后一口气。

天亮了，妈妈却走了。这一次，小灵宝没有哭。他用一条绣着牡丹花的手绢盖在了妈妈的脸上，好让妈妈的面目显得不那么悲凉。垮塌的小院和土房，还有无法装裹入殓的妈，小灵宝走出房门，看着湛蓝的天空觉得喘不上气。

李三命的小黑豆眼睛又一次转了起来。他拉上小灵宝决意要做撕开郭家圪台征迁口子的第一户。因为窑院太破，家中又无大人出面，他们只能得到一笔仅够简单装殓和安葬灵宝妈的钱。在小灵宝即将在征迁协议上摁下手印时，李三命提出，厂子今后要给他们一口饭吃。筹建方答应建厂时让他们来做小工，保证每天能吃饱饭。小灵宝把一个红红的巴掌印摁在了征迁协议书上。

摁过手印后，小灵宝以及他的小瓦窑院立即遭到了毁灭性的打击。平日里从不过问这家人生死的村民们冲进小灵宝的家里，一番打砸，把这个本就破败不堪的小院踢腾得一塌糊涂。村里人打小灵宝不是因为这孩子轻易放弃了自家一院土房，而是小灵宝接受了大兴纺织厂（也叫大兴二厂或大兴纺织二厂）的廉价条件，而这些条件远不足以让他们搬离这里。

征迁既已开始，离开便成了必然。郭家圪台上演的一幕幕从古至今都并不新鲜，人们开始在讨价还价中不断抬高搬迁的筹码。直到有一天，郭家圪台的人发现大兴纺织厂开出的条件差不多满足了自己的期待时，便放下了所有的坚持，和小灵宝一样在征迁协议书上摁下了手印。

郭家圪台的二十七户人家已经搬离了二十六户，只剩下了范铭业和萨胡子还留在郭家圪台的白菜心上。

范铭业坐在阅微楼里，不知为什么，他突然想起当年被赶出紫禁城的宣统皇帝，一首词不知何时开始在心中萦绕——"最是仓皇辞庙日，教坊犹奏离别歌，垂泪对宫娥。"他不敢自比帝王，但眼前的一切都让他无比绝望。

大兴二厂已经等不得范家人妥协，便从郭家圪台的四周按计划建设厂房、发电站，搬进机器。纺织厂建成速度之快是范家人始料未及的。从前的郭家圪台，阅微楼骄傲地立在当中，俨然一副鹤立鸡群的架势。而现在阅微楼像溺水之人，渐渐被周遭所吞没。及至最后，范家人发现，无论从前院还是后院，出门就是厂房，抬眼皆是一群不熟悉的工人。范家大院已如被困垓下的霸王，四面楚歌，已无任何出路。

就在范家几乎被逼入绝境的时候，范青山失踪了。

范铭业站在阅微楼上，望着已经遍是厂房的郭家圪台，而身后的书房空无一人。风穿堂而过，把条案上的书吹得哗哗作响，却再也没有人去读上一读。范铭业有些想不明白，自己苦心孤诣培养的儿子，应当与他有着同样的心意，在任何时候都要保住阅微楼。这是范家人世世代代不可动摇的坚持，尤其在此时，更当死守。可儿子不知是在夜里还是清晨，竟离他而去，就连一封辞别信也没留下，一别就是数日。

范铭业将自己的目光放得更远了些，他隐约看到城墙，心里一阵悸动。他知道那是西安城的繁华所在，忽地，他像是看到儿子正站在城中最繁华之处冲着自己大笑，像胜利者一样地大笑。他笑父亲的傻、祖辈的痴，在如今的世道中，在阅微楼里守着发了霉的状元梦，实则已成了个天大的笑话。

范铭业突然明白了什么似的，转身跑下阅微楼，回到自己的卧房，从房中顶柜里寻出放房契和地契的花梨木盒子，打开一看，里面已经空空如也。

花梨木盒子掉在了地上，锁盒子的铜锁落下来，发出"叮"的一声脆响。

事实上，想离开范家这座孤岛的，除范青山之外，还有范思旗。自小很少走出郭家圪台的她，看惯了不变的村舍和土地，也看惯了村舍中许多年不变的人和事，并没有什么新意。她也害怕自己的家被夷为平地，但她更想知道眼前的这些厂房里究竟都装着什么，那些穿着蓝色工服来来往往忙碌的工人都在里面做着什么事情。

范思旗不是锁在深闺的杜丽娘，以她的家庭环境也确实很难培养出意识超前的摩登女郎。但当眼前的屋舍被一间间推倒，一座座厂房又很快拔地而起时，这个女孩跃跃欲试地举起双臂想要拥抱新的世界。

从范思旗在郭家圪台的厂房里再见到李品堂开始，一切就再难逆转。

第三章

趁着父母不注意,范思旗溜到大院外面,第一次近距离地接触这个家门外的新世界。

厂房的窗台很高,她蹦了几下也够不到,于是便从旁边找来几块砖头垫在脚下,这才看清了车间里的样子。

她透过玻璃窗窥探着新世界里的每个细节,无数根柱子支撑着比阅微楼宽大许多的厂房,厂房的屋顶不是平的,而是斜的,房顶上还有窗户,透过窗户,阳光足足地洒在厂房里,煞是明亮。一群穿着蓝色背带裤的工人在一堆铁家伙跟前忙碌着,"叮叮咣咣"不知在做些什么。他们脸上没有父兄读书时的严肃,而是一副洒脱热情的样子。他们不知在说些什么,人群中总是传出一阵阵的笑声。思旗想,他们一定在说十分有趣的事情。

看着看着,她的目光突然定住了。虽说都穿着同样的蓝色工服,但她偏偏就认出了一个人——那个曾经在照相馆里夸她美貌的"登徒浪子"。小姑娘的心中一阵悸动。其实,在照相馆相遇时她并没敢正眼瞧他长什么样子,但在照相馆里拿错的照片,却让她时常忍不住抽出来瞄一眼,又笑一笑。她不懂这样的举动是自己身体和心理发生着怎样的变化,她只觉得他亲切可爱,与父兄不同,像是身上存着些让人说不清的好感。

此时的李品堂歪戴着帽子,把耳朵凑在机器前,指挥工人开车、停车,抽下架在耳朵上的铅笔,在手里的文件板上刷刷点点地记录着。他似乎在讲着什么,旁边的人眼睛都不眨地听他说,时不时地在各自的小本本上也刷刷点点地记录。范思旗想,难道他也是个教书的先生吗?可那些先生都是穿着长袍短褂,不苟言笑,戒尺手中拿、"之乎者也"口中念的老学究。像眼前这位歪戴着帽子、一身棉絮、胡子横生的不修边幅的先生,还真是第一回见。难道说纺织厂里的先生和学堂里的不一样吗?

想到这里,她似乎又看到了照片上那张故作严肃实则憨态可掬的脸,于是便隔着窗户露出了同样的笑。

"哎,窗口那是谁家的小姑娘?"里面一个工人的喊声打断了范思旗的笑。车间里的许多人也因为这一声一齐将目光投向了她。她吓得忘记脚下垫着几块砖头,慌乱地撤下脚,"哎哟"一声重重地摔在地上。

李品堂和几个工人闻声从车间里跑出来。见小姑娘摔下来,几个人赶忙上去扶。这让小姑娘羞得没处躲没处藏。

范思旗把头低得很低,李品堂就把看她的头低得更低:"姑娘,我怎么觉得我见过你?"

范思旗羞红了脸,头越发地不敢抬起来了。

旁边工人笑道:"姑娘,抬抬头,让我们李总技师看看你。"

李品堂挥手轻轻推了那人一下:"别胡调笑,把人家小姑娘吓着了。"然后又轰着大伙儿说:"行了,都别在这儿看热闹了,回去把那几台机器都再检查一遍。"

人们散去。

李品堂悄悄说:"嘿,姑娘,他们都走了,你可以抬头了。你真的是我在照相馆里见过的那个姑娘吗?"

思旗不说话,继续低着头。

李品堂伸手扶她,她向后躲着。李品堂就在她面前伸出一只胳膊:"那你来抓我,先站起来,看看有没有受伤。"

思旗依旧低着头,但却伸手去抓住那只胳膊。她觉得他真是有力极了,抓住那只胳膊心里就觉得十分踏实。

思旗的脚还是扭伤了,李品堂扶她坐在旁边的台阶上,然后从衣兜里摸出一张照片,递给思旗:"你看,我就知道是你。"

思旗慌忙抽过照片,藏了,有些嗔怨道:"你怎么早不还给我!"

李品堂被女子逗笑了,回道:"姑娘,咱们可得讲讲理。我怎么知道你在哪儿,又怎么还给你呢?"

思旗转着手中的帕子,紧张得又是一句话也说不出口。

李品堂见姑娘实在太害羞,便想缓和一下气氛,问道:"你知道我刚才检修的机器是做什么的吗?"

这倒引起了思旗的兴趣,她摇摇头,但脸上明显露出了想知道答案的好奇。

李品堂指着她手里的帕子说道："给你织帕子的呗。"

思旗看看手中的帕子，又想想刚才看到的那些庞大的机器，总觉得这人一定是在诓骗自己："你哄我，这不可能。织布的机器我家就有，我跟我妈都会织。没见过你们这么大的机器。"

李品堂一皱眉："你怎么就不信我呢？真的呀！你和你妈一天才能织出几尺布来，这机器一开，一天能织出上百上千尺的布呢。"

思旗瞪大了眼睛："是真的吗？"

李品堂一脸自信地说："骗你做什么。等这机器开了，我一定请你来看，看看那些布是怎么一眨眼的工夫就被织出来的。"

思旗向往极了："那我能学会怎么织吗？"

李品堂并没有想到自己让小姑娘有了这样的愿望，兴奋地说道："如果你真的愿意学，那一定是这座工厂里最聪明伶俐的纺织女工。"

范思旗明白，自己开始着迷于李品堂描述的那个阅微楼之外的世界，但她还不明白的是，自己也开始着迷于这个为她打开新世界之门的人。

3

那个除了范铭业谁也没进去过的东偏院卧房里实则住着一个真正的清朝贵胄。

萨胡子，原名达蓝泰，老姓萨克达氏，满洲镶蓝旗人，乃觉罗氏一支，虽不属满洲八大姓，但也实为旗人望族。他自幼生在京城，长在武将之家，却对带兵打仗、刀光剑影之事毫无兴趣，成日里读纳兰词、临羲之帖，身上透出的文人雅士之气让人很难相信他是护军统领之后。其家世显赫加之才学出众，尤以一手龙蛇竞走、磨穿铁砚的好字享誉京城。

顺治年间，清廷在西安城东北隅建立仅供八旗军驻防及其家眷居住的城中之城，时人称之为"满城"。宣统元年，达蓝泰，也就是现在的萨胡子，被派往西安满城驻防。彼时的清政府已是风雨飘摇，孱弱的驻防部队如同朽木一般，随时都有倒下的可能。

虽顶着个驻防守备军佐领的头衔，达蓝泰却是游历名山古刹，继续写诗作画，一副散淡游仙的架势，根本顾不上理会腥风血雨来临前西安满城刮起的瑟瑟风声。

宣统三年，武昌起义爆发。陕西新军联合哥老会响应武昌起义，举兵反清。

达蓝泰还在睡梦中就听到了来自满城城墙外的枪声。此时，义军已经向满城发起了总攻。很快义军攻克了后宰门，又引爆了安远门城楼上的八旗火药库。平日里怠于操练的八旗兵此时已经完全失去了抵抗力，见义军攻进城，便不再抵抗，纷纷逃窜。

达蓝泰逃至郭家圪台，得一年轻读书人相救，伤痕累累的他终于捡回一条性命。他不想连累年轻人，便将自己的身份悉数告知。谁知年轻人非但没有告发他，反倒将他藏在自己家的东偏院里。养好伤后，达蓝泰的胡子已经留了近半尺，年轻人告诉他，以后你不叫达蓝泰，就叫"萨胡子"。

自此，萨克达·达蓝泰这个名字，天下再无人提起。

不用说，那年轻人就是二十多年前的范铭业，他虽不是旗人，但总愿清王朝能重新一统江山，好让他再有机会去考状元。至于他多年来为何无条件供养着旗人萨胡子，怕是只有他自己心里最清楚。

现在，阅微楼和范家大院也跟当年的满城一样，摇摇欲坠，两个不再年轻的痴人似又看到了末日的黄昏。

萨胡子已经许久不出门了，只一味地在房里弹棉花，将家中积攒多年的旧棉花弹得蓬松轻软，又一针一线地缝制成被褥，整整齐齐地摞在炕箱上。

"虎不辞山，人不辞路。"一旦到了"辞"的时候，便在心底认定已经来日无多，要去亲戚朋友家都走一走，把一辈子还没说完的话再说说，把一辈子没打开的心结都解开。但此时的范铭业，找别的亲戚辞路已然是不能了，能辞的就只有和他一起守着阅微楼的萨胡子。

透过窗格，范铭业瞧见萨胡子的房里竟没有了动静。他心下一惊，赶忙推开房门，只见昏暗的房间里，萨胡子正坐在炕上对着几乎要顶上房梁的、厚厚的一摞被褥痴笑着。

范铭业仰着头道："他萨爷，您这是……"

萨胡子说："萨老汉能办的事儿不多了。来，挑一床，将来旗旗出嫁的时候，这就是她萨爷给她的嫁妆。"

范铭业长叹一声："我怕是也看不到那一天喽。"

范铭业在屋里转了一圈，发现四壁空空，突然问道："他萨爷，墙上的那些字画都哪儿去了？"

"烧了。"萨胡子继续看着被褥，目不转睛。

范铭业一惊："那都是你多年的心血之作，咋说烧就烧了？"

"我一个弹棉花的，说什么心血之作。"

"曾经名动京城的达蓝泰，"范铭业扼腕道，"可惜了。"

"君埋泉下泥销骨，我寄人间雪满头。达蓝泰！那是个二十年前就死在满城里的人了，莫再提。今天坐在这儿的就是弹棉花的萨胡子。跟你范铭业有这二十年的交情，知足啦。大清朝复国无望，你那状元梦也就别再做了。"萨胡子道。

"不做了，不做了。"范铭业长叹一声，这一句"不做了"是压在他和范家祖辈心头的石头，原不敢轻易说出口，但现今已经没有更好的结局了。"守着范家祖宅和阅微楼，耕读传家，不过是想让祖宗别太寒心了。外面的世事由着它变去，我只闭了门推我的日月还不行吗？"范铭业慨叹道。

"人家不叫咱闭门推日月啊。"萨胡子指着被褥说道，"来来来，看一下，看看我给咱做的这些被褥，你还能看上不能。"

"咋缝了这么多！土快盖了头顶了，哪能用得上这么多的被褥！"

萨胡子"咦"的一声："你忘了那年风雨交加，我破衣烂衫地倒在你门前的样子了?那时候我就想着,只要我能活过来,真的,只要我能活过来,我一定缝上它几百床被褥,把我自己裹得暖暖和和,再不受一点冷一点冻。"

范铭业的眉头稍微舒展了些:"他萨爷,你缝的这些下辈子都冻不着你咧。"

萨胡子捋了捋胡子:"对着呢,这些被褥咱们老哥俩走的时候,叫孩子们都给咱铺垫得整整齐齐的,咱暖暖和和地上路。"

范铭业索性畅快地说:"行,就这么定了。"随即,他拎出别在腰里的一壶酒,笑着征求萨胡子的意见道:"来,喝两口?"

"行,喝两口。"

范家东偏院的窗格子里传出了秦腔悲凉的唱段:"小鸟哀鸣声不断,它好像与人诉屈冤。是何人将你们双双拆散?看起来你与我同病相怜。"酒过愁肠,悲悲切切的哼唱几乎要勾出两人的老泪来。这样你一杯,我一杯,两人一边哼着一边喝着,并不干杯,也并不多言,偶尔只将酒洒在地上。

不知过了多久,范铭业带着醉意准备离开,刚刚起身,又被萨胡子拦住。范铭业抬头一看,眼前的萨胡子脸上已经变了神气,双眉吊立目光炯炯,使人再难相信这是个平生无大志的弹棉花老汉。

"他萨爷,我还从没见过这么神气的你。"范铭业道。

"蒙范爷不嫌弃,多留达蓝泰在人间苟活二十载,今日里就让我至至诚诚地伺候范爷一段《定军山》。"

听萨胡子拿着京腔京调开了口,范铭业明白了这其中的意思,将杯中酒一口饮尽,拍案叫好。

萨胡子端起身段提足精神念白道:"末将年迈勇,血气贯长虹。斩将如削草,跨马走西东。两膀千斤力,能开铁胎弓。若论交锋事,还算老黄忠。"

东偏院的小屋幻化成一方舞台,京城、西安、清朝、民国,世事纷扰

第三章

在这方舞台上旋转更迭,而萨胡子第一次站在舞台的中心,豪气冲天地唱出一生藏在心内的爱恨离仇。

"这一封书信来得巧,助我黄忠成功劳。站立在营门三军叫,大小儿郎听根苗:头通鼓,战饭造;二通鼓,紧战袍;三通鼓,刀出鞘;四通鼓,把兵交。进退俱要听令号,违令难免吃一刀。三军与爷归营号!到明天午时三刻成功劳。"一段西皮快板转散板之后,萨胡子收了声,也在他的舞台上谢了幕。

喝罢酒的当晚,范铭业刚刚离开不久,萨胡子的房就塌了。已经醉倒的萨胡子浑然不知,等被人发现时,他的身上盖着那些倒下的棉被。虽说萨胡子的身体已经僵硬,但被棉被包裹得暖和无比,犹如生者。

房倒屋塌,范家的东偏院一片狼藉,人们并没有在萨胡子的房里找到什么值钱的东西,只有一方被砸碎的砚台,染了墙角满片墨迹。可人们却不知,那是一方上好的福寿图端砚,曾是清宫御制。

酒醒的范铭业看着萨胡子的尸身说道:"萨老汉,你比我命好啊,暖暖和和地上路咧。"

在萨胡子离世的第二晚,正在建厂工地上当小工的李三命看到范家大院的门口坐着个衣衫不整的老汉,手里提着酒壶,目光涣散而浑浊。

老汉的眼里流着泪,不时回转身子,冲着范家的大门影壁匍匐着磕头。李三命以为这是个路边饿得没了办法的老叫花子。天色渐晚,三命实在是见不得这么个老人家卑躬屈膝地要饭。晚间刚领的黑杠子馍在口袋里摩挲了半天,拿出来又放进去,放进去又拿出来。最后他还是把馍掰成了两半,先是三口两口地吞掉了稍大的一块,然后又拿着小一些的那块朝着老汉走去。

"爷,你得是饿得不行咧?要不然你把我这块馍吃咧吧。"三命怯生生地说道,却并不完全地把那块黑馍馍从口袋里拿出来。

当老汉转过头,李三命明白自己刚才的判断失误了,这老汉可不是什么叫花子,正是他初进郭家圪台时给他留下深刻印象的老先生范铭业。

大华

"呀，范爷，咋是你？"

范铭业想不起眼前的小孩是谁，喷着一股酒气开口问道："你谁？"

李三命用衣袖擦了擦自己的脸，伸得离范铭业更近了些："范爷，你看，我是李三命，跟着小灵宝回来的，还吃过你家流水席上的臊子面。"范铭业转而明白过来后又完全变了一副模样，突然如凶神一样地叱问道："就是你们两个碎崽子娃带头让人来拆郭家圪台的。我范家百年的基业竟然断送在两个小鬼手里。"

李三命赶忙摇摇手道："爷，爷，不是你想的那样。灵宝妈都死到屋里了，没钱装殓。他爸撇下他们娘儿俩跑了。我们也实在是没了办法。这厂子答应我们现在干小工，能挣上几个黑馍馍。"

没等李三命把话说完，范铭业就一把薅住了他的脖领子："黑馍！为了几个黑馍，你娃就把良心亏了？就把几百年老祖宗传下来的基业丢了？"范铭业的怒火随着他口中的酒气一起滚烫地灼烧着李三命。

三命求饶得更紧了："爷，屋里头遭灾我爹妈都病死了，把我养在大伯家，我大妈逼着我喝恶水（泔水），活不成了。我跟着拉砖茶的车逃到西安城，又给人当小工，有上顿没下顿，逼急了我还沿街要过饭。爷，饿得怕了，我不想拆你屋的房，我就是为了混一口饭吃。真的，真的！"

李三命也有点没料到，情急之下，自己却能如此顺畅地说出一个苦孩子的不幸经历。只是闭着眼睛说完这些后，他感到脖领子上那只手松了下来。他如同重新被放生的兔子一样撒腿便跑，再也没敢回头多看那半人半鬼的范铭业一眼。

天黑尽了的时候，李三命看到厂区的中心燃起了熊熊大火，那不是别处，正是范家大院以及立了一百多年的阅微楼。炙热的火光烤着三命的脸，有个什么东西堵在他的喉咙里似的，上不来也下不去，让他难受极了。"为啥要死啊，活着多好啊。"这是他心里当时最强烈的声音。

火灭时，天已有了亮色，在已经烧成废墟的范家大院门口，放着一碗冒着腾腾热气的羊血泖馍。

第三章

"那一碗泖馍辣子红得叫人心疼。"李三命暮年时常常念叨这句话。

4

李三命是一个对粮食有着崇拜、有着信仰的人。这大概与他总也吃不饱并经常游离在生死边缘的童年有关。正如他向范铭业陈情的一样，那时候的李三命连明天都未必盘算得到，他能想的至多就是下一顿饭在哪里。这样紧绷的焦虑随着民国二十五年春天的到来越发严重。

在大兴二厂谋个长久温饱的打算即将成为泡影。大兴二厂的厂房由上海象新公司包建，当机器开始正常运转起来的时候，包建公司完成使命将厂房交付大兴二厂使用。李三命和小灵宝这些建筑小工也失去了在这里继续谋生的机会，他们领了几毛钱和两个黑馍馍后，被驱出了工厂。

被赶出厂子的时候，李三命以及一众小工看着自己一砖一瓦建起的厂房，心里是有那么点觉得自己"了不起"，而这点"了不起"的感觉很快便被肚子里"咕噜噜"的叫声击溃，变得不值一提。

李三命和小灵宝走散了。

很多小工带着黑馍奔赴下一个可能谋生的地方，没有再回头多看一眼新建的工厂。而李三命则跑到对面不远处的山坡上，将工厂尽收眼底。没有人告诉他这个工厂将来会怎样，更没有人跟他讲这座工厂对于西安城的意义，他只觉得这座工厂对他而言伟大极了，他真想把自己所有的精气神都留在这里。

但是那里面也藏着太多他看不懂的东西，他小黑豆似的眼睛此时无论怎样转动，都无法使他继续留在这里。为了不被马上饿死，他还是选择了离去。

诚如他所料，在西安城里再找一个能每天吃黑杠子馍的地方真的太难了。大概是第三天或者第四天晚上，李三命的兜兜里没有毛票也没有黑馍了。天色渐暗，这一晚注定是要挨饿的。

入夜，李三命发现西安城的夜并不那么黑了。过了很多年之后他才知

大华

道，正是因为大兴二厂用电所需，建厂之初先建成了西京电厂，这电厂不仅仅让大兴二厂的机器运转，也让西安城亮了起来。虽说不是家家户户都亮得起电灯，但那些光亮足以让穷孩子李三命为之兴奋。他的心里萌生出一句话："世上的日子会越来越好的。"

无论如何都不能在已经看到希望的时候饿死。此后，李三命的嘴巴变得更甜，碰上铺子便叔叔大爷地问候老板，希望凭着一股子不大的力气和还算机灵的脑袋换得一口饭吃。很快，他寻得了一个在书院门装裱铺子里做学徒的营生。学徒是没有工钱的，粗活累活都得干，夜里给师娘管孩子，早起给师父倒尿盆，白天在店里受师兄们的挤兑，大锅饭菜也抢不上那口热乎的。"不过，没饿死，心里就踏实得很咧。"李三命那时常用这样的话在心里安慰着自己，以期平顺地熬过日月。

一日，店里刚刚落板（关门），李三命正一个人打扫店面，本已逐渐安静下来的门外传来一阵没什么底气的货郎吆喝声："针头线脑，拨浪鼓，布娃娃，走过路过的婶子大娘，来给孩子买一个吧。"

听得出，这不是个惯走江湖的老货郎，倒像是没什么经验也没什么力气的乞丐，而且应该也是个跟自己年龄差不多的孩子。李三命悄悄起下一块板，发现果真有个娃半倒在店外的台阶上，护着自己手里的货郎筐筐，有一声没一声地叫着，街上的人少有停留，都匆匆而去。

李三命蹲下，盯了一会儿，发现那孩子的声音越发微弱，身子也越来越挨近地面，不一会儿便彻底躺在了地上。李三命拾起一个小石子朝那孩子身上砸去，因为衣服单薄，那一下正砸到了他脊背上高高突出的骨骼上。只听那孩子"哎哟"一声，还没转过身就骂道："狗日的，谁呀？"当两人面对面时，李三命发现这孩子竟是小灵宝。

"小灵宝。"李三命拽了拽孩子的衣裳。

小灵宝也有些纳闷，这里怎么会有熟人？他使劲儿揉揉眼，但天色太暗还是没看清楚，便问道："你谁呀？咋认识我？"

三命靠近一步，好让小灵宝看清楚，嗔怒道："饿瞎了吧，你仔细看看，是我！"

"哇"的一声，小灵宝放声大哭："哥，你咋把我弄丢了！"这可把李三命吓得不轻，他连忙捂住小灵宝的嘴低声劝道："我的爷啊，胡叫唤啥呢。小心把师父吵醒了，我又要挨打了。"

在李三命怀里抽泣了好一阵子才缓过劲来的小灵宝说："三命哥，给口饭吃吧。饿了三天了，快饿死了。"

这个世界上很多的滋味李三命到死都没有尝到过，但是饥饿的滋味，他自认不会有人比他更熟悉了。他拉着小灵宝的手，踮着脚穿过裱画铺的前店，又猫着腰蹚过走廊的矮墙，一直绕到后院最角落的厨房门口。两个人屏住一口气摘下挂在门上并未落锁的门锁，随着厨房门"吱扭"一声滑了进去。

厨房不大，三命在灶台上摸到了一盒洋火，"嚓"的一声点着，迅速蹲下，然后借着光寻找有可能被师娘剩下的残羹冷炙。一根，两根，三根，当第三根火柴快要熄灭时，三命听到墙角有窸窸窣窣的声音，转脸一看，竟是小灵宝趴在地上，像吃猪食一样地往脸盆里拱。

三命熄灭火柴，凑上去踢了小灵宝一脚。小灵宝下意识地躲了一下，但并不离开脸盆，仰起脸招呼三命一起过来。三命凑到盆子跟前，闻到一股醉人的甜香，再仔细一看，竟是师娘酿米酒用的醪糟。他吓得赶忙拉起小灵宝，又用手去码平已经被翻腾出个小坑的醪糟米，复在盆上盖上厚厚的棉被。

"狗贼娃子，给你寻点剩饭得了，你咋敢祸害醪糟呢！明天师娘不得扒了我的皮！"李三命低声呵斥吓唬道。

"偷吃不算贼，三命哥，这是救我一命嘞。"小灵宝转着舌头，把沾在脸上的米粒继续旋到嘴里，接着说，"香，真香。三命哥，你在这儿当学徒肯定尝不上这么好的东西。你也尝一口么，反正那么大一盆，吃上几口，主家发现不了。"

其实，自打闻见那股子香甜的味道，三命的脑壳子就已经开始发胀

大华

了，本来就已经薄弱的意志被小灵宝这两句话瞬间打败。两个人又摸到盆子边，揭起棉被的一角，那股子香甜味道更是扑鼻而来。

三命低声命令道："少吃两口！"

小灵宝狠劲点头的同时，已经把手下到了盆中。

原以为自己会及时停手的两个孩子，在醪糟中酒精的催发下，越吃越觉得香甜，越吃越忘我，渐渐忘了自己身在何处，也便没了初入厨房时的那份小心。两人开始谈天说地，颇有把酒言欢的架势。最后竟一同抱着醪糟盆睡倒在地上。

转天醒来，两个吃醉了的"贼娃子"四仰八叉地躺在厨房里，一股子酒臭味盈满灶间。"没有家贼引不来内鬼。没想到这个平日店里最低眉顺眼的小徒弟竟然是个家贼。"两人被伙计们一顿臭揍之后，老板和老板娘又扒掉他们身上的衣服，砸了小灵宝的货郎担子，把两个光屁股娃赶出了裱画铺。

两个酒意未退的红脸光屁股娃在大街上成了一景。从裱画铺出来时，他们双手捂在不便之处，脑袋恨不得倒插进胸口。一副窘态惹得众人注目。后来被巡街警察盯上后，他俩又顾前不顾后地一通乱窜乱躲。他们躲在街巷里，趁着菜农不注意偷过菜筐套在身上，又在夜里偷偷撕了街巷门面店的招牌布围在腰间。后来实在没了办法，他们找了两张旧报纸糊在身上，结果小灵宝一泡尿太急，没忍住，这报纸衣服也作废了。

多年之后，李三命经常用这个故事教育不爱吃饭的孙子孙女，但总没有达到预期的效果。孩子们好像还是对光屁股在大街上被追被撵得没处躲没处藏的两个顽童更感兴趣。

就这么浪荡了半日，他们意外地在书院门碰到了范思旗。

5

范青山从没想过自己能过上这样的日子。

事实上，在最后的几年里，整个范家大院家道已经十分艰难。虽有几亩薄田，可范家父子早已经失去了耕作的本事，租给郭家圪台的住户，靠着不多的地租维持家计。

作为范家的长子，范青山从小就被父亲告知自己的人生已被规划完整。除了阅微楼里的书，还有迟早要去考的功名，整个世界都和他没有多少关系。范青山自小很少走出范家大院，像个女孩子一样被养在书楼之中。除了父母还有比自己小十几岁的妹妹，以及隔壁院子里住着的萨胡子，范青山几乎没跟外面的世界打过一声招呼。

一日，在城中做生意的舅舅造访范家，提出要带外甥去见见世面，说孩子大了，早晚是要出去的。范铭业勉强答应范青山出去看看，临走时将一张书单交给儿子，嘱咐儿子一定去几大书局将这些书寻来。

走出郭家圪台的范青山，像一个从故纸堆里爬出的怪物，年轻的身体里藏着盖满灰尘的灵魂。他总是低着头，又总是用余光看着西安城，这个世界在他眼里繁华喧闹、光怪陆离。在这样的世界里，他的样子显得古怪而让人厌恶，还夹杂着几分可怜。

"舅舅，书局在哪儿？你引我去吧。"他心里对父亲的交代还是不敢有一刻的忘怀。

"去啥书局呢？舅舅带你好好吃吃逛逛是正经的。"舅舅走在前面，一边与身边走过的人打着招呼，一边引着外甥给他介绍街面上的新鲜。

"家父再三叮嘱不能耽搁时间，找了这些书还要回去念，离考试的时间不远了。"范青山道。

"考试？考啥试？"舅舅不解。

"今年秋闱，我爹说让我去试试。"范青山还是低着头答道。

舅舅先是一愣："秋闱？"进而明白过来，然后放声大笑，先是笑得眼中流泪，后来干脆笑得捧着大肚子坐在了一旁的台阶上。在范青山看来，舅舅的模样已经全没了父亲所说的读书人应有的持重。可那种笑声让他觉得恐惧，尤其是在一个让他感觉如此陌生的环境里。

"舅，你咋咧？你再不要笑了，你笑得我害怕得很。"小伙子胆怯地问道。

当范青山从舅舅这里得知科举考试早已在他出生之前便废止时,他突然觉得自己是一个被父亲圈养的怪胎,可怜、可笑却又不知所措。他一句话也说不出来,自然也没有再想去找那书局。揣着舅舅给的几块钱,他像个游魂一样游荡在西安城的大街小巷,后来他被一个姑娘拉进了开元寺。

民国作家张恨水在探访西北后,曾如是描写过开元寺:"这寺在东大街路南,大门对着街上,门里是片广场,广场正面是庙,两旁是环形的人家门户,猛然一看,不过一般中产以下的住户而已,可是里面藏了不少的奥妙。在那大门上,有块开元寺的石额,下面有块木板横额,正正端端,写了'古物商场'四字。按理说起来,这开元寺是唐朝开元年间的建筑品,历代都增修过,说这里是古物商场,当然可以邀初次西来的人相信。但是看官到西安,千万别见人就问开元寺在哪里,或者说我要进开元寺去,因为那两旁人家,不是古物,乃是东方来的娼妓,稍微有身份的人,是不敢踏进这古物商场一步的。"

据说,1949年以前,有钱人出西安火车站,登上人力三轮车,都会叫喊一声:"走,开元寺!"瓦肆勾栏、花街柳巷里,尤以开元寺最为出名。吴侬软语让这里成了西安城最有名也最热闹的红灯区。

范青山究竟是如何误打误撞进了开元寺,又发生了些什么,细节并不可知,自然也不必深究。只是隔了几日再返回郭家圪台时,范青山已觉自己两世为人。然而自小懦弱的性格让他无法去质问父亲为何诓骗他十八年,也没有勇气告诉父亲自己在外的所见所闻、所做所想。他和往日一样每天晨起和父亲一起读书直到深夜,没有一日懈怠。当年的秋闱自然是没有的,父亲随便说了个理由便又将想象中科举的时间推后了三年。儿子自然没有多问,还是接着读书。

就这样不知不觉过了近十年,阅微楼迎来了最后的结局。当有那么一个机会冲出这里时,范青山再也没有给父亲留一丝希望。

他偷出了房契和地契,在搬迁的协议上签了字。是的,作为范家长

第三章

子，他有权做这样的决定。随后他拿到了一笔不菲的安置费用，以及大兴二厂送他的一院房。这样的收获他已经十分满意，所以在离开范家大院和阅微楼时，他笑面盈盈，没有丝毫难过。

至于阅微楼后面发生了什么，范青山并不关心。他在书院门的新家中开始了新的生活，枕着可能一辈子也花不完的钱恣意地享受着三十多年来闻所未闻的畅快。

新的世界最怕被旧的世界打扰，尤其是被来自旧世界的人打扰。

门楣上挂着黑底金色的四个大字"范家大院"，牌匾的新也说明了宅院的新。在牌匾的下面更靠后点的地方，砖雕上又浮现出"宁静淡泊"四个大字，多少有点主人标榜风雅的意味。推门而入，有照壁墙挡着，上面的游龙戏凤颇为生动。转过照壁墙，一砖到顶的房墙，配以上等松木制作的房梁檩椽门窗。上房居中，厢房在两侧，井房在左，磨坊在右。这里没有阅微楼的儒雅，自然也没有留在阅微楼里范家几代书痴的酸腐与陈旧。这样光鲜的院落，范思旗也是第一次见到，当她从房打颤（旧时的房产经纪人）那里打听到这里就是哥哥范青山的新居时，心里充满着忐忑。

已到晌午，范青山尚未从前一夜莺歌燕舞的酒场宿醉中醒来，一个穿着花哨的女子一边系着颈上最后一颗纽扣，一边走出了正房的大门，带着撩拨风情的嗓音朝里面喊道："范爷，我可得走了。赶明儿再来吧。"屋里传出范青山含混不清的应和声。

范思旗走进这扇大门之前，预想过无数个再次见到哥哥时可能发生的情景，却独独没想到眼前的这一幕。在她所认知的世界里，这些都不曾发生也无从听得。她像个石化了的雕像一般，呆立在院中，并不知道该作何应对。

女人看到院里站着个穿红黑格粗布旗袍、梳着两条辫子颇为朴实的女子，先是一怔，然后骚情地跺着高跟鞋，冲屋里更娇滴滴地嚷道："范爷，我这儿可还没走呢，怎么今天的人就先来了？我不依，我不依的。"女人的话中因带着些吴侬软语的腔调，更透出许多风骚，让没见过这场面的思旗显得更加尴尬与难堪。

范青山蓬着头，揉着惺忪的睡眼，一只脚趿拉着板鞋，一只脚索性光着，走到正房门口："胡谄啥呢？啥人来咧？"

兄妹俩几乎都已经记不清上次见面是什么时候，再见面时，却都需用不同的心态与心境去面对至亲手足。

能来找范青山是因为范思旗委实再无出路，范家被毁后，她如同一叶浮萍飘在人间。一个未经世事的女子在饱尝乱世飘零之苦后，对自己的亲哥哥抱了一线希望。

"哥哥。"思旗还是从嘴里挤出这两个字，虽然她已十分不愿意。

风骚女人左右看看，像是明白了什么，不知趣地调笑一番后被范青山打发出门。

院里只剩下了兄妹两人。思旗不愿进屋，依然站在院子当中："哥哥，家里的事儿你都听说了吗？"

"听说是被烧了。"

思旗点点头："爸妈也……"她停住没法再说下去。

"我都知道了。"范青山点起一根香烟，潇洒地吐出一个烟圈。说起父母的死，他显得毫不在乎，就像是在谈论陌生人一般。"哦，你今天来找我是要做啥？"

思旗并不正面回答，只说自己是多方打听才找到这里的。

范青山当然明白妹妹是来做什么的，索性也不愿瞒着："对，这院这房是他们厂子给我的。那些个遭人唾骂的事也都是我干的。不肖子孙的名声哥哥我一个人背了，就不连累你了。"

范思旗不太明白他这话的意思："哥，你说这话是啥意思？"

"没啥意思。我离开范家大院的时候磕过头，说了，我不再是范家的人。如今自然也没有养你这个妹妹的道理。生死有命，富贵在天，你呢，自寻出路吧。"

"可我在这世上就你一个亲人了。"范思旗觉得自己已经是在哀求了。

"亲人？别跟我提亲人这事儿。范铭业是我的亲爹，可他害得我好苦啊，三十年，整整三十年把我锁在那个跟牢笼一样的阅微楼里读书，就为了让我等大清皇上复位，等重新恢复科举。他拿我当什么，拿他的亲儿子当个笑话吗？告诉你，我觉得那纱厂来得特别好，他们把范铭业的梦彻底打碎了，也把锁着我的那套枷锁彻底砸烂了。我不想跟过去有半点联系，包括你在内，我要重新活一回人。你明白吗？"说这些时，范青山似乎变成了一条恶狼，将自己的亲妹妹步步紧逼至大门影壁下。

　　范思旗则更像一只被逼入绝境的小猫，蜷缩着身子，被撵出大门。关上大门之前，范青山从兜里摸出几块零钱打在妹妹身上："拿着，走，不要再来找我。"

　　看着地上的几枚钱，范思旗的脸火辣辣地疼，亲哥哥的那些话就像无数个耳光重重地打在她脸上。任由那几枚钱晾在那里，她踉跄地起身离开这个同样也叫范家大院的地方。

　　兜里什么也不剩，只剩下一张李品堂的照片。像是被什么力量牵引，范思旗向着郭家圪台的方向走去。

第四章

1

在汉口孤儿院里,每个月的十五号是个极好的日子。

天还没怎么亮出影儿来,看门的赖爹爹就起身披上一件麻布衫子,用他那顶旧得发白的、软塌塌的蓝色八角帽扣住自己长着烂疤癞的光脑袋,然后从抽屉里取出纸和烟丝,熟练地卷起来,用舌头舔舔纸边,随后点燃,深吸一口,一脸满足。烟头忽明忽暗,窗外的天也随着烟头明暗的节奏渐渐亮了起来。这是赖爹爹开始每个新日子前最后的惬意和自在。

赖爹爹是个五十多岁的老绝户,无儿无女,在孤儿院看大门、干杂活。他嘴里总是不干不净地骂那些孩子们"你个婊子养的",但老武汉人都知道这就是一个感叹词。武汉人什么心情什么状态都能用一句"你个婊子养的"来表达。这话一直沿用数百年,致使很多第一次去武汉的人一开始都觉得有些刺耳,听惯了倒生出了几分亲切。孩子们对这个爱骂人的赖爹爹谈不上喜欢和亲近,只知道他就是孤儿院固有的一部分,和这里头顶的每一片瓦、脚下的每一块砖一样,不会消失也不会变化。

十五号,赖爹爹要比别的日子起得更早些,因为这一天总是有更多的活儿要做。院子里的地是一定要扫干净的,武汉潮湿的空气在院子的砖地上催生出一片片的绿苔,前几天还滑倒了穿着高跟鞋的院长,导致赖爹爹挨了一顿骂。墙脚的野草是要齐根铲去的,替之以几盆不知名的小花,让

第四章

院子里瞬间有了些过节的气氛。赖爹爹嘴里含混不清地低声嘟囔着什么，也像是在抱怨着什么。但这些抱怨并没有阻碍孤儿院里的其他人紧接着听到的这一连串的声响，扫地声、犬吠、鸡叫、鸟鸣，还有最后孤儿院的大门"吱扭扭"被打开的响声。

而几乎所有的孤儿都希望这是自己最后一次听到这一连串的声音。

正在低头扫院子的赖爹爹突然被人从身后抢走了头顶上的破帽子。还没转身，他就已经开腔骂起来了："你个婊子养的，把老子的帽子还给我。"

抢他帽子的孩子，像个猴子一样没等赖爹爹追过来就已经三步并作两步地爬上了院中的老槐树。咯咯的笑声引得院子里其他孩子也围了过来。"赖爹爹头上的疤癞！疤癞！疤癞！"孩子们对赖爹爹的笑耍几乎成了孤儿院里不多的娱乐项目之一。是时，赖爹爹也并不真的生气，而是将扫把一把扔在地上，打散了刚刚扫成一堆的树叶，然后叉着腰走到树下，仰头望着坐在树上的那个孩子，并不避讳其他孩子看到他头上的烂疤癞。

"蛮崽，有本事你就抱着老子的帽子坐到树上莫下来。等今天的主家来了，他们一定看不上你这个上蹿下跳跟个猴儿一样的小屁伢（伢：武汉话，孩子）。"

听到赖爹爹说到"主家"这个词，在一旁看热闹的孩子们像是被提醒了什么，顾不上再看蛮崽的耍猴小戏，忙不迭地赶回各自的屋里去了。

"被主家领养走"是汉口孤儿院里每个孩子的心愿，每个月的十五号就是这个心愿有可能达成的时候。

所以这一天对汉口孤儿院来说便是个极好的日子。

这样的心愿，蛮崽当然也有。刚开始，他也和其他孩子一样，在这一天里洗干净自己的脸，透出小孩子应有的健康白嫩的肤色；他也会在头一天晚上就用篦子把头皮上的虱子都篦出来，再把头发梳得整整齐齐；虽然袜子已经完全地露出了五个脚趾，但是他也会把套在袜子外面的那双鞋刷洗得尽量干净。

大华

但他的心愿总是落空。身边一起长大的小伙伴陆陆续续被领走，只有他成了孤儿院最"老"的孩子。那些主家来挑孩子的时候，眼神总会从他身上飘过，就好像他不存在一样。即使有那么一两位主家目光愿意在他身上停留一两秒钟，也绝不会有什么结果，而是像卡壳一样，捋顺了继续看下去。时间久了，蛮崽便不愿再打扮，也不愿再装乖巧，真变成赖爹爹嘴里说的那种不讨喜的猴孩子。

唯一愿意多跟他玩的是小姑娘端午。端午四五岁的样子，一张小嘴吧嗒吧嗒地能说会道。偶尔她会在自己玩得正欢的时候，突然跑过来抱着管教姆妈的腿说："姆妈姆妈，你辛苦啦！"她也会对着墙根下新长出来的野草说："小草小草，我亲亲你，你也亲亲我好吗？"

院里没有人喜欢蛮崽，但几乎没有人不喜欢端午。可端午觉得蛮哥哥非常厉害，他只要一跃身子，几步就能爬上树去，简直能给她摘下天上的月亮来。而蛮崽对这个像狗皮膏药一样黏着他的小姑娘一开始是厌烦的，总是爬上树躲着她，甚至有时候到了晚上，蛮崽在树上睡着了，端午在树下等着也睡着了。时间久了，他们也就成了最亲昵的伙伴。

三个月前，一个穿着素蓝色旗袍的年轻女人走进了孤儿院的大门。她的衣着没有其他主家太太那样华丽，发髻松松地绾在脑后。她白皙的面孔上生着一双弯弯的不大的笑眼，唇上有淡淡的胭脂，手指轻轻地抚弄了一下鬓边的发丝，手腕上露出淡蓝色的翡翠镯子。孤儿院朱漆大门做背景，她站在那里简直就是一幅画。

女人的手里拿着一个崭新的布娃娃，这让端午不得不直勾勾地盯着娃娃并走到了女人的身边。

"娃娃，你真的蛮俏皮，我蛮喜欢你，你喜欢我吗？"端午对布娃娃说道。

女人笑着蹲下去，把娃娃递到端午面前："娃娃说，她也蛮喜欢你！"随后女人示意端午收下娃娃。

端午露出了少有的羞怯。她刚刚被剪出的蘑菇头像个小锅盖一样扣在

第四章

脑袋上，显出点呆呆萌萌的样子。姆妈今天特意给她换上了一条漂亮的连衣裙，害怕她弄脏了，又给她系上一件白色带花边的围裙。此时她双手抓住围裙的一角，眼睛不敢直视女人，却忍不住要瞄一眼漂亮的布娃娃。

女人把娃娃塞到端午怀里，突然有些小心地问道："丫头，你愿意叫我妈妈吗？"

突然，一只肥腻的大手一把抓住了女人纤细的胳膊，几乎要把胳膊上的翡翠镯子捏碎，也捏破了女人和端午对话的美好场景。

那只肥腻的大手上戴了四个镶嵌着红红绿绿宝石的大金戒指，大拇指上还戴着一个墨绿色的大扳指。肥腻的大手后是一个更加庞大的身躯，还没看到整个人，就看到了打先锋的大肚子。一身锦缎做的长袍，马褂因为无法罩住硕大的肚子而向外张着，显得十分滑稽。

连声音里都带着酒肉油腻的男人斥责着年轻女人："就晓得你搞不了什么正经事。你捡个小姑娘伢子回去干什么？跟你一样都是赔钱货。"

女人不语，仍是低头看着端午。

男人用那只大肥手拎起端午，端午的蘑菇头倒悬着，脸上满是惊恐。女人声音里带着恐惧："求求你，莫摔她。"

男人刚刚走到树下，一桶水从树上泼下来。未待他发作，从天而降的水桶又端端地扣在了他的大脑袋上。慌乱中，端午抱着布娃娃惊恐地从男人手中挣脱。

一连串的突发事件后，院里的孩子们先是惊愕，转而哄笑起来。因为男人的样子实在是滑稽，取下水桶，礼帽掉了，露出秃得发亮的脑袋，一圈带卷的头发狼狈地贴在头沿，活像是《西游记》里的沙和尚。

这时，孩子们朝树上一看，正见蛮崽咧着嘴笑得前仰后合，为自己的精彩演出而欢喜得直拍巴掌。

气急败坏的男人揩掉脸上的水，抬头看到树上的蛮崽，准备去爬树。体态庞大的他活像一只笨重的黑狗熊，根本无法向上挪动半分。看到这样的情景，院子里的孩子们更是笑得直不起腰。

大华

男人自觉没趣，在树下撂下几句狠话，扭头就抓住女人的手向外拖拽。

女人不停地回头，在人群中寻找端午的影子。端午突然明白了什么似的，又从人群中冲了出来，大喊着："莫走，莫走，我叫您妈妈还不行吗？"

女人急得说不出什么话来，只是不停地点头，脚步却无法抗争地跟着胖男人而离开。

那一晚，蛮崽爬到老槐树的树杈上，高高地坐着。他不理树下的人，也没人理树上的他。大家都认为，如果不是蛮崽泼下的那一桶水，也许女人最终真的能领走端午。也许今晚的端午就会穿上富家小姐的花裙子，吃上一顿有鱼有肉的好饭，盖着新被子睡在松软而温暖、带着幔帐的床上。想到端午所有的梦都被蛮崽的那桶水浇灭，大家又对他生出了许多恨意和厌烦。

哭累了的端午被教养姆妈抱进房里哄睡了，长长的睫毛上挂着惹人心疼的泪珠。直到月亮出来照亮整个院子，蛮崽的影子和树的影子一起倒映在院子的地上，他还是想不清自己到底是救了端午还是害了端午。

武汉的夏天，热，所有人都成了待蒸的羔羊，跑不出这口大蒸锅。

时过正午，还不见一个主家来，好多孩子已经受不了渐渐从地下蒸腾起来的热气，有的解开纽扣，有的则干脆打起了赤膊。他们杂陈着希望和失望的心绪，被这口大蒸锅蒸得烦躁不堪。赖爹爹光着脊背，肩上搭着一条湿答答黏糊糊的毛巾，头顶上却还是不摘那顶破帽子。他又搓了一根纸烟卷，悠悠地抽一口，坐在门房外的长条凳子上，眼神迷离地看着院子里收拾停当的一切。

入夜，依然没有一个主家来。孩子们被领养的希望落空，加上闷热难耐，便早早各自回到房间去休息。树上的蛮崽却发现了深夜里的"密谋"。

当赖爹爹门房的灯也熄灭的时候，院长房里昏暗的灯光就显得尤为刺目。蛮崽偷偷溜下去，蹲在院长房外的窗格下，听着里面院长和一个陌生男人的已经进行了一半的对话。

"不行，你不能光要儿子伢，姑娘伢你也得带走。"

"院长，你莫坑我。一次性帮你处理两百个伢，我已经蛮讲胃口（讲胃口：武汉话，讲义气）了。"

"你晓得我的情况，每年都发水，每年都有伢送到我这里来，我真的是莫得法（莫得法：武汉话，没办法）啊！"

"你以为送到西北就有办法啊！"

"至少那里不发水啊！"院长抢白着说。

"密谋"还在继续，可是蛮崽却似乎聋了一样，再也听不进去他们后面的对话。"处理""西北""发水"这些恐怖的字眼在脑海里盘旋，却怎么也拼不出一个完整的内容。

当蛮崽把这些恐怖的字眼带给孤儿院的同伴时，他们用这些字眼拼凑出不同版本的推测，一个比一个恐怖，一个比一个绝望。

"莫不是要把我们拖进西北的沙漠里渴死饿死！"随着一个孩子的猜测，孩子们像世界末日即将来临一样，赶紧把手边能翻到的吃食往自己的衣兜里塞，还有的竟然仰脖咕咚咕咚地喝起水来。

"我还听说那里的人会把小孩子放在火上烧死来祭天！"这样的遭遇貌似没什么太好的解决办法，大家失神地对视着。端午吓得呜呜地哭了起来。

蛮崽心疼地抱起端午："端午不哭，蛮哥哥会保护你的。"

在孩子们的猜测中，屋外轰隆隆的雷声开始酝酿成雨滴。武汉人真正的恐惧在足足十几天的沤热之后，随着倾盆大雨才真正来临。

2

武汉，是一个永远无法和长江割裂的城市。两千年前荒无人烟的云梦大泽，在长江和汉水的暴戾中被不断分割，逐渐造就了一个江汉内陆三角洲。当洪水退去，人们惊奇地发现这些洲滩竟然土沃草丰，于是在此围垦、修防，武汉三镇逐步形成，人类开始在这里繁衍生息。后来也是因为长江，这里成为淮盐、漕粮周转的码头，竟成就了商贾云集的"东方威尼斯"。

然而，长江对武汉也不总是温柔的，甚至大多数时间是残暴的。

"夏，江水、汉水溢，流民四千余家。"公元前185年。

"淫雨，庐舍人畜淹没无数。"明洪武二十三年。

"黄麻大雨，山洪暴发，水漫堤塌，田地淹没，泛滥成灾，江水猛涨，长江水位达27.86米，田地淹没冲压，民房倒塌。"民国二十年。

民国二十年，也正是汉口孤儿院里所有孩子噩梦的开始……

那时只有八九岁的蛮崽身子蜷缩成一团，用双臂和双腿紧紧地夹着面前的并不算粗壮的树。妈妈被大水冲走时，不停地向他大喊："抱紧这棵树，这是你的命！"在大水的冲击下，很多东西离蛮崽越来越近，很快又离他越来越远。水忽大忽小，有时没过他的小腿，有时又盖过他的脚面。刚开始蛮崽还向上挣扎，后来他停止了挣扎，已经被冻僵在那里了，他觉得此刻即便松手也未必会掉下来。他好困，他好想睡过去，睡过去也许就能跟着大水一起找到妈妈了。

这是三年前蛮崽遭遇大水时的情景，也是三年来每到夏天就会重复出现的梦魇。

大雨已经下了十多天了，关于大雨前夜的流言已经鲜有人提起。整个孤儿院都浸泡在水里，整个武汉三镇也都浸泡在水里。

惊醒后的蛮崽，额上渗出了豆大的汗珠。

蛮崽又开始回想三年前发大水的情景。当大人们把他从树杈上摘下来的时候，蛮崽下肢已经被泡得发白肿胀，整个人气息奄奄。他被送到汉口孤儿院的时候，大家都觉得这孩子已经活不成了。没想到吐了两天酸水儿后，蛮崽竟说："饿死老子了！老子要吃热干面！"

一碗热干面下肚后，蛮崽活了下来。

蛮崽从没想过要去找被大水冲走的妈妈，除了偶尔在梦里能听到妈妈说"抱紧这棵树，这是你的命！"以外，他从不像别的孩子一样和孤儿院里的大人们讨要自家的妈妈。他知道妈妈一定是不在了，虽然他还未必了解死是怎么回事，但是他肯定自己是再也见不到妈妈了。

蛮崽很想快点长大，就能从大水的魔咒里逃出来。

可是，没有等到蛮崽长大，水患再次来袭。

汉口孤儿院的大通铺被一个挨一个的孩子占得满满当当。蚊虫嗡嗡地在屋子里盘旋，间或有一两声打在皮肉上的巴掌声，屋子里充盈着孩子们的汗气和尿骚气，不好闻，却还能忍受。

端午就睡在蛮崽的身边，小脸因为连日的阴雨而变得肿胀灰暗，头发蓬乱而黏腻地贴在额上，手里还抱着那个布娃娃。只是小孩子毕竟是小孩子，睡着了世界也都安静了，端午均匀的呼吸成了这大水灾里难得的一点好。

此刻，孤儿院以外仍是一片嘈杂，水声、骂声、哭声并没有比白天少许多。蛮崽想着白天帮着大人抢救接来的孩子，想必自己当年被送进来的时候也是这样的。发了大水之后，每天都有新的孩子被送进来，这些孤儿就像是洪水生出来的一样，水越大，孩子越多，孤儿院就显得越小。

突然，端午均匀的呼吸被一阵剧烈的咳嗽声打断了。一旁的蛮崽听到这声音来自端午，后背上的汗一下子冒了出来，他的眼前像被什么糊住了一样。他使劲揉揉眼睛，端午复又出现在他眼前。他赶忙摇醒端午，端午连眼睛也睁不开，喃喃地问道："蛮哥哥，是不是水又来了？"蛮崽突然不知道该说些什么，紧紧地抱住了端午，他总觉得有人要从他手里抢走端午。

是的，是死神要夺走端午了。

水未退，疫又到。

一开始，有一个孩子出现了发热、打摆子、拉稀的症状，其他孩子还悉心地照顾着，后来教养姆妈驱散了那些好心的孩子，让戴着口罩的赖爹

大华

爹把生病的孩子抱走了。是被抱去看医生了么？医生都在西院那个已经废弃很久的仓库里躲着吗？怎么被抱走好几天了，还没治好送回来呢？这些疑问充斥在孤儿院所有孩子的脑海中。

一天深夜，孩子们透过窗子看到赖爹爹把一个草席裹着的人扛出去，席子卷的一头被撑开，露出了那个前几天生病的孩子泛着荧荧绿光的脸。

后来，发热打摆子的孩子逐渐增多，赖爹爹照例戴着口罩把他们抱去西院的仓库，过几天又卷着席子抱走。

这些伙伴没有一个再回来，他们就像一颗颗烂果子，每天都会被摘出来送进西院的仓库里，过上两天再彻底扔掉。

端午突然在蛮崽的怀中打起摆子，蛮崽的眼泪再也控制不住地淌下来。"蛮哥哥，我好冷啊，你抱紧我！"蛮崽更用力地抱紧端午，愤怒夹着恐惧的声音从牙缝里逼出来："端午，莫抱走端午。"他低低的声音叫醒的不只是死神，还有睡在他们身边的其他孩子。孩子们醒来后发现，端午已经完全是颗"烂果子"了，于是慌忙地躲开他们，并仰着脖子喊："赖爹爹，赖爹爹！端午烂了，端午烂了！"

赖爹爹从房间角落里站起来，从兜里摸出已经发黑的口罩戴上，然后过来看着蛮崽。蛮崽绝望地看着赖爹爹。他看不清赖爹爹的脸，却看到他那顶破帽子直愣愣地戳在那里，赖爹爹的眼睛变成了两个黑洞，那个黑洞越来越大、越来越深。他的鼻子、嘴巴被一块黑布遮掩着，黑布上有血迹，对，那就是血迹，一定是刚刚吃过人以后留下的。这不是赖爹爹！这就是死神！蛮崽发疯似的抱紧端午，端午打着摆子蜷缩在他怀里，他却因为抗拒死神的脚步而几乎灵魂出窍。

赖爹爹抱走别的孩子时没有丝毫的停留，可是到了来抱走端午时，他还是停顿了几秒。

赖爹爹第一次见到这个小女孩时，是在孤儿院的大门外，那天是五月初五，正是端午节。那时尚不满三岁的小女孩坐在大门外，哭哑了声音要找妈妈。赖爹爹一看便明了了，把孩子扔在孤儿院的门口还能有几个意思？他抱起小女孩走进院长的办公室，院长问孩子的名字，赖爹爹想都没想地从嘴里蹦出两个字："端午！"

如今，他要亲手把端午当一颗"烂果子"摘掉了，心被牵着疼了一疼。可是这种不忍最多换来了他几秒钟的停留，紧接着就是和抱走其他孩子一样的程序和动作。

蛮崽毕竟是抢不过赖爹爹的。他疯了一样地抱住他的腿，并开始像狗一样死死咬住他腿肚上的肉。赖爹爹一脚踢开他："你也不想活了？"

谁都想活着，蛮崽像被雷劈了一样，顿时吓傻，呆愣愣地放开了赖爹爹。

蛮崽很绝望，这绝望来自妈妈被大水冲走时的样子，也来自端午被赖爹爹抱走时喊出来的最后一声"蛮哥哥"。

孤儿院成了一片混沌，像是一个临界之地，一半是人间，一半是地狱。其实整个汉口、整个武汉也都是如此。

蛮崽不想看到端午最后被草席裹着扔掉的样子，也不想自己有一天变成"烂果子"被摘掉。

他终于准备离开了。

当蛮崽的一只脚已经跨出孤儿院的时候，一张熟悉的面孔与他擦身而过。

他努力地回想了一下，这正是大雨倾盆的前夜，他在院长办公室灯影下窥见的与院长密谋的那个面孔。于是，那些可能会被在西北处理掉的猜测复又重现在脑海中，奇怪的是，那些对西北的恐惧此时也没有那么强烈了。冥冥中，蛮崽收回了已经跨出去的脚，重新回到院中。

那人来后径直去找院长。蛮崽紧随其后，听到了他们的第二番密谋。

"你算是来了！已经死了蛮多了，莫得办法答应给你两百个了。"

"有几多要几多，把没生病的赶紧叫出来。我这一两天就来带走他们。"

"好好好！"院长的声音里竟带着许多的感激。

蛮崽依然不明白他们这些孩子要被带到哪里去。不过，或许没有什么地方比此时的武汉更像地狱了。这样的猜想最终在赖爹爹那里得到了证实。

当天夜里，赖爹爹也开始打起了摆子。

一开始他发觉自己有些发冷还并不在意，以为是下雨天阴的正常感受，于是便随手摸出纸和烟丝来，准备卷一根烟抽抽好取暖。在人们连饭都吃不上的情况下，手里有这么一盒烟丝和一张薄薄的纸片简直是莫大的幸运。

赖爹爹这么想着，手却不听使唤地颤抖起来，没用几秒钟他心里便明了了，紧跟着头皮一阵发麻，头上的烂疤瘌也随之跳动了起来，变得火烧火燎。他还是卷住了烟，虽然把珍贵无比的烟丝撒了不少，但是他坚持要抽完这根。

抽完烟，他从兜里摸出了那个发黑的棉纱口罩，无奈地苦笑着骂了句："要你有个鬼用！"说完顺手把口罩丢在地上，自己径直往西院的小仓库走去。

临关门时，赖爹爹没说什么，只是给孩子们挤出了难得的一丝丝笑："你们这些竹瞎子（竹瞎子：武汉话，熊孩子）比全武汉城的人命都好！"

孩子们都不明白赖爹爹说的是什么意思，只有蛮崽心里像放下了一块石头。是的，没有什么地方比武汉更像地狱了，而他们要离开这里了。

孩子们离开孤儿院的时候，这里的一切都改变了。这所因大水而生的孤儿院，又因大水而毁。孩子们以为永远都不会改变的一草一木、一砖一瓦，还有赖爹爹，都在这场大水结束时不复存在了。

3

如今，在汉口江滩，一艘名为"知音号"的渡轮几乎成了游客必到的打卡地。日落时分，观众登上码头，换上长衫与旗袍，尚未换取一张老船票，演出就已经开始了。黄包车叮当作响地从身边驶过，卖报的小童吆喝着当日的头版头条，提皮箱戴礼帽的绅士、匆忙赶路的旗袍淑女都把观众带进想象中风情万种的民国时空。

然而这样的流光溢彩、这样的生动鲜活，不属于曾经生长生活在民国武汉的蛮崽和他的伙伴们。这些孤儿中有许多人，终其一生，都没有再回到过这座城市。虽然在往后或长或短的人生经历中，他们也时常会怀念要排长队才能吃到的蔡林记热干面，也还能记起夏日傍晚武汉街头摆起的一排排竹床和乘凉不归的人们，时不常地也还能哼唱出睡在母亲怀里听到的摇篮曲，但这些记忆和思念都没有给他们足够的勇气，让他们在壮年、甚至是暮年再回到故乡武汉。

蛮崽和他的伙伴们从这里离开时，像是一片片被风雨、冰雹和雷电打散的浮萍，不知会飘向何方。衣衫褴褛、瘦小孱弱的他们被塞进火车车厢，离开汉口，离开武汉，离开大水，在漆黑的夜幕中驶向远方。

火车摇摇晃晃了许久，终于在一个完全陌生的地方停下来。有几个识字的孩子告诉大家，车站站牌上写的两个大字是——西安。

很快，蛮崽和他的伙伴们被带到了离火车站不远的大兴纺织二厂，拥有了一个全新的身份——童工。和他们同时拥有这一身份的还有几百名从西安本地招来的孩子和女工，其中就包括李三命和小灵宝以及范思旗。

童工，是所有国家资本最初发展时不可绕开的群体。其实，童工并不是在工业革命时期才产生的，追溯过往，未满十八岁便开始以力谋生的儿童并不在少数。然而，从工业革命开始，机器扩大了对儿童劳动的需求，童工成为一个时代组成经济结构的重要因素。

在早期的英国工业革命中使用童工劳动是一种很普遍的现象，"现代工业一兴起，工厂就雇用小孩子；最初由于机器小（以后变大了），在机器上工作的几乎全是小孩，而且他们主要是从孤儿院里领来的，厂主把他们当作'学徒'成群地长期雇用。据统计，1788年时，英国有纱厂142家，童工25000人，而男工却只有26000人。1835年时，英国棉纺织业中13岁以

077

大华

下的童工有28771人，占到该行业中工人总数的13%左右，如果把13岁到18岁之间的少年工人也算在内的话，其比例将达到22%。"

当机器代替了手工业，需要人做的事情也越来越少。童工年龄小、报酬低而且手脚灵活，是资本家很难舍弃的群体。也就是说在李三命、小灵宝和蛮崽他们成为童工将近一百年前，大洋彼岸的资本家们已经为中国的民族资本发展打出了童工劳动的样本。

聆听工头宣读和讲解《厂规》以及《入厂保证书》是童工们入厂后共同接受的第一课。那些干涩绕口的内容，被工头解读得十分直率且接地气——"上班时间12个小时，看墙上的大钟，短针走一圈就是12个小时。吃饭、拉屎、撒尿都要在规定时间去，规定时间回来。其他时间不许休息、不许吃喝、不许乱跑。"如此种种，从做工到生活，细枝末节均有一定之规。那时候工人们还不懂这就是现代化工厂最初的管理模式。

令李三命印象最深的还有一句话——"入厂后如遇危险病症私逃及其他不测事应各安天命。"

旧时梨园行，学徒初入戏班时，都需要立下"生死状"。各大门派管法不一，内容自然也就不尽相同，只是他们不约而同地都有这么一句："死走逃亡伤，各安天命。"想来正是因了这句话，才将立下的文书叫作"生死状"，既表明了规矩，又撇清了责任。《入厂保证书》多少也留下了旧时梨园行里生死状的味道。

童工们云里雾里地听完宣讲之后，就排着队开始在保证书上摁下红红的手印，算是终于确立了自己与大兴纺织二厂的关系。在经过机器轰鸣的正规训练之前，这些童工首先是童，无论是心智还是耐力，仍无法摆脱孩子好动的天性。想来，童工们第一天入厂时的情形，和今日刚刚入学的熊孩子们应该没什么两样。但也不用太久，童工与熊孩子之间的天差地别就会出现。

"工长啊，你是不知道呀！头疼得很，就是这个娃一路上就没消停过。"带队师傅指着蛮崽黑乌的小脸，跟一个背影又宽又高的女人抱怨着,"我几次差点没忍住,想把这娃从火车上推下去。"

那个被称作工长的女人穿着淡蓝色的纺织女工制服,腰里绑着白围裙,腰身明显不合适,赘肉像是快要从衣服里给挤出来了。她一边听带队师傅介绍童工情况,一边往童工手里塞着工作服,还要清点人头,又要不时地把蹿出队伍的孩子拉回来,一时间场面不可谓不热闹。

一个粗犷的声音打破了孩子们的吵闹。"都把嘴闭上。"这声音来自那个后背宽大的女人。当她扭过身子,一张极其狰狞的脸呈现在所有孩子的面前。那张脸明显是抹了不怎么高档的粉而泛出夸张的假白,加之那双布满了深深眼纹的大眼睛凹陷下去,配以猴屁股似的胭脂和血红的大口,让人想起了年画上的钟馗。

魁梧而肥硕的身材、足以穿透耳膜的嗓音,以及那张红白分明的大肉脸盘子,让所有在场的童工顿时收声。"阎王奶奶""母夜叉""女钟馗",孩子们在自己为数不多的鬼神故事记忆里,极力地为眼前这个女人寻找着合适的身份。

花脸女人从地上捡起一根鞭子,用母狼一样的眼神在静默中扫视着每个孩子:"我看谁的嘴再动一下。"很多孩子立时抿紧了嘴巴。"你们进了厂子就是厂子的工人,和那些大人一样,按照厂里的规矩上班下班、吃饭、睡觉。敢有不听话的,看见我手里的鞭子了吗?"

"哇"的一声,角落里一个小姑娘哭了起来,显然她的年纪还太小,进厂前后大约连最懵懂的工作概念也不曾有过。不过这哭声倒是让花脸女人的口气略微缓和了一点,当小女孩被其他女工抱出去的时候,她继续道:"都好好听话,好好干活。管你吃喝,风吹不着雨淋不到,每个月还有工钱,还有啥不满足的!"

"老子吃不上热干面就是不满足。"这口音是李三命和小灵宝都不熟悉的,热干面是什么自然也没听说过。

花脸女人的五官再次簇到一起,以至于那两条夸张的黑眉毛像两条要斗狠的毛毛虫,二目圆睁,比最初的样子更为可怕。

大华

　　用陌生口音喊着要吃热干面的人，正是那个从武汉一路来愁坏了所有人的蛮崽。此时的他正躺在靠窗的宽窗台上，袒胸光脚，破衣烂衫。当大家把注意力都集中在他这里时，他继续道："刚那是给人吃的饭吗？馊面条一碗，一点油星和肉末都没得。让老子吃个屁啊！"

　　有胆大的孩子附和着："就是啊！""啊"字还没有彻底说出口，附和的孩子脊背上便腾起了火辣辣的疼，比疼更早到来的是花脸女人手里鞭子的一声响。原来这鞭子真的会抽下来，这一抽让气氛变得更安静，也让蛮崽接下来的声音变得更响脆。

　　见同伴被抽，蛮崽一跃从窗台上跳下来，梗着脖子朝花脸女人喊道："有本事就来搞老子，打他算么斯（么斯：武汉话，什么）！我跟你们说，要不是长江淹水，老子才不到这个稀烂的地方来，让老子吃亏还要老子做事，谈都不谈。"

　　花脸女人拿着鞭子走过去，恶狠狠地说道："想找打是吗？老娘今儿就成全你，也给你们这帮兔崽子立下个规矩。"

　　鞭子挥动起来，旁边的孩子都吓得躲闪到一边。蛮崽还是梗着脖子，任由鞭子抽在皮肉上，鞭鞭见血。这一招杀鸡儆猴对绝大多数孩子都是有用的，看着挥动起来的鞭子，他们明白自己来的绝非天堂，此后为躲着花脸女人手里的鞭子，也要小心行事。

　　不知道挥了几下，蛮崽咬着嘴唇，就是不吭一声。在场的人都害怕极了，空气一时凝固了下来。

　　突然，李三命冲了过去，一把抱住了蛮崽，自己的背上也狠狠地挨了一鞭子。花脸女人停下手，骂道："你谁？"

　　李三命咧着嘴转过身，硬从脸上挤出笑说："这是我弟，我是他哥。求工长饶了他这回吧，我黑了（黑了：晚上）一定好好管教他。"

　　花脸女人道："你当我是个傻子听不出来是吗？这娃说的是啥地方话，你说的啥地方话，你咋还成了他哥了？"

　　李三命的嘴咧得更开了些："哎呀，啥事都瞒不过工长。确实不是亲兄弟，刚在门口认下的。能到这儿碰上的，都是有缘分的，当个自家兄弟也是应该的。彼此相互照应，才好给工长您少添些瞽乱（瞽乱：陕西话，麻烦）。"李三命学着大人的样子拍拍胸脯说："这娃野得很，又刚从那么远的地方过来，以后就交给我了。我一定让这娃好好听话，再不惹您生气了。"

花脸女人见有台阶下，也就放下鞭子，撂下几句狠话，便结束了新工入厂的第一次教育。

终于领了工服，听完训话，分好班组又分好宿舍，童工们走进了属于他们的工人宿舍。

宿舍是一间并不宽大的通间，里面有一张大通铺，能够允许人来回走动的空间并不太多。好在童工们身量也不大，这些地方也是能走得开的。宿舍里十分憋闷，因为只有头顶墙面上开着一扇小小的圆窗户，院子外面的探照灯不时通过圆窗照进来，发着青白色的刺眼的光。

待到大家都睡下之后，蛮崽坐在地上，看着大通铺只是运气。李三命悄声问："咋还不睡？"

蛮崽说："太硬，睡不着。"

小灵宝从被子里露出个头，也悄声道："得了吧你，这床板总没大马路硬吧！"说完，他在自己的小枕头里摸了半天，抽出一个小瓶："过来，我给你上点白药。"

李三命惊喜地看着小灵宝："你哪来的这玩意儿？"

小灵宝做了个"嘘"的表情："我原来那货郎担子里常有这个。"然后示意蛮崽过来，把上衣脱了，给他上药。

"婊子养的，蛮不得了。"蛮崽装作不情愿地挪到小灵宝身边。

上好药，蛮崽的背勉强能沾上床板。一旦躺下，那困意就似洪水猛兽般袭来，三个孩子很快进入了梦乡。

这是李三命很久以来睡得最为踏实的一觉。大约是因为太累了，这一晚连梦都挤不进来，睡得那叫一个甜畅。但不知过了多久，三命被身边蛮

大华

崽的梦话吵醒了："水来了,水来了!"

4

李三命关于工厂的记忆实在太多了,多且发散。当他人至暮年,在他的记忆中,那些个故事都信马由缰地驰骋着,不受半点约束。这样的故事,讲者说得津津有味,听者则是不明就里,何况听的人还是连一点历史常识都没有的娃娃们。当这些故事第一次盈满儿孙的耳洞时,还是很受欢迎的,毕竟那都是些不错的催眠曲。

退休后的李三命除了故事多,攒下的老物件也不少。有厂里运动会长跑第一名发下的影集,有车间先进个人发下的搪瓷缸子。这其中,最能勾起李三命兴致的莫过于一张褪了色的老照片,关于照片背后的故事,儿孙们第一次听的时候是有那么点新鲜感,甚至于惊叹老爷子对一张时隔半个多世纪的静态图像记忆怎么会如此深刻。及至后来,同一个故事被讲述了很多遍,儿孙们就会发现,故事的时间、地点等细节总有出入,而李三命讲述故事的兴致却一如最初。

在那张已经褪了色的老照片上,是七八个大脑袋、细脖子的小孩子,他们穿着明显不合体的工服,站在机器前,神情因为太过紧张而显得呆滞。这群孩子里,有三个孩子大约是因为多次被"指认",连面目都变得不甚清晰。他们是河南娃小灵宝、武汉伢蛮崽,还有渭北孤儿李三命。

机器的声响穿透耳蜗直达孩子们的脑神经,给他们刻下对于纺织厂最初的震撼记忆,他们成为这座厂子的第一批童工。孩子们被分配到不同的车间里,看着陌生而复杂的机器,不敢靠前更不敢后退。自然,那时候的他们不需要明白机器的工作原理,也不用明白棉花从哪里来、织出来的棉纱棉布要卖给谁。当然,在拍下这张照片的时候,他们也并不知道自己即将面临怎样的日子。

拿起相机给他们拍照的人,在李三命的印象里,是一个穿着笔挺的卡其布西装、满脸笑意的男人。他和车间里的几位技师都很熟悉,打着招呼,又问东问西,说完机器上的事儿,还时不时打趣地品评着对方身上的细节。

这人到底是谁,李三命那时候还不知道,只见他在车间里巡来查去,偶尔还拿起相机挡在眼睛前面,"咔嚓"闪一下。那时候,童工们还不知道那叫相机,只见是个不大的黑匣子,竟然还会闪光。等这人转到童工们身边时,黑匣子也直直地对准了他们。一群孩子吓得手足无措,只见黑匣子里冒出一团亮光,他们以为这是什么新式武器,会瞬间要了他们的小命。所以最后成像的这张照片上,有的孩子瞪圆了双眼,有的则是双眼紧闭着,神情都异常紧张。这群孩子中,那个叫作小灵宝的小男孩,脚底下还多了一摊失禁的尿。

见此情景,男人笑出了声,但脸上又多出许多怜爱:"哎呀,小家伙,我这是相机,又不是枪,要不了你的命,至于吓成这样吗?"

小灵宝又羞又怕,两条腿夹得紧紧的,眼圈也急红了。

男人也觉得孩子可怜,那腿上的裤子都打着补丁,被尿湿后显得更为破旧,而小灵宝打着晃的腿也显得更加窘迫和难堪。他温和地说:"要不我跟你们工长说说,让你回去换条裤子吧。"

"我就这一条裤子了。"小灵宝不好意思地说道。

站在旁边的一群孩子发现自己并没有被"黑匣子"要了小命后,放松了神经,再瞧见小灵宝的样子,又都恢复了调皮的本性,肆无忌惮地嘲笑起他来。

"笑什么笑,都该干吗干吗去!"一个戴着白帽子的女工走过来,解下自己身上的围裙,三两下叠成差不多的尺寸围在小灵宝的腰间,并温柔地嘱咐着小灵宝:"下班的时候把裤子脱了拿过来,姐给你洗了。"

说罢,她又转头跟李三命说:"三命,晚上把你的裤子借给灵宝儿穿一下。"

李三命挠挠头,脸上也显出窘态:"思旗姐姐,我也只有一条裤子了,给他穿我就该光屁股了。"

听罢，孩子们都忍不住捂嘴笑起来。

那个拿黑匣子的男人则瞪大了双眼盯着眼前的纺织女工："思旗？你是范思旗吗？"

女工正是范思旗，她回头看见拿着黑匣子的李品堂。当一直惦念的人就出现在面前的时候，思旗的心简直快从腔子里跳出来了。从上次见面到今日，世界都好像被颠倒了过来，她不知已经成为纺织厂女工的自己该如何表达这一段不长不短的时间里所遭遇的变故。一腔话都在嘴边，但却一个字都说不出口。

而李品堂则把所有的兴奋和担忧都写在了脸上。他赶忙迎到思旗面前，心里的惦念像珠子似的从口中滚出："你不知道我有多惦记你。上次见面不久我就去石家庄了，还去了一趟日本，这一趟可真是太远了。等回来才知道你家失了火。我跟好多人打听范家女儿去了哪儿，他们都不知道。我生怕你也出了什么事，没想到你真的来厂里上班了。"李品堂围着范思旗，迎着她的脸颊一直不停地说："哎，你怎么不说话了？我把你的照片还给你了，你可还拿着我的呢。"他突然悄悄地凑在思旗耳边，笑着说了句："你要是舍不得，不还我也行。"

听了这么句话，思旗的脸红了起来。见一旁的童工围过来看稀罕，李品堂笑着说："我跟你们思旗姐姐是好朋友，说两句话。"

范思旗努力了半天，从牙缝中挤出一句话："照片，我明天就还你。"她稳了稳心神，把头上的碎发很认真地又塞回到白帽子里，扭身往机器跟前去了。

再见李品堂，思旗心中可谓是五味杂陈。是的，上一次相会时，范思旗还是范家的女儿，算不上千金小姐，却也是养在深闺吃穿不愁的小家碧玉。如今，她将秀发绾起藏在纺织女工的白布帽子里，穿着淡蓝色的工服，脚上穿着已经洗得褪色的布鞋，脸上失了些光彩与细致，取而代之的则是凹陷的眼窝以及不易察觉的疲惫。

从两人拿错相片的悄然心动，到厂房初建时的邂逅，又到今天的车

第四章

间相遇，主宰他们命运的那个人似乎是一个醉汉，荒唐而又不合情理。上次分开之后，李品堂赴石家庄筹备新厂机器，但因核算出旧机搬迁损失巨大，遂又从天津出发直奔日本东京购置新机器。而就在他奔波于各地筹办新厂设备时，并不知道范思旗都经历了什么。

火烧阅微楼的那一夜之前，范家大院里已然不那么平静了。送走萨胡子之后，范思旗发现父亲的眼睛里有了一种令人发怵的光。范铭业在范家大院里站了很久，后来又拎着酒壶一边喝一边走，一边走一边抚摸着范家大院以及阅微楼可以触及的每一块砖石与围栏。范思旗明白父亲的心思，却终究也没想通父亲要做什么。此时，母亲将一个不小的包袱塞给思旗，言明这是平日里手闲绣的小物件，东大街上尤家布庄内掌柜一直想讨几件，正巧今日她做寿，让女儿送去权当寿礼。

"妈，城门快关了，我去了可能赶不回来了。"思旗有点疑惑母亲的安排，要知道长这么大，父母是从不允许她夜不归宿的。

母亲淡然一笑："知道，今天晚上你就住你尤婶婶家。跟住咱家是一样的，放心吧。正好她今日里做寿，晚上你还能一起欢闹一阵。"

思旗看看门外，父亲正站在阅微楼的廊子下，把一本本书都摊开在地上，摆得齐整无比，嘴里似乎还念叨着什么。

"妈，我爸爸他……"思旗还是担心父亲。

母亲回头望望窗外，还是淡然一笑："你萨爷爷走了，你爸心里难受，容他喝点酒也就好了。他这辈子啊，除了萨胡子也没个能掏心掏肺的人了。你爸爸一肚子的学问，是有真本事的人，不过啊，老天爷把他生错了时候，这一辈子啊，就瞎了。"说着，母亲再次望向窗外，眉目间流露出些许心疼与温情。

思旗忽然觉得，在父亲人生中几乎毫无存在感的母亲，其实才是最懂父亲的人。

思旗第一次见父亲的落魄，也是第一次见母亲的深情，那一刻不懂这么多的她，在琢磨了不大一会儿后，提着包袱出了门。她本想上前跟父亲

大华

说句话，犹豫片刻还是决定等明日父亲酒醒之后再说。

但让思旗没有想到的是，就在她替母亲为尤婶婶做寿的那晚，父母双双殉身火海。当她再返回郭家圪台时，范家大院和阅微楼已然化作灰烬。

后来的事情，大家都已知晓，范家儿子范青山拿着一大笔钱在西安内城圈房置地，过起了在阅微楼里想都不敢想的奢靡生活。旧日的邻居、知情的老人都在背地里斥责范家儿子是踩着父母的性命和祖辈的德行过上这样的日子，大抵也都在心里等着这小子遭报应的一天。但最出乎众人意料的是，范家女儿范思旗换下小家碧玉的旗袍，剪去及腰的长发，和贫家女子一样应招去做了大兴纺织二厂的女工，似乎已经全然忘了这里曾是她家祖业所在，也是范家夫妇葬身火海之地。郭家圪台的变迁，范家的变故，以及一众人的变化，在1935年接踵而至。

第五章

1

石静宜，石家二千金，至今仍能找到她那张名动一时的美丽小像：烫着当时相当流行的卷发，合体的旗袍衬出婀娜的身姿，眉眼间像极了当时的"金嗓子"周璇。她的笑容是十分明媚的，一张俏丽的脸庞45度仰望天空，那正是一个女子年华极好时的模样。

那年，尚在西安尊德女中上学的石静宜还只是一个天真纯净的少女，揣着单纯的心事，并无压力地享受着安静的西安城春日里最和暖的阳光。

离校门口还有一段距离的时候，石静宜喊住黄包车夫："老隋，停一停，我还在这里下。"

车夫老隋停下车，石静宜轻巧地从车上跳下来，又从随身带的棉布书包里取出一个苹果，塞给车夫："我今儿吃饭的时候从我妈那儿专门给你拿的。"

正在用黑手巾揩汗的车夫老隋看到苹果，眼角的皱纹绽开："二小姐，您总这么客气。"却并不敢真去接那苹果。

石静宜嘟着嘴道："老隋，你说，咱俩关系怎么样？"

老隋又笑着说："您对我当然好。是您让太太答应我给您拉包月的，挣钱多，又轻省。我永远都记着。"

"那就别您您的了，听着生分。以后我要偷偷出去玩，还得你掩护我呢。"石静宜笑着把苹果塞给老隋,"行了,拿着吧。你忙你的,我得上学去了。晚上还是老时间,咱俩在这儿不见不散。"

老隋连连答应着,目送石静宜走向学校。

这一天,和风旭日,石静宜不会想到,在她走进校门之前,尊德女中,甚至整个西安城的学校里,都在酝酿着一场大事件。

一个月之前,上海大公纱厂工人梅世钧惨遭日本人毒打身亡,这一惨案引起了社会各界人士的重视。两日后,大公纱厂全体工人罢工,冲开厂门,召开梅世钧追悼大会。接着又有日华和上海大公一、二、三、四厂以及其他日商纱厂的工人组织罢工或怠工。

而此时,著名的"一二·九"运动过去将将两个月。在民族危机日益加深的形势下,任何一个偶发事件都有可能成为激起民愤的导火索。

"静宜,我们有个行动,你要参加吗?"石静宜刚刚走进教室,一个要好的女生便神秘兮兮地凑到她跟前问道。

"什么行动?"石静宜的目光中闪烁着期待。

"我们准备明天去革命公园组织集会,声援上海的工人运动,替被日本监工打死的中国工人梅世钧鸣冤叫屈。"

"是上个月上海大公纱厂出的事儿吗?"石静宜问道。

"对,就是为那个被日本监工打死的可怜人。"两个女孩再不多说什么,互相交换了一下眼神。

待到下午老隋再来接二小姐时,石静宜和几个同学依旧神秘地聚在校园里讨论着。老隋不敢往校门口去,因为二小姐吩咐过,并不希望别人知道她的出身,她只希望别人看她和看平民女子一样普通。老隋便放下车把,蹲在路边抽起烟锅子来。

拉二小姐回石公馆的路上,老隋笑着说:"二小姐,今儿的功课特别多吧?你们用功到这会儿了。"

一直沉浸在思索中的石静宜突然被老隋的问话打断,一时没回过神来:"老隋,你说什么?"

老隋又笑道:"这女娃家念书,念到你这么用心的还真是少见。"

石静宜也笑道:"可不得用心嘛。我姐姐是清华大学毕业的,她的未婚夫还是留过洋的高才生,可不能让他们小看了我。"

老隋说:"那是,你们一家人都是状元。"车夫用自己仅有的对文化的认知赞美着主家。

石静宜突然面色凝重,用小心翼翼的口吻问道:"老隋,你听说过梅世钧吗?"

老隋一边拉着车,一边在脑子里过着这个名字:"没听说过,是石先生的朋友吗?"

石静宜叹了口气,便不想再多说什么。

老隋接着说:"二小姐别叹气,我老隋一天光知道低头拉车,街面上的事儿知道得少。你跟我说说这位梅先生,让我也长长见识。"

石静宜看离家还远,想了想说道:"这个梅世钧啊,其实也不是什么先生,他就是上海大公纱厂的一个工人,上个月被纱厂里的日本监工给打死了。"

"乖乖,犯了啥大错了,非要把人打死。这小日本太缺德了吧!"老隋继续道,"大公纱厂,哎,跟咱的大兴纱厂一样不?咱的纱厂最近也开始招工了,希望石先生千万不要给咱也寻下个日本监工,也打那些可怜的工人们。"

石静宜此时才注意到自己纱厂老板家千金的身份,一时语塞,不知道再说些什么好,只说了句:"老隋,回家吧,我累了。明天得早起。"

老隋再不作声,直奔石公馆而去。

第二天清晨,老隋早早守在石公馆门口等着接二小姐上学的时候却落了空。石静宜已经赶赴革命公园,与七千多名来自西安各个学校的学生共同集会,悼念被日本监工打死的上海大公纱厂工人梅世钧,并以革命公园为起点,开始了声势浩大的示威游行,声援上海的工人运动。

位于西安城内西五路东段的革命公园,在民国时期是个被高频提起的

大华

地方。民国十四年，河南镇嵩军对西安城进行了为期八个月惨绝人寰的围城，后得二虎守城、于右任奔走、冯玉祥炸城墙方才解围。五万西安男女老少的尸骨在这里被掩埋，十万民众参加公祭大会，从军到民，每人将一袋黄土倾倒于坟上，终成两座万人大冢，因此得名"革命公园"。如今已经成了大爷大妈们替儿女相亲之地的革命公园，竟然有这么气壮山河的背景，想来时光确已流成长河。

发现二小姐也加入游行队伍后，聂改华连忙派出十几个家丁去找。而石凤翔则谁也不理会，径自坐在太师椅上，面前放着一壶一盅，开始自斟自饮起来。

从七千人的学生队伍里寻出二小姐石静宜，实在让石家的家丁费了一番周折。当管家聂改华带着一众家丁把二小姐扯回家时，这个平日里收拾得干净可人的姑娘满面灰尘、衣衫不整，却异常亢奋，活脱像一个通了电的喇叭，被拉回家时嘴里还在不停地喊着游行的口号。石太太赶忙迎上去，询问女儿身上是否负伤，一家人连心疼带埋怨，还没有人注意到一旁石凤翔的脸色。

石凤翔的声音不大，却足以让全家人听到那声音里的怒气："太太，她受伤了吗？"

石太太转过身，方才看到丈夫铁青的脸，不由得心上一紧，表情也随之变得不自然起来，连忙说道："没有伤，没有伤，都好着呢。"

石凤翔端起桌上最后一盅酒，仰脖喝下，过来抓住女儿静宜的手腕，直往后院拉去。

众人大惊，知道这次石凤翔是动了真气，不知会如何处置静宜，便都跟了父女二人过去。

石凤翔一把拉开防空洞的暗门，将女儿石静宜推了进去，又迅速地将门从外面锁上，把钥匙收在自己身上，并对着身边众人道："谁也不许给她开门。"

石静宜在里面吓坏了，她从不知自家院中还有这样的所在，大声喊道:"妈,这是哪儿啊?"

石太太听到女儿的呼救,心下一软,差点给丈夫跪下:"有什么话,咱们让她出来说,一个女孩儿家锁在这么阴冷的地方会给吓坏了。"

"吓坏了?"石凤翔一扬手,"你女儿的胆量,是能被一个防空洞吓坏的吗?让她在里面好好反省反省。"

石静宜听到父母的对话,冲着外面喊:"爸爸,我没什么好反省的。我们做的都是正义的事情。我们在替一个可怜的纱厂工人鸣不平,我没做错什么。你也有工厂,难道你的工厂里也有这样的暴行吗?所以你才要以这样的方式阻止我们这些正义的人吗?"

石太太急得快要哭出来了,她生怕女儿火上浇油再次惹怒丈夫,带着哭腔朝里面喊道:"静宜呀,你可别再惹你爸爸生气了,你爸爸这都是为你好啊。他下午在家因为担心你都要急疯了呀!"

石凤翔一把拉过太太,呵斥道:"你对她说这些有什么用!就让她在里面自己想,什么时候想明白了,什么时候再出来同我讲清楚。"说毕,便推搡着众人离开防空洞,留石静宜一人在里面继续演说。这个专为战时保一家平安的防空洞,就这样成了父亲惩戒女儿的地牢。

在狭小黑暗的防空洞里,因为日月不分,石静宜不知道时间究竟过了多久。她拒绝聂改华设法送下来的三餐,抗拒着所有人劝诫的好意。有劲儿时她便趴在梯子口,大声地宣讲"国难深重,民族存亡,挽狂澜匹夫有责"之类的口号。到后来逐渐没了体力,她就躺在地上开始哭泣,痛斥父亲的狠心,责怨母亲的无能。

阴冷潮湿的地下防空洞,很快就耗光了姑娘家的精气神。

聂改华趁着石凤翔去厂里的当口,从防空洞里背出了气息奄奄的二小姐。石太太见到被关了数日已经不成人样的女儿,哭得呼天抢地,直骂丈夫是个狠心贼。

很多年后,石公馆被拆,那个并不大的防空洞暴露了出来,成了纺织厂子弟躲猫猫的好地方。防空洞很窄却很深,如果用大人的身量来比,应

大华

当是有一人多高，却又有十余米深。有一次，十几个孩子一起挤进了那个纵深的防空洞，但当地面的盖板盖起来的时候，一种极其压抑和恐怖的感觉重重地从头顶的方向压下来。想来一个十七八岁的姑娘家，在这里连饿带吓数日，也是悲惨得很了。

缓过来的石静宜没想到自己睁眼看到的第一幕，竟是父亲双眼布满血丝地坐在床头。她以为自己还在昏迷，觉得眼前的一切都不是真的，眼皮眨巴了几下，又十分困乏地耷拉了下去。

忽而，她听到父亲低沉的声音在耳边响起："一个上海纱厂工人，同你们这些西安学生有什么关系？非得把自己搞成这样！"

石静宜复又睁开眼睛，很努力地整理着脑子里纷乱的思绪："爸爸，我们是不希望日本人一直欺负中国人。"

"靠你们这么乱喊乱闹就有用吗？两国交战，拼的是财力、实力。要是学生闹一闹就能分出胜负，要我们这些做实业的干什么？"父亲道。

"比起飞机大炮，民心更重要啊。"石静宜道。

"你们这些学生，除了能掉书袋，真是一点用都没有。你们的崇拜、你们的理想，都要建立在经济的基础上。没有钱，打什么仗？救什么国？都是空喊一番口号而已。"石凤翔见女儿尚虚弱，口气渐渐缓和下来，"你这个丫头，从小跟着我跑来跑去，终究是给跑野了。好好歇着吧，最近先不要上学了，就在家里待着。"

女儿急了，拍着床板说："爸爸，我的同学需要我。"

父亲紧锁眉头，冲着女儿再次喝道："比起那些同学，你对我更重要。"说罢，便起身出了房门，命家丁将门锁好，没有他的命令不得开门。

女儿眼里的泪落出来，结束了长大后第一次与父亲的正式谈话。她觉得自己很可怜，也觉得父亲很可怜。这个在石公馆和纺织厂有着绝对权力的父亲，内心里实则有着别人看不到的脆弱。

2

少年心事当拏云，谁念幽寒坐呜呃。

当李三命做了爷爷之后，他与自己年幼的孙女谈到"理想"这个话题。

"女子，跟爷说一下你长大了想弄啥！"

"想弄啥？想当老师，一帮娃都得听我的。哦，不不不，我要当个作家，让大家都来看我写的作文。"孙女七八岁的年纪，刚刚开始学写作文，因作文总被拿来当范文，小姑娘的脸上和心上满是文字带给她的自信。

李三命推了推自己的老花镜，像是要把眼前的孙女放大来看看似的，紧接着又试探道："咋没想着留到咱厂里？"

孙女瞪大了眼睛，反问道："爷，咱家人还没在厂里待够啊？你跟我爸待着就行了，我长大了一定要飞出咱厂去。"

李三命哈哈大笑："还飞出去，你以为你是个雀雀吗？唉，人各有志，你这么个碎女子都有自己的想法咧。"

孙女脑子里突然也萌生了疑问："爷，你小的时候有过啥理想吗？"

李三命捡了地上的两片杨树叶，一片递给了孙女："来，咱俩比一比谁劲大。"这是纺织厂子弟一到深秋就乐此不疲的游戏，用落叶的叶茎互相钩住，两人从两边使劲，看谁的叶茎会拉断对方的。

年纪尚小的孙女在这个游戏里总是输，即便小姑娘每次选的叶茎都要比爷爷的壮许多，但最终还是会被扯断。当然，这一次也不例外。

赢了的李三命每次都露出胜利者得意的笑，他完全不像是含饴弄孙的长辈，明明就是一个要认真与孙女一决高下的玩伴。

总是输的小姑娘开始耍赖，嗔怪爷爷欺负小丫头。

爷爷放下树叶，摸摸孙女的头："女子，你不是刚问我小时候有过啥理想吗？我小的时候就希望年年都能看见这厂里的叶子，从绿色变成金黄色，到了冬天再落上白白的一层雪。一季又一季，一年又一年，好看得很，我真是一辈子都没看够。"

产生这个理想的时候，李三命还是西安大兴二厂的一个童工。

后来，孙女上了中学。一日，她突然像背书似的跟李三命说："爷爷，你的童年真悲惨。你小时候被资本家不择手段地榨取过劳动力。"孙女说政治课上老师讲这句话的时候，她的脑海里浮现出这样的景象：还是童工的爷爷和他的小伙伴们睡在黑暗潮湿的环境里，每天早上天不亮就被工头用鞭子招呼，一群睡眼惺忪的半大孩子被鞭梢掠醒，胆怯而乏力地穿上宽大的工作服，匆匆奔往工厂，开始一天很少能休息的劳作。

听完这段绘声绘色的描述，李三命倒是有些犹豫，对孙女的猜想不置可否，只是又讲了一段故事。

他们确是每天早上天光未放之时就被叫醒上工，但也不会饿着肚子去上工，出门的时候，他们每人会分到一个黑杠子馍。"天冷得很，馍也是冷的，我都顾不上啥味道赶紧往嘴里填，车间里是不能带馍进去的。脚底下也赶快地倒步子，工头都在车间门口给每个人记考勤，迟到了今儿一天就白干了。"这样的早晨在李三命的脑海里印象深刻，很长一段时间，他都没有见过太阳升起的早晨。厂区里也有鸟语，也有花香，但这些不是留给他们这些童工欣赏的，当这些美妙的自然旋律奏响时，车间里震耳欲聋的机器声已经盖住了全世界。

"你那时候肯定觉得心里特别苦吧？"孙女还是沿着自己的思路在猜测，并极力地想引导爷爷应和以及确认这些猜测。

"也没觉得啥苦。"李三命并没有按照孙女设定的人物命运开始回忆和讲述，他接着说道，"嘿呀，女子，你再不要用你的想法想我们了。你们现在有个啥流行说法来着，哦对，没有对比就没有伤害。那时候的娃们家跟你们小时候不一样，背着箱子上街擦皮鞋的，半夜起来卖报纸的，在小饭馆里打杂帮厨的，都是不大点的孩子，为了吃上口饭啥都愿干。像我们这帮人小的时候就能进了工厂，不敢说是掉到福窝窝里了，那至少也是有吃有住，被多少娃羡慕还不知道呢。"

第五章

当大兴二厂的机器连续运转近两百天后,李三命和他的伙伴们意外地收到了来自工厂的礼物——一块大兴二厂自己织出的"雁塔"细布。他们并不懂这是来自工厂的福利,只觉得这是人生中收到的第一件礼物,甚是欣喜,也甚是感恩。他们天天看着这些布不断地从机器里织出来,但是从未想象过这样经纬平整、颜色鲜亮的布能和自己有什么关系。李三命、小灵宝、蛮崽各自拿着自己的那块布,叠得整整齐齐,放在自己的床铺上,然后又整齐地坐成一排,双手托腮,看着眼前的布料,谁也不出声,甚至呼吸都变得轻了许多。

良久,小灵宝小心地清清嗓子,压低声音先开了口。

"哎,我就问一句话,这布咱咋穿到身上?"

两个小伙伴歪着脑袋一起看向他,眼神复杂极了,吓得小灵宝赶紧住了口。三个人又回到了刚才托腮、静默、深情地望着各自的那块布的样子。

"吱扭"一声,宿舍的门被推开了。思旗用围裙兜着三颗苹果出现在门口,看到三个平日里的小猴儿此刻正端端地坐在铺板边,发呆地看着眼前的布料,她不禁笑出声来:"哎,三只猴娃娃,来吃果子来。"

三个猴娃娃从对一块布的沉思中醒来,聚到范思旗的身边,俯身低头又陷入对一捧果子的凝视中。他们离果子的距离足以闻到苹果的香甜味道,却没人敢动手先拿起一个放入口中。小灵宝咽了咽口水,先开了口:"今儿是个啥日子?"

范思旗笑道:"不是个啥日子。这是别人给我带的,我留了几个来给你们解解馋。"

"还是思旗姐姐好,惦记着我们。"李三命感激道,说着就示意两个伙伴不必客气,"思旗姐拿的,有啥不好意思的,吃着。"

三个猴孩子顾不上洗自己的黑爪子,赶忙从思旗的围裙里随意抓上一个就往嘴里塞。

"思旗姐,这是谁给的果子啊?你们女工里还有这么阔的人呢?"李

大华

三命一边大口嚼着苹果，一边问道。

还没等思旗说话，小灵宝插言道："我今天下班的时候，撞上了花大脸，把她手里提着的一大布兜子苹果撞掉了一地。这苹果该不是她给咱的吧？"

"放屁。"一旁的蛮崽又开了骂腔，"那个母夜叉还能有这好心？真要是她给咱的，这苹果八成有毒，咬上一口毒得你小子早点去见你老子娘去。"

花大脸就是那个他们刚进厂就用一顿鞭子为童工们立下规矩的花脸女人。在很长一段时间里，花大脸就是这些童工的噩梦。她手里总是握着那根鞭子，保不准何时何地就抽下来，一道血印子在脊背上、屁股上火辣辣地疼。在饥肠辘辘的岁月里，童工们诅咒她那身几乎要绷开工服的肥肉，痛恨她死人一样的白灰脸和吃了孩子似的红嘴唇，厌恶她嘴里说出的脏话和呼出的口臭气。这似乎是个无论什么时候提起来都不会让人觉得有半分可爱的人物。

西安大兴二厂延续了石家庄大兴纺织厂的工头制。这是从在华的外资企业传出来的，当时的民族企业广泛地沿用这种制度。这在很大程度上受到了中国传统文化和习俗的影响，但是更主要的原因是当时的社会条件下，"工头制"能够节约成本：实行"工头制"，资本家一方面获得了有经验有技术的管理人员，并通过给予他们"工头"身份和权力，进行拉拢式的泛家族主义控制；另一方面，利用工人对工头的依附关系，节省了在招聘、管理、培训工人方面的大量成本。石家庄大兴纺织厂的工头们权力很大，招工派活都由工头负责，工人的工资也由工头领取，由此产生的工头多报工人、冒领工资、克扣工钱等一系列问题也广泛存在着。据说当时工头克扣工人工钱，每月达到三十至六十块银元不等，实在是一笔不小的外财。到了西安，这样的"工头制"被继续沿用着，可以说底层工人的一切都掌握在工头们的手中。

所以，即便工人们对花大脸再憎恶、再痛恨，也都不敢表现在当面。

不过在李三命的记忆中，花大脸凶是很凶，但从来没有像其他班组的工头一样克扣过他们的工钱。仅这一点好，就足以让李三命在以后的回忆中对花大脸少生了许多怨念。

"那一天，到底发生了啥事情，会在你们身上发生这么多的好事？"孙女问道。

"因为我们织出来'雁塔'布了啊。"李三命说到这个，声调上扬，眼神里放着光，"你不知道，在我们织出这个布之前，西安大小商行卖的大多都是一种叫作'龙头'的布，是日本厂子产的。那布质量罢了（罢了：陕西话，一般），又薄又绡，洗过几次还掉色。但是因为便宜，老百姓就买得多。后来我们织出来的'雁塔'布，从质地、花色各方面一下就把'龙头'布给超过了，而且价格更低。'雁塔'布出了厂子以后，不但在西安卖火了，而且很快就畅销整个西北，打败了'龙头'布，解气得很。"

"那你们大先生石凤翔一定赚了不少的钱。"孙女猜道。

"应该是吧，要不然也不会那么快就扩大厂子规模。人家真是有本事，为了打响西安厂的第一炮，他亲自带人提升纺织工艺织出了'雁塔'布。大先生不光是个精明的商人，还是个纺织工艺和技术的专家。那时候人家挣钱挣得叫人佩服。"李三命的眼神里透出崇拜。

"那时候，你们是过上好日子了？"

"过上好日子咧。"已经有些驼背的李三命说到这里伸直胳膊，舒舒坦坦地伸了个懒腰，就好像那好日子从彼时开始，至此时尚未结束。

很快，他们收到的福利布被思旗姐姐裁制成了三套合身的新衣。那时候，穿新衣裳也是很有仪式感的一件事情。

三个猴娃娃跳进工厂新盖的大澡堂池子一阵疯闹，洗去了一身疲惫，也洗出孩子们身上本该有的天性。李三命、蛮崽、小灵宝，落生之地不同，境遇遭际不同，口音不同，性格自然也不同，李三命机敏，蛮崽坚强，小灵宝谨慎，而他们却偏偏都成了大兴二厂的童工，并且肩并肩、腚挤脞地睡在了一张大通铺上，如今还泡在一个大澡堂子里洗澡。温热的洗澡水松透了疲乏的筋骨……这样摆脱了饥饿与贫病挤压的日子，正是李三命心心念念的好日子。

洗完澡后，三个孩子换上新衣服，将厂里发的第一块福利布实实在在地穿在了身上。入夜，已经到了厂里门禁时分，大门紧锁，厂里的各个角落也逐渐地安静下来。

三个孩子坐在厂子西门里的矮墙下，透过西门的栅栏向外张望。对面是一片普普通通的农田，远处亮着几盏农家的灯。和现代化的工厂比起来，隔着门的那一边简直是另一个时代的另一个世界。

"你们知道对面的这片庄稼地原来是什么地方吗？"李三命问身边的两个伙伴。

小灵宝和蛮崽都摇了摇头。

李三命出神地望着，继续说道："对面的这个地方，原来叫作大明宫，是唐朝的皇宫，皇上就住在这里。"

听罢，小灵宝和蛮崽都使劲地揉了揉眼睛，抻着脖子想在对面的一片荒凉中寻找出昔日里皇家的影子。

"么斯（么斯：武汉语，什么）都莫得啊。"蛮崽说道，"你做梦呢吧？"

李三命摇摇头："我不骗你们。思旗姐家原来就住在这郭家圪台，她说从小村子里的人就给她讲好多大明宫的故事。说这里曾经有一座非常非常排场的皇家宫殿，在这周围生活的都是富贵人家。你看就咱住的这地方，说不定原来住的都是宰相、将军或者皇子公主什么的。"

蛮崽哈哈大笑起来："三命啊，你真的是中了邪。"说着他使劲儿推了一把李三命，似乎想把他从梦里推醒一样。

李三命并不觉得这是个笑话，依旧特别严肃地跟两个伙伴说着他的理想："我听说，那是中国最了不得的时候了。那时候他们把皇宫建在这里，一定是看好这里的风水。所以这里是个好地方，这一定错不了。你看咱们进了这厂子不是就活下来了吗？活得不是挺好吗？我们以后一定能活得更好的。"

小灵宝接言道："还能更好？现在有吃有穿，我觉得已经好到头了。"

李三命摇摇头说："还能更好！我不会当一辈子童工，吃一辈子的黑杠子馍。我也要变成个有本事的人，就像这厂里的大人物一样有本事的人。"

已经顺躺在旁边的蛮崽从身边地上摸出两片树叶，一片交给小灵宝："来，灵宝，拉一下，看咱俩谁劲大。"

李三命见蛮崽这样，有些生气道："蛮崽，你是不是不相信我能变成个有本事的人？"

蛮崽和小灵宝的游戏已经开始，蛮崽嬉笑着敷衍李三命道："信信信，你以后能当这厂子里的厂长、总经理，行了吧？"

李三命看不得他嬉皮笑脸的样子，转身问小灵宝："灵宝儿，你觉得我行不行？"

小灵宝很认真地想了想："我觉得你行。但是我也有个心愿，等你发达了，你可别忘了帮我完成心愿。"

李三命拍拍胸脯，一副自己已然是大佬、此刻要照顾小弟的架势："你说，我保证不会忘。"

小灵宝瞅瞅李三命，又瞅瞅蛮崽，不好意思地说："等你当了厂长，也能住进大先生那样的石公馆的时候，让我给你看大门行不？"

蛮崽先是一愣，再看看眼前的两个伙伴，笑得在地上滚作一团，连连喊着肚子痛。

李三命说得没错，曾经坐落在他们眼前这块土地上的正是贞观年间唐长安城里三大皇宫之最的大明宫。一条龙脉从长安西部的樊川向北，横亘六十里，到了这里，恰成龙首，故而此地名为龙首原。站在大明宫含元殿向南眺望，整个长安城可尽收眼底，当真是宝地。

就在三个猴娃娃继续着关于大唐皇宫的畅想时，大兴二厂的新名字也

大华

被敲定下来，并一直沿用至中华人民共和国成立后——长安大华纺织厂。

3

历史上，中国商帮众多。晋商在清政府失信于民时严守信义，以票号创世界金融史的奇迹；徽商将生意做遍全国，到了明清已然是"无徽不成镇"，可见影响之广泛；以家族企业兴盛的福建商帮很早就开始掌握东南亚诸国的经济命脉，清末民初有"官大看北京，钱多数福建"的民间口头禅；潮汕商帮则是以团结闻名，以勇闯世界闻名，在一杯杯工夫茶中，藏着发达的商业智慧与洞见力。而这些商帮的历史里却鲜见秦商的身影，真的是因为西安这个地方不宜经商吗？

秦腔《张连卖布》有这么一段唱词可谓脍炙人口：

"先把那渭南县当铺坐下，西安府开盐店咱当东家。兰州城京货铺招牌悬挂，西口外金刚钻发上几车。穿皮袄套褐衫骑驴压马，烧黄酒煮羊肉美味有加。娶妻小赛过那南京俏画，买丫鬟和小子装烟倒茶。清早起人参汤先把口下，到晌午把燕窝拌成疙瘩。张口兽琉璃瓦高楼大厦，置九顷水浇地百不值下。银子多使不了这该咋？寻几个好伙计四路访查。幸喜得四路里粮食涨价，百十名走粟行银赚万八。捐功名只要那官高势大，访巡抚坐总督布政按察。"

自古秦晋一家，其实与晋商一样，秦商多以从事长途贩运获利或从盐业发家。待到手里有了些资本后从行商变为坐商，从坐商再进一步扩大业务，涉及盐业、茶叶、布匹、粮食等方面。然而，周秦汉唐直至明清，种种历史原因造成了陕西"头重脚轻腹中空"的经济发展状况，这也直接导致了秦商群体的衰落。所以在北关泖馍店里，范铭业说："西安这地方没有做生意的根。"这绝非一家之言，代表的是大多久居长安者的看法。

而长安大华纺织厂的出现，却改变了许多人的看法。

据资料显示，西安大兴二厂开工半年，每月都有盈余，购销条件也较他地为优。关中棉花每担通常较上海、武汉低3~4元，布价每匹较两地又高出1元，至1936年下半年，工厂已获利20余万元。同年武汉裕华纺织股份有限公司增加投资100万元，遂取大兴的"大"、裕华的"华"，将大兴二厂厂名改为"长安大华纺织厂"。生产规模为纱锭12000枚，自动布机320台，职工760余人。其主要设备均自国外进口，是当时国内工艺先进、设备精良的工厂之一。在筹建的同时，建成大华电厂，于1935年底发电，容量为1000千瓦，是西安地区最早最大的发电厂。

是的，不仅仅是李三命，长安大华纺织厂在开工的当年就迎来了好日子。石凤翔不仅是个善于经营的资本家，更是一个专注于棉纺技术的专家。对于新厂出产的第一批新品，他亲自把关工艺和质量，讲究浆纱技术以及保全、保养工作，使"雁塔"布在色泽、手感及布面外观方面都具有自己的特色，一问世，便因其质地优良而驰誉整个西北及西南少数民族地区，行销范围极广。直到20世纪80年代，人们只要提起大华纺织厂，都会直接想到"雁塔"牌细布，可见其影响之深远。

石凤翔还专门带人在城里走访商号，下农村与农妇交流，了解她们的需求，听取她们的意见。工厂根据不同的需求，出产纱织支数不同、品牌也不同的棉纱，并且将原来每包322.5斤的"赛马"牌棉纱加重15.5斤。人们渐渐发现，大华出产的纱和布不仅质量好，宽幅也比别的牌子宽，当然也比别的牌子实惠得多。就这样，大华的产品很快在陕西打开了局面。

是年，因为霜降过早，棉花多数变成了泛黄色的霜后花，这种花比市场上正常的白花每担便宜十元钱。虽然颜色略逊一筹，但霜后花的纤维却比正常白花更好，绒也更细。大华当年大量购入这种霜后有色花，织成布后染成青、蓝等深色，并打出了"莲鱼"商标，一经入市竟供不应求。

那时的石凤翔像是一个绝地反击的将军，在西安这个地方迎来他的又一次胜利。独到的地域眼光、敏锐的市场嗅觉、深耕棉纺业多年积攒的经验，以及他在官商两界的游刃有余，让他和他的纺织厂逐渐壮大。也正因如此，他开始变得更加骄傲，更加不容置疑。

然而再骄傲的大华纺织厂，也是生存在1936年中国的民族实业。

大华

那一年的中国，二月，毛泽东在写下《沁园春·雪》后，红军组织东征部队，准备东渡黄河对日军作战；四月，张学良与周恩来秘密商议合作共谋抗日大业；五月，日本开始对华北大规模增兵，至二十七日，天津增兵已达两万；八月，中共中央发出致国民党书，再次呼吁停止内战、一致抗日；十一月，六千余名日军在北平进行大规模军事演习；十二月，张学良、杨虎城发动震惊中外的"西安事变"。

也是在这一年的西安，西北通济信托公司正式开业；西安华峰面粉公司在北郊建成投产；薛道五在崇礼路创建西北化学制药厂；开封大中火柴公司在中山门外伍道什字开办的中南火柴厂建成投产；上海中外贸易公司承包建造的西京自来水厂一号深井立架开钻。

民族危机与西北民族资本的发展在这一年并存，呈现出一种让人有些琢磨不透的状态。但如果稍微把历史书往后翻看一下就会知道，西北民族资本的发展此时才只是个开始，深重的国难中，资本的西迁将在三年后大规模地上演。与时代赛跑，在夹缝中生存，不仅仅是那时候人的宿命，也是企业的宿命。

纺纱车间门口的青石长凳上放着厚厚的一摞订单，任由轻风吹过，翻动着订单里一串串数字。

原本坐在青石凳上的李品堂，此刻正被一只小灵物所吸引，他慢慢蹲下身，仔细地凝视着。

不知从哪儿来了一只小乌龟，慢慢地在青砖地上爬行。砖缝里生出青苔，小乌龟的脚步停下不再向前，把头缩进去，少顷复又伸出来，在青苔上摸摸索索地嗅上一圈，始终不敢前行。

李品堂蹲在地上，久久凝视着这只小乌龟。他把一根小树枝伸过来，用力地戳一下龟壳，小乌龟借势跨过了青苔，又慢悠悠地朝着石凳爬去。爬到石凳腿旁边，有了胆量的小乌龟没有退缩，竟直愣愣地向上爬去。相比青苔而言，石凳可是座翻不过的大山，小乌龟刚用力爬上石凳腿，就直接摔翻了。它壳子着地，四脚朝天，脖子抻长，无措地转起圈来。

李品堂对着小乌龟的憨态发笑,一脸孩子般的愉悦,时光静止,心无旁骛,他几乎要忘记刚刚石凤翔在厂长办公室给他交代的任务。

"品堂,我要从日本丰田公司再订购13000枚纱锭,哦对,还有自动织布机500台。机器的情况你最了解,这批货由你亲自去和丰田公司交涉对接,价格方面也由你直接定,不必再向我汇报。"

听石凤翔这么说,李品堂瞪大了双眼,一时愣在那里。

石凤翔见他眼神发直,用手在他眼前晃了晃,用武汉话问道:"嘿,伢子,又犯呆病了?"

李品堂回过神来,摇摇头道:"我刚才以为我做梦呢,你让我醒一醒。"

石凤翔一立眉:"做什么梦,我让你去订机器。"

李品堂求证道:"现在?"

石凤翔点头,肯定道:"现在。"

李品堂提醒道:"大先生,日本在华北大规模增兵,这时候从日本商人那儿订机器,不合适吧?"

石凤翔皱眉:"我们的神童什么时候开始关心起国家大事了?我们是向日本丰田公司订货,又不是向日本军方订货,怕什么!"

李品堂再道:"您现在要订的这批机器,比大华厂现有的机器规模都大,几乎是要拿出全部家当。两国一旦开战,海陆交通一定受阻,到时候我们把这么多钱扔到海里,连个响都听不到。还有,现在全国抗日情绪这么高,上次省政府邵力子主席来我们厂视察,对车间里几乎全是日本机器表示十分不满。现在再加购这么多,很容易挑起更多的负面情绪,这些都是问题。"

石凤翔有些生气,但并不发怒,只是简言道:"这些问题不是你一个总技师该操心的。"随即甩给他一摞订单:"你把这些机型再去复盘一下,别在这儿跟我讲政治讲局势,这些消息我比你得到得早,也比你得到得真。"说完就起身出门,把李品堂一人晾在了办公室里。

大华

　　李品堂心里生出了少有的烦乱，这个虽然已经年近三十但依然保持着真性情的男子平日里很少有这样的心绪。这都源于他衣食无忧的家庭背景以及向来顺遂的求学和工作经历。因为他从小被视为神童，从裕华、大兴再到大华，所有的高层就像对待一个稀世珍宝一样保护着他的才华，从而也有些骄纵着他的真性情。拥有着绝对权力、不容他人质疑的大先生石凤翔，对他也特别宽容，无论何时何地，石凤翔对他提出的意见总是会多加考虑，像今天这样直接驳斥和不容分说还是第一次。

　　他知道自己只需要做好与机器有关的事情，可他无法使自己置身于乱世之外，更无法将大华乃至整个裕大华集团置于乱世之外。他开始为国家、企业以及自己担忧。

　　在这烦乱中，他的脑海里清晰地出现了一个姑娘的影子——范思旗。他并不确定这是自己感情的趋势还是直觉的无意为之，总之，失落地离开厂长办公室后，他来到了范思旗所在的纺纱车间门口。下班铃还没有响，机器声从车间里传出，紧张而繁忙，就像大先生渴望的那样，节奏永远不会乱。

　　只是，此刻的他很想停一停，也很想在这停一停的世界里，见见那个出现在脑海里的姑娘。

　　一阵电铃刺耳并醒神，把李品堂从小乌龟营造的静止的世界里拉回到现实中来。纺纱车间女工们鱼贯而出，因了她们身上统一的工作服，所有姑娘的脸庞都显得模糊不清。

　　一个姑娘从车间大门出来，顺手把白帽子从头上扯下，额上因为汗珠沾着几缕青丝，齐肩的黑发从帽子里落下来，衬得白皙的面庞越发明媚。正是黄昏，落日余晖映照得世间万物金黄澄澈，也在那姑娘身上洒满了柔光。

　　李品堂看得出神，姑娘走过他身边时，才慌忙意识到几乎要错过，于是上前从背后唤住："思旗。"待姑娘立住回身，他又说了句让旁人听着十分没来由的话："我想见你。"

4

人教版的语文课本十分青睐鲁迅的文章，以至于许多"80后"一见鲁迅的文章都要倒吸一口凉气，皆因每篇课文后面附着四字要求："全文背诵。"从少年闰土到孔乙己，再到刘和珍君，中国的中小学生们对鲁迅成长的玩伴、共事的同志的了解，快要超过对自己的关注了。

20世纪90年代末的一个午后，李三命的孙女背诵《为了忘却的记念》的声音回荡在纺织厂家属院的楼道里。因为课文中的文字着实绕口，情绪表达也十分炽烈，想到第二天就要检查，女孩便气急败坏地故意高声在楼道里喊叫着："不是年青的为年老的写记念，而在这三十年中，却使我目睹许多青年的血，层层淤积起来，将我埋得不能呼吸，我只能用这样的笔墨，写几句文章……"

李三命拄着拐杖站在门口，伸着耳朵听孙女磕磕绊绊继而赌气地背了许久，尚不能背出完整的一段时，便用拐杖头敲着门框："不愿意背，你就不要背咧。看把你娃为难的，这些人连命都不要了换来你今天衣食无忧的好日子。咋的，连他们的名字你都不愿意记住？"说完，李三命比孙女更气急败坏地返回房间里，重重地关上门。

鲁迅被誉为"民族魂"，于学生们只是课本中的一行字，但于李三命他们而言，鲁迅是夜里的一盏灯。

晚年，李三命将关于棉纺工艺的书籍完好无损地保存在他的书柜里，他辛苦钻研一生的事业在他七十岁之后都被残忍地束之高阁。但他依然爱看书，床上及床头翻开的、合上的、磨平了棱角的，还有扉页已经被烟头熏黄变脆的，那些书上的文字无一不是出自鲁迅之手。

1936年10月，鲁迅去世。无论他是死于不治之症，还是死于庸医之手，他的死所引发的社会效应，是20世纪乃至整个文学史上都少有人企及的。宋庆龄、蔡元培、茅盾亲自成立治丧委员会，第一天前来拜祭先生的民众达到五千人。下葬当日，从停棺处到公墓，全程有十几公里的路程，

大华

没有用马车,全靠着人们一路的簇拥抬棺前行。为其抬棺的十六人中,有巴金、萧军、胡风……叶圣陶曾在《相濡以沫》中记载了当时的场景:"一个个自动组合的队伍,擎起写着标语的旗子或者横幅,唱着当时流行的抗敌歌曲或者临时急就的歌曲,从上海的四面八方汇集到墓地。大家动手铲土,把盖上'民族魂'的旗的鲁迅先生的棺材埋妥。这样的事,上海从未有过,全中国从未有过。"

从文字资料里可以寻见的这场葬礼的场景,足以让人想见鲁迅对当时中国各界的影响。而他真的影响到李三命,是从他去世开始的。

自从摆脱了对饥饿和死亡的恐惧后,工人们对大华食堂里终日不变样的半生黑杠子馍以及粗得被工友们叫作"豆芽树"的一碗老豆芽菜越发不满意。一段时间内,工人们接二连三地在肠胃方面出毛病,以至于很多人看到食堂胃里就泛起了酸水。

趁着休息的一天,李三命去回民街割了半斤老铁家酱牛肉,准备偷偷解个馋。他没舍得给小灵宝和蛮崽,他知道如果让那两个猴娃娃知道自己买了酱牛肉,会抢得他连个渣渣都不剩。他让老板给自己切成很薄很薄的牛肉片,预备馋的时候摸出来吃上一片。牛肉藏在自己的枕头里,让人睡觉的时候能独享美味,还不易被发现。藏好牛肉的那一晚,他睡得十分香甜。

转天上午,正在干活儿的范思旗突然蹲在地上,表情痛苦。几个工友围拢过来,询问情况,才知道思旗也吃坏了肚子,正闹胃痛。花大脸用落地并不落身的几声鞭响抽开了热心的工友。蛮崽见思旗姐要吃亏,一个箭步冲上去挡在她前面,冲着花大脸嚷嚷:"老妖精,你今天敢动她一下试试!"

又是一声鞭响,没有落在思旗身上,但结结实实地落在了蛮崽的肩膀上,抽得他一个冷战。李三命一把扯开了他,笑着跟花大脸告饶道:"工长,你别跟这疯子一般见识。思旗姐不舒服,蛮崽也是心里急。"

花大脸白了一眼道:"关他屁事,都滚回你们自己的地方去。"

李三命看了看思旗,想伸手扶却始终不敢,便拉起梗着脖子的蛮崽回到机器前。

花大脸一把将思旗从地上拽起来，把自己盛满热水的大茶缸子塞给她："喝。完事儿去自己搬个凳子过来，坐着干活儿。"

思旗皱着眉，点点头应了。

所有人都有些惊讶地看着这一幕，但最后还是在花大脸熟悉的骂声和鞭声中继续回到忙碌之中。

下班回到宿舍，李三命在自己的枕头边磨蹭良久，终于决定分出一半牛肉拿给思旗。他从枕头里摸出牛肉纸包，分出其中的一半，撕一半牛皮纸包好装在口袋里，再攥得紧紧的，生怕这一路上被谁抢了去。

到了思旗宿舍，李三命像个小贼一样溜进去。宿舍里并没有人，他预备用同样的方法，把牛肉藏在思旗的枕头里。打开枕头，里面竟藏着一本薄薄的书，这让李三命十分不解。女工们藏个针线鞋垫什么的倒是都正常，可思旗姐怎么会藏一本书？这是本什么书呢？他认出了封皮上用浅蓝色水笔手写的名字——李品堂。这个名字在厂里的布告栏中出现过很多次，所以他并不陌生。"原来这书是李总技师的。"他心里默念道。可李总技师的书又怎么藏在了思旗姐的枕头里呢？李三命越想越想不明白，越想就越出神，出神到思旗走进宿舍他都没有察觉。

"谁？"看到自己的枕头被翻开，思旗低声叫道。

三命被叫得回过神，低声回应道："思旗姐，是我。"这才突然想起自己来的目的，又四下里瞧了瞧，确认后面没有人再进来，便把手里的牛肉纸包塞给思旗："姐，你把胃吃坏了，我来给你送点好吃的。"

范思旗正准备打开纸包，被李三命神秘地摁住："这会儿先不要打开，饿得不行了再说。"说完，他把那本薄书拿出来问道："姐，李总技师的书咋在你这儿呢？"

范思旗一把夺过书："小毛孩子，不学好。小心我查出来丢了啥东西！"

李三命这一下慌了神："好我的思旗姐，冤枉啊。我是来给你送牛肉

大华

的，我可舍不得给别人尝上一个渣渣，就给你分了一半。"越说越委屈，越说越激动，三命的样子拙笨而可爱。

范思旗"扑哧"乐了出来："行了，姐领了我弟弟的心意了。牛肉我就不留着了，我不爱吃牛肉。你自己藏好，别让那两个猴孩子给你抢了去。"

三命眼睛还是盯着那本书："姐，这是一本啥书？为啥你藏得这么严，跟我藏牛肉一样。它也能顶饱吗？"

"能。"范思旗小声并坚定地说道，"其实我进大华厂当工人之前，就听过这个写书的人的名字，他叫鲁迅。大家都说他写得好，写的文章就像在你脑袋上敲响一座钟一样。"

"啊？他写的啥东西啊，还能响？"李三命不解道。

"我原来也不知道，只是听说。那个时候我爸管得严，屋里头除了四书五经再就不让看啥别的书。我第一次听说这个名字，还是从我舅家的那些娃们口中得知的，人家都上的新式学堂，比我见的世面多，懂的也多。但是光听说过，咱也不敢多问，就把这个名字悄悄地记下了。"

"然后呢，然后咋就有了这本书？"李三命急切地问道。

范思旗迟疑了一下，心里盘算着该怎么绕过"李品堂"这三个字："也没有啥，就是最近不是发工资了吗？想托人从外面给买两本这个人的书回来看一下。最近大家都在读他的书。"

"为啥？为啥最近大家都在读他的书？"李三命追问着。

"因为上个月，他刚刚去世了。"

李三命那一天也记住了这个人的名字——鲁迅。他特别想体会被人在脑袋顶上敲钟的感受。他不明白那会是怎样一种体验，比饥饿还让人刻骨铭心吗？他不信，他要试一试。

"思旗姐，你能教我多认些字不？我爸活着的时候就教会我写名字了，多余的字认得实在是有限。你读的书多，你教我行不？我也想听听脑袋顶上敲钟那种嗡嗡的声音。"除了温饱以外，李三命似乎还从未对别的什么如此渴望过。

范思旗低头看了看书，又看了看李三命那双发着光的小黑豆似的眼睛，欣然答应。

自那之后，李三命便常常单独去找范思旗。从一个字一个字地认到一句一句地听，李三命的世界变得丰富起来，他的脑袋里不再只是装着纱锭和织布机，也不再只是惦念着填饱肚子万事大吉。他小小的脑袋里因为鲁迅这个人说的那些个"疯话"而变得丰富多彩。

"爷，那你脑袋顶的那口钟到底敲响了没有？"孙女后来问李三命。

他从床头上摸到自己的老花镜，将镜片很仔细地擦拭了一番，不紧不慢地从床头柜上拿起一本倒扣的《鲁迅杂文集》开始翻看，嘴里念叨了一句："一直都在脑袋顶上响着呢。"

为此，在李三命离世之后，在摆脱了"全文背诵"的魔咒之后，他的孙女又重新阅读鲁迅。她把自己幻想成旧时的范思旗和李三命蒙昧未开的状态，再去读《狂人日记》，再去读《药》，再去读《记念刘和珍君》，似乎也听到了旧世界被砸碎的声响。

对了，有个小细节忘了交代。李三命认字并不只是从那一本书上认识的，后来范思旗还换了好几本书给他读并教他识字，那些书无一例外都是鲁迅所作，而那些书的封皮上也都无一例外地用浅蓝色水笔写着同一个人的名字——李品堂。

第六章

1

人到底该怎么活着，又该怎么死去？就算到了今天，这都是一个无法给出标准答案的难题。

鲁迅的逝世所造成的影响，并没有在那场"中国从未有过"的葬礼结束后结束。就在先生逝世后的第二个月，西安各校学生冲破宪兵、警察、特务的阻挠，与各界群众一起在革命公园举行追悼鲁迅大会，会后游行示威。至此，鲁迅的死已经不仅仅是一个伟大文学家的停笔，而是人们在民族危机日益加深时最悲恸也最愤怒的情绪表达。然而，这只是风雨来临前的一次预演。

那年冬天的西安，确实发生了一件惊天动地的大事。

自十二月初蒋介石在张学良的陪同下从洛阳来到西安并入住临潼华清池后，整个西安城的民意就开始逐渐沸腾。

然而长安大华纺织厂内仍是机器轰鸣，一切照旧。订单不断增加，石凤翔无暇顾及外部的纷乱，只希望关好大门，让大华太太平平地生产度日即可。石公馆每晚还会聚集许多达官显贵，灯红酒绿，大家不谈政治只谈风月，这里俨然是另外一番天地。

石凤翔得知最近学生群体格外活跃，在悼念鲁迅的示威游行后一周，这帮乳臭未干的娃娃们竟然组织起了西安学生救国联合会。仅听这样的名字，便知道学生们日后断不会安生地在学校里念书。再想想自己那个成天热衷于学生运动的小女儿，石凤翔忧心忡忡。

于是，他取消了大华工人所有的休假外出，自然也让家丁牢牢地看住二小姐石静宜的一举一动，禁止她走出石公馆半步。他像锁笼子一样锁住了大华，锁住了石公馆，也希望把西安城里的纷乱都锁在大华这座大笼子之外。

被锁进大笼子之后，猴娃娃中第一个受不了的就是蛮崽。他骨子里实在是个闲不下来的孩子，往常每逢休假可以出厂的日子，他真是一分钟都不愿意浪费。就算手里只是握着几毛钱，也能潇潇洒洒地在西安城里逛个遍，哪儿热闹往哪儿钻，哪儿有新鲜事儿就往哪儿看。如今大华纺织厂的大门突然落了锁，蛮崽犹如百爪挠心。盘算几日之后，他决定伺机而动逃出牢笼。

"我发现东门那边有个矮墙，以我们兄弟伙的身手绝对能翻得出去。"蛮崽在被窝里悄声地给李三命和小灵宝说着，期待得到他们的响应。

"我不去，跑出去要是叫花大脸知道了，还不得被打死啊。"小灵宝说。

"看你那怂样，就趁着换班人多的时候出去溜一圈，晚上就回来了。神不知鬼不觉的，她能晓得个啥？"蛮崽戳了小灵宝脑袋一下，"你今天不是还说吃食堂的饭吃得肚子里一点油水都没有吗，走，哥带你吃猪头肉走。"

小灵宝的喉咙动了动，又努力地咽了下口水。他闭着眼睛想了想，轻轻叹了口气："不去不去，太危险了。为了口猪头肉，砸了饭碗或者要了小命都划不来。"

蛮崽朝着小灵宝轻轻"呸"了一口："活该饿死你。"又扭头转向李三命："三命，那我们走。"

三命躺在被窝里，一副轻松的样子："我不去，我最近忙着跟我思旗姐姐学认字呢，不爱逛。再者说了，大晚上的有啥逛的，等这股乱劲过去

111

大华

了再出去。"

"没出息。你莫听说么？连蒋介石都来西安了，那西安城里的热闹还能少得了？"蛮崽说着越发兴奋起来。

"碎娃家，管人家谁来西安呢。谁来了，那热闹都不是你凑的。睡觉睡觉，再不要胡想了。"三命边说边把头伸出被窝，又把屁股撅给蛮崽。

蛮崽对两个伙伴的反应实在扼腕，看来只能自己"走单骑"夜逛西安城了。于是他开始在心里盘算着周密的计划。

第二天晚饭后，趁着换班的乱劲，蛮崽果然摸到东门的矮墙下。东墙外连着一条窄巷子，巷子里多为棚户区，高高低低，甚是杂乱。蛮崽看四下里无人，几步攀上矮墙，又借着墙头跳到一户人家的顶棚上。因为他分量轻，声音也不大，并没有引起棚户主人的注意。刚刚落地，他听见身后的矮墙上又有了动静。回头一看，只见一个人影也骑在上面，正准备往下跳。蛮崽跑到近前，见竟是一个蓝衣黑裙的女学生，便知道这不是车间里的女工。

蛮崽仰头对女学生低声喊道："哎，你是哪个？"

正骑在墙头上不敢往下跳的女学生被吓了一跳，低头一看是个毛孩子，便俯下身子悄声求助道："哎，把我接下去。"

蛮崽有点得意道："就这高一点都不敢往下跳，还往外跑？"

女学生愠怒道："别废话，赶紧把我接下去。"

蛮崽又道："凭么斯，我才不管。"说罢，他装作转身要走，并撂下句风凉话："你就在墙上骑着吧。"

女学生告饶道："好孩子，快帮帮姐。姐下去了给你买好吃的。"

蛮崽回身："哪个要你的好吃的。"他转转眼珠，"不过，你要是带我去看热闹，我还可以考虑一下。"

女学生连忙点头。

蛮崽靠在墙下，让女学生踩着他的肩膀从矮墙上翻过。他没有想到，他帮忙一起"越狱"成功的这个女学生正是大华纺织厂总经理的千金石静宜。

蛮崽盘问道:"你哪儿的?"

石静宜没有多想,随便编起谎来:"我纺纱车间的。"

"狗屁,我才是纺纱车间的,我就从来没有见过你。"蛮崽脱口道。

石静宜一时语塞,也想不起更多的话:"小毛孩子,别捣乱。"说完扭头便走。

蛮崽也跟了上去。

"你为么斯跟着我?"石静宜情急中竟说出一句武汉话。

蛮崽脑袋里激灵一下,兴奋地问道:"哎呀,你是武汉人啊?"

石静宜回过头,迟疑了一下,明白此地不是说话的地方,便拉着蛮崽走进棚户区的弯弯路上。

很快他们就绕出了眼前那片像迷宫一样的棚户区。蛮崽十分庆幸碰到同路人,否则这么复杂的地方他一定会转迷方向。转出棚户区,眼前就是大路。石静宜轻松地舒了口气,拍拍蛮崽的肩膀说:"伢子,路上小心,我先走了。"

蛮崽瞪起眼:"哎,你这人怎么这不讲胃口(不讲胃口:武汉话,不讲信用),刚才你说带我去看热闹,我才帮你翻出来的。现在就不认了。"

"那可不成,我是要去干大事儿的。你一个小孩子家只会添乱。"石静宜道。

听到此处,蛮崽知道一定有大热闹可看,更紧紧地拽住了她的胳膊不松手,赖皮地大声道:"你不带我,我现在就回厂子里喊去,看你到底是哪儿逃出来的。"

石静宜赶忙捂住蛮崽的嘴:"怎么碰上你这么个鬼打架(鬼打架:武汉话,胡闹的孩子)!"

被捂住嘴的蛮崽露出调皮的笑,又对石静宜透出些讨好的意思来。

片刻,石静宜看了一眼手表,道:"那你跟着我,莫胡跑胡闹,莫给

大华

我添麻烦。"

蛮崽连连点头。

熄灯时，李三命迟迟不见蛮崽回宿舍，料定这小子一定是偷着跑出去玩了。他心里默默骂了句娘后，并没有太多的担忧。他知道蛮崽脑子活泛够用，说不定夜里玩够了就会偷偷地溜回来，就算被发现了，吃一顿鞭子对他而言也不是什么大事儿。于是他把枕头塞在蛮崽的被窝里，躲过了查夜的人后，安然睡去。

至于一觉醒来之后的事儿，忙着梦周公的他现在可还顾及不到呢。

蛮崽的猜测没有错，西安城里马上就有大热闹看了。不过对于一个小童工来说，除了新鲜刺激，余下的都是他始料未及的。

"你叫么斯？我都不晓得么样叫你。"蛮崽问石静宜。

石静宜道："小屁伢，叫我静姐就行了。"

两人带着乡音的聊天变得轻松而有趣。静姐给蛮崽讲在学校里发生的新鲜事儿，蛮崽告诉静姐武汉孤儿院里癞头老爹的故事。天色渐晚，蛮崽甚至不知道自己被带到了什么地方，只是眼前突然出现了许许多多的人。他们都和静姐一样年轻，穿着和她差不多的衣服。大家各自忙碌着，又激烈地交谈着。蛮崽一时被吓住了，拉着静姐的衣角说："这是个么地方，这些人都是奏么斯的？"

静姐抚弄着蛮崽的头发说："莫怕。我们都是学生，只是明天会聚在一起做点事情。你跟好我就行了。"

让蛮崽没有想到的是，第二天，像静姐一样学生模样的人竟然聚集了上万人，他们聚在一起是为了纪念"一二·九"运动一周年。

同悼念鲁迅的逝世一样，这不仅仅是一场纪念聚会，在聚会中，这些热血青年希望能够表达得更多。会后，群情激奋的他们游行到"西北剿共总司令部"、陕西省政府、西安绥靖公署请愿，希望蒋介石能够"国共合作、一致对外"。一万多人的队伍震动了整个西安城，突然，中山大街响起了枪声，霎时间，队伍骚乱的范围以此为原点迅速扩散。

第六章

石静宜突然发现自己的手里不再握着蛮崽的手。她十分懊恼自己的大意，等回头再去找蛮崽的时候，人流开始向另一个方向涌动，再也不允许她做片刻的停留。游行大队群情激愤，冲出中山门向临潼进发。此刻，临潼骊山上也传来了来自最高统帅的命令——格杀勿论。

队伍在十里铺被拦了下来，一个操着东北口音的硬汉挡在学生们面前，哭着劝学生不要继续向前，并保证一周之内用事实给学生以满意答复。三天后，这个硬汉和杨虎城将军共同发动了震惊中外的"西安事变"。

就在临潼骊山上枪声响起的当晚，李三命做了一个让他终生难忘的梦。

梦里他来到了一个从未到过的地方，这里没有关中平原见到过的丰收的庄稼或是皲裂的土地，而是一片汪洋。他从未见过这么多的水，多得让他觉得可怕。因为水势不断上涨，他被迫爬上屋顶。一片汪洋中，漂过来的都是尸体，有人的，有动物的，还有拦腰折断的树以及不知道谁家的面目不清的各类家当。大雨滂沱，在远处可以看见的地方形成了九股水柱，朝着他所在的方向急速奔来。三命怕极了，他大声地呼救，声音却被雨声和水声所淹没。他再一回头，发现远处的树上挂着一个孩子，那孩子的样子十分眼熟，再仔细看，竟然是蛮崽。三命大声地呼喊着蛮崽的名字，蛮崽回头也看到了他，也大声地叫着："三命，三命，救我。我快抱不住这树了。"三命更加着急，站起来想往蛮崽身边去，屋顶一片瓦滑落，立马消失在汪洋中。三命怕极了，他伸出手想要够一够蛮崽，却发现还远得很。他大声地喊："抱紧树，蛮崽。"一个炸雷劈下来，蛮崽抱着的树从中间折断，蛮崽连人带树一起被赶到的九根水柱卷走。

李三命吓出一身冷汗，醒了。身旁的铺位已经空了三日，三命知道蛮崽可能再也回不来了。

2

1937年的初夏，暑热提前降临西安。因为伐了旧树还没来得及栽上新

大华

树，刚刚拓宽的东西南北四条大街被太阳直愣愣地炙烤着。热浪像是有分量似的裹挟着火热的空气从天上降落，继而又从地面反弹上来，把行走在街上的人们挤压得出了一身又一身的汗。知了没命地叫着，聒噪得让人心烦。西大街糕点铺子里的掌柜何三坐在柜台里打盹儿，午后炙热的骄阳渐渐晒进来，让人又平添了几分烦躁。

聂改华敲了敲柜台板，叫醒了眯瞪的掌柜何三："嗨，醒醒，掌柜的，来生意了。"

何三抹了一把嘴角的口水，半睁着眼。看到是石公馆的大管家，连忙起身，抱歉地笑道："叫聂先生见笑了。"

聂改华挥挥手，表示并不介意，继续说道："咋让你这当掌柜的亲自坐柜台了，伙计们呢？"

何三又是一脸窘笑："唉，乱糟糟的，铺子开到哪一天还不知道。我把伙计都打发咧，养不起了。"

聂改华扭头看看尚未铺上沥青、尘土飞扬的西大街，店铺门头的招牌好似它们的主人一样被炙热的骄阳烤得蔫头耷脑。街上没什么人，铺子里自然也没什么生意。街边一个老汉时不时地扯着嗓子喊一声："喝茶，喝菊花茶，败火消暑的菊花茶。"喊声一点也不败火，听着就如旱地里皲裂的土坷垃，毫无生机。

"聂先生，您今儿过来是给石家的小姐们买点啥点心？"说着，何三忙从柜台里抽出七八张牛皮纸，摊在柜台上，"今儿的龙须酥、蛋黄酥还有绿豆饼都是才做出来的，新鲜好吃。咬一口，碎一地渣，美得很。"

聂改华扭过头看着何三的架势，摆摆手说道："要不了这些，我今天就要两包点心。龙须酥、蝴蝶酥，一样来一斤就够了。"

虽说有点失望，但何三并没有表现在面子上。他赶忙挽起袖子，在旁边的盆子里洗净手，又仔细地用手巾揩了，重又回到柜台前。收起多余的牛皮纸，只剩下两张，用点心夹子把蝴蝶酥和龙须酥整齐地码在牛皮纸中间，从四个角折起包好，再拿一张写有"何记"二字的红纸抹上糨糊贴上封口，最后再拿细细的小麻绳熟练地扎成提绳。

何三一边包一边嘴里也不闲着地招呼道："今儿个府上怎么要这么少的点心？不像往常的做派啊。"

"今天不给小姐们买，给我自己闺女买。"聂改华道。

"哟，闺女从武汉来了？"何三问。

"这不是抽个空准备去接呢。快一年没回去了，怕那丫头不认我了，买些点心也好哄哄孩子。"

何三点头道："应该的，应该的。说起来，你在石公馆做大管家，也都管了别人的家了，自己家也顾不上。委屈了嫂子和娃了。"

聂改华不言，从口袋里掏出钱放在柜台上，拎着包好的点心径自离去。

刚刚回到石公馆，一个家丁急急跑来向管家聂改华汇报："厂子里出了事情，石先生急火攻心呕血倒地，半小时前被送回了石公馆。"

聂改华眉头一皱道："那这会儿怎么样了？"

家丁说："缓过来点，您快进去看看吧。"

已经在内宅中渐渐苏醒的石凤翔朝门外望着。他多年来的精明与自信在今天被远在北平卢沟桥的一声枪响击溃。不过他心底还存着些希望，希望能够想尽一切办法再争取些时间。聂改华步入内宅时，石凤翔的这点希望又变得明朗起来。他拿起桌边的订单和合约，交给聂改华，只虚弱地说出了一句："快去连云港。"

其实，早在两个月之前，中国几乎所有的民族工业都笼罩在一片焦虑之中，是年《大华营业报告书》中记载了中国企业家们对于这场战争的绝望感言："自四省失陷以来，日本携强大之国力，拥雄厚之资金……瞻望前途，不寒而栗。"风雨欲来，人心飘摇。石凤翔其实一直都清晰地明白，自己一直想跑赢的是一场随时都可能一触即发的战事。他没有因为大战即将来临而产生片刻停歇的意思，反而几乎是孤注一掷地将所有资金都压在了大华扩建上。那些从日本漂洋过海来的新机器，至少可以让他在相

大华

当长的一段时间里，守着大华这一片天地平安度日。事情的发展也一直是按照他的计划来的。从各方募集到500万资金后，他和李品堂亲自赴日本订购机器。按照原定计划，这批设备将于4、5月份装船在连云港上岸，7、8月份经粤汉铁路绕道运抵西安。

然而这些机器还没有运抵西安时，卢沟桥上的枪声就已经打响了。

从《塘沽协定》签署的那一年开始，日本就已经在华北的北平和天津间屯驻了军队。也是从那一年开始，战争一触即发的这一天似乎就开始了倒计时。只是人们并不知道会从哪里爆发，是白天还是晚上。在后来关于卢沟桥事变的记载中有一段安静到令人窒息的文字："这是一个和煦的夏夜，空气中有粮食的香气，一中队日本军队在距北平15公里的卢沟桥附近举行军事演习。那里是控制所有中国南方交通的具有战略意义的铁路枢纽所在地。同样驻扎在那里的国民革命军第29军219团3营11连，一位叫申仲明的排长正在听他的士兵唱歌：'日本军阀，国民之敌，为国为民，我辈天职……'此后很多年，无数中国军人唱着类似的歌慷慨赴死。日本人在午夜的时候突然宣称他们遭到了中国士兵射击，而后在清点人数的时候，他们说自己的一名士兵失踪了。于是，他们要求进入29军驻守的宛平城搜查。"

关于卢沟桥事变究竟带给中国怎样的变化，在中学的历史课本中，学生们都将其作为全书的重要知识点背诵过。但那些标准答案的背后都藏着什么？又是什么让全国上下空前团结，一致抗日？这是那寥寥百余字的知识点所无法概括的。

石凤翔依然不相信自己是个失败者，那卢沟桥的炮火尚未打到西安，尚未打进他的大华纺织厂。他不是个盲目乐观的人，却也绝不是个容易认输的人。眼下的情形，他并不陌生。"九一八"事变之后，他和他的纱厂也曾陷入僵局。从河北转战陕西，几年间他仍然能打开新局面。他相信这乱世还是会给自己留有余地的，况且那些机器也许已经到了渤海湾，只是暂时封港，没有确切的消息而已。这样想着，他便一定要李品堂和聂改华

第六章

这两位心腹同去连云港走上一趟了。

聂改华拎着给女儿买的两包点心，有点失神地回到了自己的卧房里。他明白，他又失去了一次接妻女来身边的机会。建厂之初，一切尚未安定时，他忙于打理石家上下的事情，一句"过段时间再说"就让日子滑过了两年。待到厂里和公馆里一切都步入正轨之后，他是准备了很久也计划了很久的。来回只需四五日，他便可将妻女从武汉接来。信是一个多月前就寄走的，他能够想象接到信时家人的喜悦和期待。可此时，他只能呆呆地看着两包点心。

门外响起了家丁的唤声，说大先生请他过去商量疏通海陆运输关系的事情。他将两包点心交给来人："给大家分了解解馋吧，我用不上了。"说罢，又往石凤翔的房里去了。

天彻底黑下来时，李品堂回到了自己的宿舍。门口的炉灶上燃着一圈亮，成了楼里唯一的光，这让他心头一热。推开门，一碗喷香的冒着热气的面条放在桌上。"刚走，怎么也不等等我。"李品堂自语道。一个在湖北长大、在日本留学的人，如今竟然对一碗地道的陕西西府臊子面钟爱有加，李品堂自己也觉得味蕾是受了心的挑唆，做出了有些不合逻辑的选择。然而这一碗喷香的臊子面，给他白天被挤压得喘不过气的心透出一条缝，缝里填进去些暖意。面碗旁边放着几本还回来的书，书旁留下一张字条，写着下一次还希望看到的书目。

台灯、面条、被收拾过的书桌、娟秀的小楷，还有仔细用布包好的书，这是今天李品堂看到的最美好的画面。他非常期待绘制这幅画面的那个女子不要总是来去匆匆，他希望她能够停在他的生活里。他希望乱世挤压下，还有两个人能够携手。他的希望今晚变得尤为具体，尤为真实。

次日，李品堂与聂改华便启程奔赴连云港。

疏通了一系列关系之后，他们惊喜地发现大华订购的这批机器确实已经上岸，只是战事爆发之后消息闭塞而无法传到西安。聂改华动用了多方关系，最终买通了陇海铁路局站长，并借用与公司负责人有投资关系的中

大华

兴煤矿的一列煤车，历时两个月，最终将13000枚纱锭、500台织布机抢运回大华纺织厂。

然而李品堂并不认为这是石凤翔的一次胜利。他心中的焦虑和担忧更甚，他明白大华纺织厂此后的每一步都将如履薄冰。

3

李三命很爱吃臊子面，但当他真的有了妻女为他亲手擀制一碗臊子面时，他却总会抱怨家中女眷做的味道欠佳，没他小时候吃到的范思旗做的面香。老伴常常为此生不必要的闷气。李三命不知是故意还是耿直，总在老伴赌气扔了围裙、躺在沙发上扭过脸的时候，走到她身边，敲着拐棍说道："味道不行那就是不行嘛，你还不叫人说实话咧。思旗那是我的个姐嘛，跟妈一样的姐。这你有啥醋可吃的，真是没意思极了。"老伴的头扭得更朝里一些，脸上的愤怒只有沙发背看得见。

范思旗做面的手艺来自她的母亲。她的母亲娘家在西府，那里的女子自小就擀得一手好面，做得一手好臊子。周文王演过《周易》，诸葛亮决战五丈原拼命要争夺的地方就是那里。那里土质好、土层厚，小麦生得也好，自然面的味道也更香。西府的女人们不能辜负这得天独厚的好粮食，卖力地揉，均匀地擀，制出薄、筋、光的面条，再用猪肉、黄花、鸡蛋、木耳、豆腐切成丁配以蒜苗、香菜等制出好臊子，最后少不了在臊子汤里狠狠地加一勺味道足足的西府酸醋，热汤滚着醋香真是能让闻者开怀。母亲擀面的绝活儿很早就传给了女儿，而像李三命这样孤苦无依的孩子偶尔能享受到这样的美味，就全都仰仗着他们的思旗姐姐。

不过，关于那年初冬在花大脸家吃臊子面的经历，李三命的记忆尤为深刻。

工头花大脸家里遇上了喜事，她的独生儿子要娶媳妇。这让女钟馗平日里凶神恶煞的脸上时不时地露出笑，那笑把花大脸满脸的横肉撑开，那笑十分夸张，但是她已经不招人讨厌了。到了正日子的前一天，花大脸给车间的工人们也发起喜糖来，并用尖利的声调盖过了隆隆的机器声：

"哎，我说你们把班都倒一下，明天都到我家干活儿去。"

女工们明白花大脸说是让大家去帮厨，其实是想让大家借机改善伙食，便一阵雀跃。

花大脸继续道："不要胡喊，去了都给我卖把子力气。晌午的臊子面，晚上的九大碗席面。我知道你们这些丫头有那手巧心细的，都别给我藏着。不偷懒的，我就免了你们的份子钱。"

李三命也响起压过机器的声音，甚至是吼道："我们这些不会做饭的咋办呢，不叫我们去吃吗？"

大家一阵哄笑。

花大脸上去假装用劲地拧住李三命的耳朵："碎崽娃子，你就知道个吃。还能少得了你这些人，明天给我乖乖地扛家具帮后厨去。"

"那到底给吃饭不？"三命继续问道，涉及肚子里油水的事儿他是一定要坐实的。

花大脸笑着说："你几个要是偷懒的话，就不要想吃你思旗姐做下的臊子面。"

一大早，工友们都赶到了花大脸家。院子虽然只有一进，三面瓦房却也颇为排场，今日里拾掇得干干净净，提前从各处借来的桌椅已经码在院子的一角。靠近厨房的一边，在院子边盘起了一个三眼大灶，颇有些大摆筵席的架势。

女工们开始洗菜、切菜、和面，小童工们则猴儿似的上蹿下跳、连耍带闹地做着他们能做的事。几个女工偷偷议论起来：

"花大脸她儿子今儿去哪儿接媳妇儿了？"

"听说是临潼啥地方的，反正是不远。中午前后出发，晚上就接回来了。"

"新媳妇咋晚上才进门呢，该不会是二婚吧？"

一个女工赶忙"嘘"了一声道："再不要胡说咧，小心花大脸一会儿

121

大华

可抽你。"

"那是为啥呢？"

"你得是不知道？最近那日本人的飞机三天两头地飞过来扔炸弹呢，不太平么。听说过了下午四点一般就没事儿了。你说天上飞机往下扔炸弹，叫人在底下咋过事情、咋吃得进去席面嘛！"

女工们都"哦哦"地答应着。

"我说啊，今儿应该没啥事。今儿是国庆日又是星期天么。都欢欢闹闹的，肯定好着呢。"

"就是的，就是的。"女工们继续附和道。

思旗并不参与他们的谈话，她心里想着自己的事，手底下不停地揉着面团。几天前，李品堂终于来找她表白了心意，但她却还没有明确地答应。回想几年来两人若即若离的交往，大华纺织厂年轻有为的总技师，纺织车间里一个普通得不能再普通的纺织女工，看似不会相遇的两个人之间却总有根切不断的线。思旗长大了，她不再是那个跳着脚扒着墙从窗户向厂房里偷看机器的小闺女了。她有了纤细的腰身，有了红润的皮肤，有了女性婀娜的曲线，也有了一双因为日日劳作而生出茧的手，可最重要的是，她有了那颗时时都装着李品堂的心。

婚礼的气氛像催化剂一样，催得这颗心跳得更快了。即便她已经是个无依无靠的孤女，也同样幻想着拥有一个属于自己的婚礼。那时候也会有这么多的工友姐妹来给自己帮忙吗？不知道席面会摆在哪里？也是先吃臊子面再吃九大碗的席面吗？那得多少钱啊？李品堂是留过洋的，他愿意办这么热闹的婚礼吗？想着想着，思旗发现自己已经将他们的事想得太远太具体，霎时间羞红了脸。

"思旗，你看我这面揉得咋样了？"

一个女工的召唤打断了思旗的思路。她用手背挡住自己羞红的面颊，脸上蹭上点薄薄的面粉，更显娇羞可人。她伸手戳了一下那个女工手里的面团说："还是有疙瘩，你再揉光点，这样擀出来的面筋道。"

第六章

女工点点头，继续揉着。

"将来不知道谁有福气能娶到咱思旗，真是好福气。就只擀的这一手好面，就足够把男人的心抓得牢牢的了。"另外一个女工道。

思旗脸更红了："羞不羞，一个女娃家大白天的想着咋抓住男人的心！"女工们也跟着打趣地说笑起来。

日头偏西，今天西安城的上空十分安静，地面也十分祥和。人们估摸着星期天小鬼子的飞机也得休息，顾不上来空袭，所以都放松了警惕。当然，最高兴的人莫过于花大脸。她一边招呼着来来往往的客人，一边心里暗暗赞许着自己当初定日子的英明。响午刚过，她就把儿子一行人打发出门了，这会儿应该在丈母娘家吃过荷包蛋、拜过双亲领着媳妇出发了。想着过不了多久，门外就会响起迎亲的鞭炮，花大脸更是喜得眉眼翻飞，那张特意打扮过的大脸比起平日更显夸张。

日光渐淡，门口的鞭炮还没响起来。但不久后，从很远的地方传来一声闷响。响动并不很尖利，但足以让人们听到后脑后一震。"咋回事？出啥事儿咧？"人们开始交头接耳地问起来。

李三命顾不得那个，眼看臊子面快出锅了，他的口水早就在嘴里打了不知道多少个转了，于是忙着劝大家："不要自己吓唬自己了，啥地方的动静离咱都远着呢。"然后指着被沸腾的面汤顶起的锅盖喊着："瞧着瞧着，面锅都溢咧，赶紧点水。"

过了不到一个钟头，一群灰头土脸、满身血污的人冲进院中，吓了所有宾客一跳。他们直直地冲进了堂屋，上气不接下气地说了一番话后，屋里传来了花大脸一声撕心裂肺的叫声："老天爷呀，让我咋活呀！"那声音比花大脸平日里斥责他们的声音更为尖利，也更为恐怖。在贴满"囍"字的小院里，本该是最高兴的婆婆却发出这一声哀号，大家猜想那一定是发生了天塌下来的大祸事。

接亲最开始如花大脸预想的一样，儿子在丈母娘家并没有停留太久。吃过丈母娘亲自煮、丈人爹亲手喂的荷包蛋后，新郎喜滋滋地把媳妇抱上毛驴，盖上红盖头，就往家里引。连吹鼓手林林总总一行人也得有一二十人，一支简单却十分喜悦的队伍在路上行进着。刚刚走到十里铺，几架飞机在大家没有任何防备的情况下飞来，并开始向下投掷炸弹。还没等新郎反应过来，周围已是一片狼藉，他自己也被炮弹冲击到了很远的地方。拖着自己已经被炸断一条腿的残身往回爬了许久后，新郎惊愕地发现倒在血泊中的毛驴已经身首异处，毛驴身上还架着半个身子，身子上套着被烧焦了一半的红嫁衣。

红事变成了白事，没进门的新娘被炸成了两截。婚礼变成了丧礼，新郎被炸断一条腿后又成了鳏夫。花大脸被大家抬回卧房，几度背过气，又几度号叫着醒来，鼻涕眼泪把个大白脸抹得五麻六道，屋里院外的"囍"字被女工们悄悄地撕下来。缺了"囍"字的衬托，一院子的排场显得凄凉而孤单。

死亡就这么具体地呈现在大华纺织厂众人的面前，残酷得就像一场噩梦，人们努力地想摆脱困境，却发现都是徒劳。来自日本飞机炸弹的威胁，来自乱世人命如草芥的哀叹，成了一片乌云，越来越紧地包裹着每个人的心。

4

北平沦陷、上海沦陷、南京沦陷，这场比"九一八"来势更加猛烈的战役让中国人的神经在极短的时间内迅速紧绷。人们发现，偌大的中国遍地焦土，已无处可躲、无处可藏。

不得不说，在建厂之初，也就是中日战事还未全面爆发的三年里，大华的工人是令大多数西安人羡慕的一个群体。他们有着稳定且足以养家的收入。据说当时一个普通的大华纱厂女工的工资足够养活一个六口之家，甚至比街面上许多吃官家饭的人收入都要高得多。还有每个季度发的福利布，足够安排一家老小四季的新衣。如果太平岁月一直如常，那么大华纺织厂的工人们也将继续有所依傍。然而现在，太平岁月已经离这座城市越来越远了。

1937年年底，一则从石家庄传来的消息再次为石凤翔敲响了警钟——他亲手创办并运营多年的石家庄大兴纱厂被日本军部接管。早在是年9月中旬，日本飞机空袭石家庄，大兴纱厂被迫停工。又过了几天，日本的飞机再度空袭，致使纱厂多处被炸毁。纱厂解散工人，开始抢运棉纱成品、半成品等物料。10月10日，石家庄失守，没来得及运走的机器成了日军觊觎之资。一个名叫张格的股东投靠日方，最终使厂子落入日本军方之手。至此，石家庄大兴纱厂织出的每一寸纱和每一尺布，都成了日军侵占中国领土、攻打中国军队的军需物资。据《裕大华企业四十年》记载，及至抗战末期，日本物资严重缺乏，竟将石家庄大兴纱厂的二万五千枚纱锭拆毁用来制造武器。

先是轰炸，再是停产，然后是沦陷，最后是变节。短短三个月，石家庄大兴纱厂的悲剧似乎正预示着长安大华纺织厂即将面临的一切。

1938年年初，石凤翔以及长安大华纺织厂不得不以自己的方式参与这场战争。自那时起，长安大华纺织厂开始承担军用布匹的供应任务。石凤翔明白，这无疑是将自己的身家性命以及所有产业都与中国此时的命运牢牢绑在一处。处于日军空袭威胁的高压之下，长安大华纺织厂也必定成为日军的眼中钉、肉中刺。开弓哪有回头箭，石凤翔开始想尽一切办法保护整个工厂和所有工人的安全，让机器日夜不停地运转才是长安大华纺织厂该有的迎战姿态。

1938年，日军在山西运城建立中心基地后，对西安的空袭渐成常态。李三命回忆，有那么一段日子，工人们上班、吃饭、睡觉神经都是紧绷的，特别害怕听到尖利又刺耳的防空警报声。西安人把日军飞机投掷炸弹叫作"屄蛋"，谁都不知道日军下一个目标是谁，要在哪儿"屄蛋"。

"日本人的飞机把人坑惨了。加上工厂不让机器停车，也不准工人们请假，弄得人心惶惶。就那一段时间厂里出了不少的事情。"没有经历过那段岁月的儿孙们总是听到李三命以这样的讲述作为开头，接下来就是讲述一些和平岁月里长大的孩子所无法想象的场景。

一日，上午刚刚交班不久，昼夜连转的机器都透出了疲惫的声响，却并没有停机。和思旗一个班组的十五岁的女工小梅突然发出了一声惨叫，很快那叫声又被机器的轰隆声所淹没。因为来自警报和炸弹的威胁，小梅在夜里也无法安睡，总是睁着眼睛竖着耳朵，以期不要错过最佳的逃亡时间。就这样熬过一段时间后，她的神情开始恍惚，以至于上班时忘了戴帽子，两根又粗又长的大辫子被高速运转的织布机转轴搅了进去，之后的惨状将工友们本就紧绷的神经拉扯到了崩溃的边缘。

飞机、炸弹、机器，这些带铁的大家伙以极其可憎的面目反复出现，刺耳的警报声像是尖利的匕首，不断逼近每个人的生命极限。即便是在深夜里，女工宿舍的大通铺上也没有几个能睡安稳的姑娘，她们窃窃私语，交换着对明天的猜测，互相提醒着该如何在炸弹落下的一瞬间逃脱，甚至把自己的家庭地址告诉同伴，交代起后事。姑娘们的私语中夹杂着叹息，也有窸窸窣窣的啜泣声。

这些声音搅扰得思旗无法入眠。她努力地想让自己平静，然而却无法摆脱同样的恐惧和绝望。这种恐惧和绝望，在父母以极其惨烈的方式辞世后，也曾出现在她的脑海中。其他的姑娘如遇不测，还有祭奠的家人。而她呢，早就已经踽踽独行、无枝可依。

此时，她脑海中那个人的样子越发清晰了。他的心意是早就已经向她说明了的，而她的心意却还没有明明白白地由心到口地向他讲出来。如果说过去还有什么顾忌的话，现在可就再也不应该有了。也许明天早上一颗炸弹扔下来，就再没了表达心意的机会。如果就这样草草了结一生，真的是太委屈了。这样想着，思旗的心倒是安静了下来，周遭那些叹息和啜泣也像是渐渐远了、淡了。她安稳地睡去。

可就在第二天，当范思旗找到李品堂刚要表露心意时，李品堂却先大胆又兴奋地抓住思旗的肩膀，要告诉她一个在当时看来好得不能再好的消息：他与大先生石凤翔经过多次努力，终于用三百万元做抵押，与上海意

第六章

大利天主教堂签订协议，由意籍人员驻厂并悬挂意大利国旗，今后日军的飞机无论在西安城哪里投炸弹，也绝不会往这里投。

范思旗心里一阵紧张，又一阵欢欣，两种情绪交杂着，把这个十八九岁的姑娘挤兑得脸上不知是哭是笑，亦红亦白。李品堂可能也是因为太过开心，并没有意识到这一次是思旗主动找他，更想不到后面还有什么重要的事情。不过这倒也并不影响什么，李品堂竟然抱住思旗，身体微微颤抖地说："思旗，大先生是为了保全这个厂子，我只为保全你。我知道这么说你可能不信，但我时时刻刻都想着你，就请你接受我吧。"

从未有人跟思旗说过这样的话，也从未有一个这样的男子将自己拥入怀中。她迅速地推开李品堂，却并没有立即跑开。此时的她明确地知道，昨晚那种无枝可依的孤独感正在渐渐离她远去。眼前的这个人正是她一直等待的依靠，她想说的话自不必再说。

被范思旗推开的李品堂先是一惊，但看她并没有离开，只是低头站在原地，却完全看不出她脸上的表情。这让李品堂十分懊恼自己的鲁莽，他笨拙地搓着手，又试探地歪了头想探探眼前女子的意思，可又顾虑再次吓到人家，于是有些拿捏不准，犹豫而又焦虑地等待着回复。

范思旗终于抬起头，面颊上已经换上了和暖而亲切的笑容，那笑容足以暖化李品堂的手足无措，也足以暖化浮在长安大华纺织厂上空所有的担忧焦虑。

很快，长安大华纺织厂的门口竖起了一面许多工人都不认得的旗子。工头告诉工人们说，那就是大华的"护身符"，日本人的飞机看见这旗就知道这地方惹不起炸不得。起初工人们并不相信，直到几次防空警报拉响后，飞机从大华的上空飞过，连过去的盘旋和停留都不再有，工人们终于相信大华重又成为一个安身之所了。工厂也从即日起规定："凡是警报拉响，各车间大门口的警报红灯也会随即亮起。届时，工人须关停所有机器，保持安静，所有人不允许走出车间大门，原地待命。等待警报过去，即刻开机继续生产。"

悬挂外国国旗以保全中国民族产业，究竟是机敏还是无奈？

大华

　　正如天津、上海的有钱人都躲进租界保全身家性命一样，单单只讲气节而将中国民族工业的希望裸身置于炮火之中，显然是极不负责任的。也许，在那个特殊的时期，对中国民族工业来说，保全才是最重要的事，这也是后来中国民族资本得以延续的关键一环。这一时期，集中在东南沿海的中国工业为了保住几十年苦心经营的实业基础，不得不开始了内迁之路。全面主持上海工厂内迁，被称为中国"迁川工厂之父"的林继庸先生也曾追述过上海工厂抢迁机器的情景："炮火连天中，各厂职工们正在拼命抢拆机器的时候，敌机来了，伏在地上躲一躲，然后爬起来再拆，拆完马上扛走。看见前面的伙伴被炸死了，大声喊声'嗳唷'，洒着眼泪把死尸抬到一边，咬着牙照旧工作。冰冷冷的机器，每每涂上热腾腾的血。白天不能工作了，只好夜间开工。在巨大的厂房里，暗淡的灯光下常有许多黑影在闪动，锤凿轰轰的声响，打破了黑夜的沉寂。"就这样，146家工厂从上海迁至武汉，再迁至重庆。

　　146家工厂从上海迁至重庆是为了保全，石凤翔周旋于政治角力之中也是为了保全。战争中的民族实业资本家应当被赋予新的身份去解读。此时的他们，已不仅仅是商人，他们自己以及企业与整个国家同气连枝、休戚与共。据记载，从1938年大华纺织厂承担起军用布匹的供应任务后，纺织厂每月生产30000余匹布，除少数民用外，80%左右都供应军需。如果换算成收入的话，每月贡献抗战军需70万元（法币）以上，一年供应额在800万至900万元。

第七章

1

徐州会战从冬打到夏，5月19日，徐州沦陷。日寇沿陇海铁路继续西犯，很快便兵临开封，郑州岌岌可危。试图通过南北夹击直逼武汉的日军最高指挥官冈村宁次正朝着自己预定的目标高歌猛进，但他万万没有想到，几日后，10万日军将被困黄泛区孤岛。

6月初的一天，在距离郑州城仅17千米的花园口，数百袋炸药一齐引爆，发出了惊天动地的巨响。随即，高出地平面60多米、像是悬挂半空的黄河水像巨龙般从缺口处腾起，奔涌而出。紧接着，60枚平射炮轮番猛轰，花园口被打开了六七米宽的缺口！

黄河决堤！

随着两侧堤坝上的泥石被冲垮，这条黄色巨龙的身躯以惊人的速度变得无比庞大，它咆哮着、翻滚着向西奔去。配合着巨龙的肆虐，天上狂风大作，倾盆而下的暴雨随着巨龙一同将中原大地变成了一片汪洋。

中原百姓几乎是在毫无准备的情况下被巨龙吞噬。丈余高的浪头，吞没村镇，卷走人畜，轰鸣声千里可闻。从河南省中牟县经安徽省涡河流域直至江苏省洪泽湖一带，数万平方千米的土地上，人间上演着地狱般的惨剧。89万百姓葬身洪水中，300万人流离失所。

同时，日寇也被迫向黄泛区以东撤军，徐州会战就此结束。但战争远

大华

没有就此停歇的意思，还未入夏，武汉就开始酝酿着一场滚烫的鏖战。

战火与洪水在世界的东方交织，世代栖息在这片热土上的人民被裹挟在其中，骨肉分离、无家可归。然而，国之所以为国，以有民也。饮食、交通、信奉，皆有同样记忆与传承的这一群人虽不同姓但却同源。当亡国灭种的兵燹之灾烧到家门口的时候，军人成了真正的军人，青年成了真正的青年，即便是老弱妇孺，也都努力让自己发出最大的光和热，汇聚在一起来抵御外族侵略。

事先没有一点消息传回，聂改华却突然出现在武汉的家中。这让女儿北北又惊又喜，她像只欢快的小黄鹂一样缠绕在父亲膝边。聂妻一边嗔怪着怎么不提前来个信，一边藏不住脸上的喜悦为丈夫准备茶饭。聂改华拉住妻子的手："咱们去三民路。"

聂妻愣住，未等问明原委，已经和女儿一起被聂改华拉出了家门。

这一天是1938年的7月7日，日寇入侵中华大地已经整整一年。这一天早上，蒋介石带着浓重的江浙口音却慷慨激昂的抗战周年报告让整个武汉倾城而动。公祭抗日烈士、游行集会、宣传演说，一股股抗日救亡的热浪冲击着战场失利的颓丧，"抵抗到底，决不和谈"的爱国激情在城中滚滚翻腾。

这一天，不仅仅是在汉口的三民路，江汉关、世界大戏院门口、中山大道水塔旁，武汉三镇几乎所有的繁华地段都搭起了献金台，号召民众支援抗日前线。

北北从没见过街上有这么多的人，她拉紧爸爸妈妈的手，生怕他们把自己挤丢了。她又嫌自己的眼睛不够用，前后左右都有看不够的新鲜事。

"乞丐也来献金咯！"人群里有人喊道，那声音里不是讥讽，却是振奋。

真的有两个衣衫褴褛的乞丐手里拿着不多的几毛钱凑到了献金箱前："当乞丐已经够丢脸了，真是不想再做亡国奴。就这么多，长官别嫌少。"

第七章

乞丐的话音还没落，献金箱旁边一阵老牛哀鸣般的哭声又引来众人的关注，一个头发花白的中年男人已是泪流满面。这让北北十分惊讶，她原来以为只有小姑娘才会哭鼻子。

中年男人从腰间拿出了一大袋子钱，袋子里叮当响，所有人都知道这一定不是个小数目。

"七百块大洋，都捐了。"

人群中响起了掌声。

"辛苦大半辈子就做了个小工厂，日本人一颗炸弹就把我几十年的心血都毁了。"中年男人摇摇手道，"国要是没了，家就不是自己的家了。捐了，都捐了，我回老家种地去，只求国还是我们的国。"

北北松开爸爸妈妈的手，也跟着人们一起鼓起掌来。妈妈连忙拉住她，嘱咐道："北北，小心点。"

北北仰着笑脸高声道："妈妈，别怕，今天来的都是好人。"

听到小姑娘的话，人们笑着赞许。

"擦鞋，擦鞋，两毛一位，钱直接塞进献金箱子里啊。"两个七八岁的伢子（武汉话：孩子）赤着上身，抖动着手中的白毛巾在人群中招揽着"生意"。

北北再也按捺不住，她摇着爸爸的手道："爸爸，我们也捐一些吧。"

聂改华摸摸北北的头，俯下身跟北北耳语："我得听你妈妈的。她是咱们家掌柜的。"

北北不禁失笑，仰头装出一副小大人的模样向妈妈申请道："掌柜的，我们家也要捐一些的吧。这种事怎么可以落在人后呢？"

聂妻摇摇头道："原本以为你爸爸回家是来送生活费的，没想到却是个讨债的。"她摸摸自己的衣兜，只有几毛钱，又看了看丈夫，伸手道："拿来吧。"

聂改华捂着口袋一本正经道："这可是给我女儿下个月的生活费呢！"

聂妻把手又往前伸了伸："别丢人了，这个时候你让我拿几毛钱怎

大华

站到献金箱前面，怕是还没乞丐捐得多吧！"

聂改华这才放手从衣兜里拿出一沓票子交给妻子。聂妻本想数数，却终是没有计较，拿着票子拉着女儿直奔捐款箱。

献金箱旁边的工作人员问道："小姑娘，你叫什么名字？捐了多少钱啊？"

北北看看妈妈，又扭头看看献金台下的爸爸，扭头对着工作人员笑道："我是中国的孩子。"

台下响起一片掌声。

聂妻像是受了鼓舞，当众摘下自己手上的戒指和耳环也一并塞进了献金箱。台下又是一阵掌声。

一个小贩拿着自家售卖的糖葫芦递上来给北北。北北说："哥哥，我们家没有钱买糖葫芦了。"

小贩是个哑巴，他摇摇手，然后又向北北伸出了大拇指。

献金活动从7日一直持续到11日深夜，献金台也增设了十座。献金者达百万人次，献金总额达百万元以上。这是一场集结了武汉男女老幼、官吏商贾、工人农民、车夫挑夫、妓女乞丐、士兵难民的支援抗战前线活动，史称"武汉大献金"。

挤出献金的人潮，举着糖葫芦的北北和爸爸妈妈一起来到了江滩上。武汉夏日里的江风吹到脸颊上湿润而温热，北北深深地吸了口气道："爸爸，空气里有甜甜的味道。"

聂妻像是突然想起什么似的问道："怎么没见你说一声，就突然回武汉了？"

聂改华的脸上现出一丝不易察觉的沉重："我回来办些事，顺便也得想想怎么安顿你们娘俩。"

"武汉保不住了？"聂妻露出紧张的神色。

聂改华摇摇头："恐怕是保不住。往后日军空袭会越来越多，不仅仅是武汉，连西安也一样。"

第七章

聂妻有些难过地蹲下去,把北北揽在怀里:"我们娘俩这就要没有家了。"

聂改华不无抱歉地说道:"这些年难为你们娘俩了,本想接你们去西安,没想到西安现在也不太平。但你放心,我已经托人在想办法了,一定会保我们全家无恙的。"

北北不太明白大人的对话,看到妈妈落了泪,她把糖葫芦伸到了妈妈嘴边:"妈妈,吃颗糖葫芦就不哭了。"

北北转头向前看,声音里带着兴奋说道:"爸爸,你看,前面有座城堡。"聂改华和聂妻齐齐望去,那不是城堡,正是长安大华纺织厂的母厂——武汉裕华纱厂。

十余尺高的围墙将位于武昌上新河边的裕华纱厂圈得如同一座中世纪的城堡。大约是在十年前,裕华纱厂采用老式蒸汽机提供全厂的电能和热能,工厂每天都有大量的煤渣和铁渣被直接倾入长江。时任裕华厂长的张松樵突发奇想,请人来测算长江历史上的最高水位,最后让工程师调整图纸,并用废弃的煤渣和铁渣建成了这座犹如城墙一般高大的围墙。

武汉人大呼此举荒唐,其后不到两年,长江中下游遭遇了百年不遇的特大洪水,当"十里洋场"的汉口尽成泽国时,唯有裕华纱厂的大烟囱依然冒出滚滚浓烟,围墙内灯火通明机器轰鸣,工人有条不紊地工作,呈现出一派热气腾腾的生产景象。

入夜,淅淅沥沥的雨声吵醒了熟睡中的北北,她梦呓般地问道:"妈妈,下雨了?"

聂妻轻声回她:"那是织女的泪。"

"织女为什么流眼泪?"

"因为她见不到自己的爱人和孩子。"

北北转身又睡去。第二天一早醒来,她才知道爸爸已经连夜离开了家。

133

大华

2

到了九月，武汉，沦陷在即。

李品堂明知这时候去武汉实在是个不明智的选择，不过家人尚在武汉，他需先去将家人随总厂安置到重庆才能放心。另外，还有一件事，他也希望这次见到父母时，能够将终身大事说定。当然，在向父母说明之前，他要先征得思旗的同意。

仓促中要将自己早已下定的决心告诉思旗，李品堂觉得自己应当有一份体面的求婚礼物。此时的李品堂已经不是武汉城里那个见惯风花雪月的浪荡公子，他发现原来动了真心之后，人可以变得如此木讷和呆傻。

思旗已经没有了家人，终身大事无人做主，李品堂希望自己能为思旗多做一些，好让她不会觉得太过凄凉和孤单。可越是想做好，就越是不着头绪。他翻箱倒柜地找到了母亲曾送给他的一枚翡翠平安扣，不大，很精巧，听说是母亲家传的。他并不懂这枚平安扣的价值几何，但看着翡翠精巧可爱，玉质颜色也尚可，作为定情信物应该是说得过去的。他将平安扣用蓝布帕子包了，揣进衣兜准备出发，复又觉得拿帕子包实在不成体统。环顾四周，见桌上放着一个楠木笔盒，忙忙地把笔盒中的笔都倒出来，先是拿帕子把笔盒擦了擦，又觉得不够亮，便放在身上蹭了蹭，再拿帕子包上平安扣，复又放进楠木笔盒里。这下他才心满意足地出了门。

他还是坐在纺纱车间门口的长凳上等待。厂里多数人已经知道了他和思旗的事情，有祝福的，自然也有侧目的。不过对他而言，这一切都算不得什么。起初，思旗是很羞怯的，但是躲不开李品堂天天下班坐在车间门口等待的身影，既然躲不开也便不躲了。每天下班后在人群中找到他，很自然地并肩走在一起就算是默认了一切。

差几分钟就到下班时间了。李品堂不时地看看手表，又看看车间大门的方向，再低头看看自己的脚尖，手里还摩挲着楠木笔盒，一副心神不宁的样子，全然没了平日的精明干练与风趣优雅。

第七章

下班的铃声陡然响起,吓得李品堂一激灵,碎嘴念叨着:"吓坏我了。"活像个没怎么见过世面的呆子,那样子让刚刚走出车间大门的思旗不禁发笑。

"你们怎么下班这么早?"一句话搞得思旗有点摸不着头脑,又觉得十分好笑,并不知他要说些什么。

"你今天是怎么了?我天天都是这时候下班啊。"思旗问道。

李品堂知道自己一定是窘态百出,他摇摇头,夸张地大口深呼吸了几下,刚想张嘴,又停在了半空,最终说了句:"你等我一下。"说罢,他拔腿就往出跑。思旗不明就里地立在原地不敢动,眼看着李品堂围着纺纱车间跑了三圈,终于又停在了自己的面前。他大口喘着粗气说:"我有话要跟你说。"

思旗看着品堂额头上的汗,哭笑不得地说道:"你到底有什么事情要跟我说,直接说就好了呀,跑个什么劲儿呢!"

李品堂又长长地深呼吸了几口,觉得张不开嘴,又准备去跑。思旗一把拖住他的胳膊道:"别跑了,快说!"

被思旗这么一拖,李品堂倒是来了些勇气,终于开口完整地说话了:"我这两天要抓紧回一趟武汉。总厂许多机器是我当年从日本带来的,现在内迁运输拆装都需要我去一一负责。"

"嗯。听说武汉那边不太平,你去了要注意安全。能早点回来就早点回来。"

品堂使劲儿点点头。

"你要对我说的就是这个?"思旗接着问道。

"还有,"李品堂停了停又道,"我也得过去安顿一下家人。武汉一旦失守,家里人就很危险了。我得在这之前,把他们随总厂内迁的船只安顿好,迁往重庆。"

"那这个就更要紧了。你可别耽误了。"思旗已经开始有些为品堂和他的家人担忧了。

大华

"还有个更重要的事儿。"品堂终于要说正题了,"这次见他们时,我想把咱俩的事儿告诉他们,好让他们安心,也好让你安心。"

思旗这才明白品堂刚才一直在为难什么,心里不由得一阵喜,继而又是一阵羞,直羞到耳朵根。她声音更小更细了,低头说了句:"大华门口挂着洋旗旗,我有什么不安心的。"说罢,思旗偷偷一笑,努力不让品堂看到。

品堂不知道是自己没说清还是思旗会错了意,赶忙说道:"不不不,我说的不是这个。"这下再一紧张,又闹得他磕磕绊绊了半天,再说不出一句完整的话。索性,他直接就从口袋里摸出了笔盒,直愣愣地递给了思旗:"我妈给我的,给你。"

思旗接过来,打开楠木笔盒一看,好漂亮精致的一只平安扣挂坠。小时候,这样的玉质小件,她在家中并不少见。只是后来家道中落之后,父亲因为要买书而渐渐都变卖了,直到父母离世,除了几床被子,再没有其他的念想留给她。

这就是信物了,思旗明白,如果自己接了,就算是应了。

空气静止了很久,品堂在等,思旗在想。思旗知道这一天早晚会来,这也是她曾经悄悄盼望过的一天,但不知道为什么,当这一天真的来了的时候,她内心还是慌得乱了营。一时间,父亲、母亲、哥哥、萨胡子、李三命、小灵宝、蛮崽,还有那些个或亲或远的工友姐妹们,好像大华厂所有见到过的人都要一齐挤到她面前来。这些人七嘴八舌地说着什么,她一句也听不懂,继而又一起离开了,最后只留下一个品堂,痴呆呆地站在那儿,非要她的一句回话。

思旗歪头看看品堂的样子,跟心里刚才想象的样子简直是一个模子刻出来的,就忍不住"扑哧"一乐。

品堂不知道思旗的内心已经过了一场电影,还傻呆呆地问:"你笑什么?你愿意答应我吗?"

思旗转身坐在高凳上,故意荡起两只脚,显出一副俏皮的样子来,只是歪着头笑却并不说话。

品堂此刻真猜不出这女子的心思，看到此情景越发地着急起来："你说话呀，我想娶你。让你做我的李太太，可以吗？"

"为啥要娶我？"思旗冷不防地问了句。

品堂又开始结巴了："为……为啥？从揣着你照片的时候，就想娶你了啊！"

思旗立眉道："坏人，那时候我还是个没成人的小丫头。"

"所以，我在等你长大啊。你这不是马上就要二十了吗？不就是大人了吗？"品堂直白道。

"我在等你长大。"这是思旗听过的、李品堂说过的最动听的情话了。是的，从情窦初开到如今，李品堂是唯一一个走进她心里的男子。她实不知若不嫁他，还会将自己托付给谁。她轻轻地从高凳上跳落在地上，低着头，拿起笔盒，并不看品堂，只把笔盒递给他，又羞怯怯地说了句："那你给我戴上，等你从武汉回来，我给你做碗热腾腾的臊子面。"

品堂并不知道自己的哪句话打动了思旗，竟然得到了这样的答复。此时他内心有着一股获胜的狂喜，他在原地高兴而笨拙地蹦了几个圈，又赶忙转过身来，接过笔盒，从里面拿出平安扣，站在思旗身后，紧张地抖着手给她系上平安扣的红绳。

品堂从口袋里拿出一沓钱，也并不明确地知道那是多少，只直直地要塞给思旗。思旗已经习惯了他傻愣愣的直白，知道这钱没有歹意，但也并不伸手去接，只问："这是干啥？"

品堂说："我不懂结婚都要准备些什么，但是我只想尽快和你结婚。按照计划，下月十三号，最晚十六号，我和大先生就能从重庆带一批机器返回西安。我想一回来咱们就结婚，你说好吗？我知道这有些唐突，但婚礼能不能麻烦你操持操持？我会让工厂的职员们帮你的。"

思旗故意逗他说："这些，够吗？"

品堂掏出一把小钥匙："这是我房间柜子的钥匙，在中间第二个抽

137

大华

屉里有些钱,我也不知道多少,是我所有的钱了。买东西的时候你尽管去拿。我想给你一个让大华所有人都羡慕的婚礼。"

思旗开了口:"我不想要什么大华所有人都羡慕的婚礼。父母走后,除了他们留给我的几床做嫁妆的棉被,我早已是孑然一身了。我不图你是大华的总技师,也不图你家世显赫,只因为日本人的炸弹每次来时,我脑子里涌进来的第一个人是你。我也不知道这是为着啥。"

品堂第一次听思旗说这些,听得有些入神,半张着口一时不知该说些什么才不负眼前这女子的痴情。

"厂子刚刚在我家墙外面盖起来的时候,我偷偷地来看机器,被你发现了。你说我将来一定能成大华纺织厂里手最巧、也最伶俐的纺织女工。那时候,我不知道什么是纺织女工。我只想走出我家的阅微楼看看外面的世界。你带我看了,还给我送来了那么多的新书,跟过去我爹让我读的那些个旧书不一样。"

一直以来,品堂以为思旗和他相好,一来因为他的痴情,二来也是因为缺个依靠,却不曾想这女子的心胸竟已十分博大,而对自己心之归属也理解得那般透彻清晰。

思旗接着说道:"那些什么婚礼之类的洋景,都是做给别人看的。我的祖辈为了挣一份让人羡慕的功名,付出的已经够多了。过日子自己觉得踏实就行。等你回来了,我们还去大芳照相馆拍张照,回来把喜糖给大家散散就好。你说呢?"

"再好不过了。"品堂此刻看到思旗的脸颊更红润,也更娇俏。这脸颊映在已经暗下来的天色里,在品堂的眼中映成了一幅画。他不自觉地靠近那脸颊,轻轻地吻了上去。

3

沦陷,城池的沦陷该是怎样一番情景?沦陷前的恐惧是否会渗透到每个人的灵魂中?

第七章

聂改华的女儿北北这几日里却是十分兴奋的,爽约多次的父亲终于定好了日子要来武汉接她们母女去西安了。西安是个什么地方?小姑娘的心里没有概念,有多远,有多大,都吃什么,说什么样的话,她全然无知。不过这些统统都无所谓,只要那里有爸爸就很好。她换上妈妈给她做的新衣服,日日掰着手指计算爸爸还有几天能够出现在家门口。而与北北不同的是,她的妈妈最近总是愁眉不展,像是有许多心事的样子。昨天夜里,北北睡得迷迷糊糊的,竟听见妈妈在偷偷地哭。妈妈是想爸爸了吗?爸爸不是马上就要来接我们了吗?

小姑娘的好心情并没有因为妈妈的愁容而被冲淡。她跑到街上去跟牛杂铺子里的阿贵叔辞行,又去跟隔壁的小伙伴宝丫告别。她奇怪地发现,整条街上像是只有她一个人会笑一样,剩下的所有人都和她的妈妈一样有着一张被黑云彩罩着似的苦脸。

北北听说西安是没有长江的,便希望妈妈能带她再去码头玩玩转转,却遭到了妈妈的反对。北北不知道,此时的长江码头已与往日有了天壤之别。

此时,沿江堆积的九万吨物资,几乎是中国兵器工业、航空工业、各类机器工业和轻工业的所有家当。它们聚集在此等待被运往重庆,为这个国家的民族工业保留最后一点元气。

民生轮船公司的领头人卢作孚在这次内迁运输中成了民族英雄,他后来回忆道:"每天清晨码头总会开出几只轮船,下午又会返航。当轮船刚要抵达码头的时候,舱口盖子早已揭开,窗门早已拉开,起重机的长臂早已举起,两岸的器材早已装在驳船上,拖头已靠近驳船。轮船刚抛了锚,驳船即已被拖到轮船边,开始紧张地装货了。两岸照耀着下货的灯光,船上照耀着上货的灯光,彻夜映在江上。岸上每数人或数十人一队,抬着沉重的机器,不断歌唱,拖头往来的汽笛不断鸣叫,轮船上起重机的牙齿不断呼号,配合成了一支极其悲壮的交响曲。"

四十天,民生轮船公司用22只轮船完成了被称为"中国实业史上的敦

大华

刻尔克"的武汉大撤退。此次大撤退所完成的运量，相当于民生轮船公司上一年全年运量的总和。

1937年，南京失守之后，政治、军事以及工业经济的中心迅速地迁往武汉，这里成为后方最重要的水陆交通枢纽。经过多方努力，半年多的时间，江浙、河南、山东等地向武汉迁移工厂170余家，使武汉的工厂总数达到了近700家，成为当时中国政府控制下最大的工业城市和战时经济中心。

然而，随着1938年中国军队在正面战场上的节节败退，战火很快便烧到了武汉附近。6月，武汉会战打响，拉开了抗日战争战略防御阶段规模最大、时间最长、歼敌最多的一次战役的序幕。也是从那时开始，日军飞机对武汉的轰炸日趋频繁，武汉三镇12%的工业相继被摧毁，汉阳铁厂、裕华纱厂等重要企业均蒙受不同程度的损失。

裕华纱厂突遭日本飞机轰炸，棉纱烧了三天三夜，工人死伤无数。石凤翔和李品堂赶赴武汉，帮助总厂内迁机器设备到重庆和西安，并计划将聂改华的家眷一同接来西安避难。可后来发生的事情，任谁都是想不到的。

北北家的门在一天入夜后被敲开。北北从来人一只空空的袖管认出，这是曾经来过她家里的石伯伯。北北跑过去甜甜地叫了声"石伯伯"，然后就紧着向外张望："伯伯，我爸爸呢？我爸爸呢？"

石凤翔抱起北北向里屋走，笑着道："爸爸在西安有事儿走不了。不过北北不用担心，伯伯就是来接你和妈妈去找爸爸的。咱们马上就可以见到爸爸了。北北自己的小包袱都收拾好了吗？咱们可是马上要出发的哟。"

北北拍着小巴掌说："早就收拾得好好的，我和妈妈都收拾得好好的了，就等你们来接我们了。"没有作太多的停留，北北和她的妈妈拿着简单的行李，锁上小院的门，便跟着石凤翔和李品堂一行人离开了。

北北和妈妈被石凤翔送往武汉民生路码头的"江兴轮"客轮上。北北兴奋地拉着石凤翔的手说："石伯伯，我们一道上船吧。"

石凤翔笑着贴贴北北的脸蛋:"好北北,石伯伯还要留下来处理一些事情。过几天我会跟上你们的。"

北北妈妈感激道:"大先生,我知道这个江兴轮的票子难搞极了。真是太谢谢您了。"

石凤翔叹口气:"聂夫人,接你们接得太晚了,你别再这么说了。到了重庆多等我几天,那边接你们的人大厂已经帮我安排好了。在这边办完事,我再上重庆带你们回西安。虽说是绕了不少的路,但到处都在打仗,也是没办法的事。"

北北妈抱起北北一边向船上走,一边鞠躬致意,表达着自己由衷的感激。

北北他们所搭乘的是民生公司在武汉大撤退时起锚的最后一艘客轮"江兴轮",在此之前民生公司的船已经将150万人、100万吨货物运抵四川。如今武汉会战结束在即,这艘船几乎成为武汉最后一艘"挪亚方舟"。这艘平日里只能搭乘3000多人的江轮,此时已经满满当当地塞进了将近一万人。无论是参加武汉会战的伤兵还是武汉的市民,都想赶上撤退的最后一班船。

北北和妈妈被挤在角落里动弹不得。妈妈把北北抱在怀里,以免让旁边的人碰到孩子。大船就这样开出码头,颠簸中北北很快进入了梦乡。梦里,北北和爸爸妈妈一起过年,爸爸在门口挑起一挂鞭炮点响,吓得北北捂住耳朵躲在门口,却露出个小脑袋来咯咯地笑。妈妈做了一桌的饭菜,在灯下腾腾地冒着热气,给爸爸的酒也温好了,只等放完鞭炮就可以吃年夜饭了。

就在孩子的梦境以外,开出码头三个小时的"江兴轮"突然返航。船上的人开始并不知道发生了什么,后来听说是要把汉口租界设置的6门高射炮和500箱炮弹一并拉上船。大家反而松了口气,船上有人说道:"大家别发愁,这是好事儿。有了高射炮可是有了护身符了,小日本要是想打咱们,最起码咱们还有个抵挡。大家说对不对?"本也没有其他办法的人们

141

大华

随声附和着吃下这颗定心丸。

"江兴轮"再次回到码头后，将500箱炮弹填缝似的塞进了已经超员3倍的客轮中。6门高射炮因为实在放不进去，就全部安置在了船上层的甲板上。船上暗暗高兴的老百姓当然想不到，这明晃晃地置于甲板上的6门高射炮，最终成为巨大悲剧的导火索。

武汉会战已进入尾声时，武汉的上空已经完全被日军所掌控，国军空军奉命开始转移。日军空军每日都会派出水上飞机专门监视进出武汉的船只。若是船上只有逃难的百姓，兴许会放一马。可一旦发现船上有军人，或者携带武器和军用物资，便立刻进行毁灭性的攻击。那6门高射炮的存在，足以激怒日军向"江兴轮"发起进攻。

日军的飞机在空中盘旋了几圈后便开始扫射，子弹打得甲板当当响，坐在最上层的人立时就倒下了一片。老弱妇孺皆在此列。北北和妈妈在二层的甲板上。被枪声和炮声吵醒的北北睁开眼睛后，发现天上竟下起了红色的雨。旁边的人都哭着、叫着，妈妈把她紧紧地抱在怀里，她听到妈妈紧张的心跳，也感受到妈妈的颤抖。北北吓坏了，不敢多说一句话，她紧紧地闭上眼睛，不想看那些红色的雨。

几十个炮兵从舱底把炮弹搬上甲板，脱掉上衣开始校正炮位，大声地骂道："反正也是个死，老子和你们这帮鬼子拼了。"在迅速装填好两门炮之后对着敌机一阵猛打。敌机似乎并没有想到中国炮兵会反击，在毫无防备的情况下，一架飞机尾部被击中，摇摇晃晃地返航了。

炮兵们知道敌机不会善罢甘休，便开始调整炮位，同时让舱面的乘客向舱底转移。此时，船上秩序大乱，号哭声、呼救声、爆炸声响成一片。北北母子几乎是被人群一起拥向舱底的，北北看到船上已经有好多人头上、身上都流着血，躺在那里一动不动，慌乱的人们从这些人的身上踩过去，他们也不疼，也不叫，也不动。

6架日本飞机贴着江面飞临客轮上方，甲板上的高射炮还没来得及发射便已经被包围在火海之中。敌机轮番向客轮投掷爆破弹和燃烧弹的同时，还不停地用机枪扫射。很快，船尾和中舱就燃起了大火，船尾开始下沉。

北北妈开始和周围的人一样大喊着救命，声嘶力竭地号哭着："救命啊，救救我的女儿啊。她受伤了，聂改华，你在哪儿啊？"北北并不懂妈妈在说些什么，她受伤了吗？怎么不疼呢？她没觉得自己受伤了，就是困，非常非常困。她想好好睡一觉，把刚才那个过年的梦再接着做下去。

船上的炮兵用武器还击了一阵后，大多受伤阵亡，高射炮再也没有发出声响。"江兴轮"在日军的轰炸下很快开始下沉，此时的船正处在长江中间，水流湍急，上万无辜生命在此结束，永远沉睡在滔滔的长江水中。听说后来全船只有84个人活了下来，遇难人数是泰坦尼克号海难的6倍。

第八章

1

"两姓联姻,一堂缔约,良缘永结,匹配同称。看此日桃花灼灼,宜室宜家;卜他年瓜瓞绵绵,尔昌尔炽。谨以白头之约,书向鸿笺;好将红叶之盟,载明鸳谱。此证。"

比起如今结婚证上的钢印,民国婚书显得温暖许多。在新旧世界过渡时期的民国,开始倡导"世界新,男女重平等。文明国,自由结婚乐"的同时,依然保持着提亲、合婚、放定、过礼等繁复的婚前礼节,这表明两姓缔结婚姻依然是件不容小觑的大事。

李品堂向范思旗求婚成功的当晚,抑制不住自己的兴奋,找来红纸笨拙地剪了一晚上,终于在零零碎碎的残次品中挑出一张还算看得出是个"囍"字的作品,贴在了他的宿舍门上。第二天,当他离开大华纺织厂奔赴武汉的时候,所有路过他门口的人都在一脸惊愕中得知"大华的总技师要娶媳妇了"。

而更为心重的人当然还是范思旗。

自那晚之后,她的心化成了一汪水,一汪甜水。这一汪甜水并不是因为嫁给大华总技师即将迎来的安稳富贵,而是在父母辞世后,漂泊数载,她终于要结束无枝可依的状态。而这个让她依靠的人恰巧又是使她心动的人,这样的恰巧怎能不让人感到幸福?她悄悄地备下了婚书,用娟秀的小楷写下两句短短的誓词：

"喜今日赤绳系定，珠联璧合。卜他年白头永偕，桂馥兰馨。此证。"

这与当世众多辞藻斐然的婚书不同，它藏着一个女儿家愿与夫婿共白头的心思，此外便别无他求。甜蜜过后，准新娘的心思开始波动起来，从相遇、相识到相恋，每一幕此时慢慢地品咂都会有五味杂陈之感。她不知道父母在天之灵是否会愿意她嫁给占了自家屋产的大华纺织厂的总技师；她也不知道这个大了自己整整十二岁的男人，将来是否也会和其他的富家老爷一样去娶三妻四妾；她更不知道此次武汉之行，李品堂的父母是否会同意自己留洋归来的儿子娶一个平凡的纺织女工。当然，除此以外，她最担心的还是李品堂是否能从炮火连天的武汉平安归来。

自从李品堂用一张"囍"字公布了两人的婚讯之后，范思旗又一次成为大华纺织女工中最耀眼的那一个。

范思旗第一次被厂里人熟知是在入厂半年后的一次技能比赛中。为了让工人们提高纺织技能，大华纺织厂隔一段时间就会在女工中搞一次技能大赛。她捻接纱头只需三秒，要知道，就算是熟练女工，完成这道工序平均也需要十秒，而她则是在眨眼间完成的。除此之外，当别的女工正用双手捻接两根纱头的时候，她已经可以轻松地用嘴和双手同时捻接三根。李品堂作为评委在一旁观看，范思旗好像不是在纺纱，而是在舞蹈。她的眼神随着灵动的手指转动，所有的精巧与细腻都来自平日的用心与勤奋。李品堂知道，她果然一直记得他的话——"你会是大华纺织厂最灵巧的纺织女工。"

而这一次，羞涩而焦虑的准新娘在没有准新郎的陪伴下，局促不安地在纺织厂里度过看似平凡实则并不好过的每一天。她有意地躲避着大家的祝福与热议，把所有的心思都放在了等待上。武汉城里传出的每一个消息都能让她联想到李品堂的险境。

揣着这样的心事，范思旗终于等到了李品堂约定的归期。 她如常踏入

大华

车间上班，努力让自己显得平静，但却依然忍不住时不时地望向大门的方向，期待那个人可以像过去那样坐在大门口的长凳上等自己下班。但直到太阳高高升起时，大门口也没有出现她期待的身影。

正在各种猜测不时浮现脑海时，大华纺织厂的厂区里一阵催命似的尖利刺耳的警报声响起，各个车间里也应声亮起了红灯。但工人们的脸上没有什么紧张的神色，有些人去关机器，有些人则趁机伸了伸懒腰，有的急急忙忙跑去厕所方便。

就近的女工们围拢过来，悄悄地围在思旗身边嬉笑。此时，一个猴儿般的小子满脸堆笑地挤了进来。

"说啥呢？让我听听。"他悄声地问道，猴儿小子正是李三命。

"能说啥，还不是说你思旗姐姐的喜事儿。"

范思旗用手指轻轻点了一下李三命的额头道："又是你吧，怎么大家都知道了？"

三命吐吐舌头，小黑豆似的眼睛滴溜溜一转，向着旁边一个女工说道："宋姐，我托你给我思旗姐缝的嫁衣咋样了？"

女工指着自己发黑的眼圈道："看见没，熬了整整一宿，终于弄出来了。"

思旗惊讶道："咋还准备这？"

那女工回说："女人一辈子就嫁一次，过了这一天，你再穿红衣裳都不是新娘了，知道不？"

其他女工也应和着，并补充道："还有红被面，前两天我们几个人都把新被子给你缝出来了。趁着太阳都给你晒暄了。"

又有人说道："我去找人借了些红纸和头油，下午给你好好打扮一下。"

听罢，思旗眼圈有点红："心领了。大家晚上都来。"说罢，她扭头用袖头揩了一把已经落下的泪，旋即又往工头花大脸的方向努了努嘴，众人这才向车间大门的方向望去。只见花大脸一张布满横肉的脸上像被刮了两层大白似的，恐怖又可笑。花大脸这会儿正坐在椅子上，拿着大茶缸子闭目养神。众人这才悄悄息声散去，只有三命还赖在思旗身边没走。

"哎，新郎呢？"

"还没回来。"思旗低头整理着纱锭。

"啥，还没回来？"三命瞪大了眼睛，却又更压低了声音，"难道他把今儿的日子忘了吗？终身大事不能够啊！"三命摇摇头。

"我也不知道。"思旗低语道。

"他走的时候说啥时候回来呢？"

"按照他说的时间，最早三天前，最晚就是今天，无论如何都会赶回来。小日本的飞机每天下午飞回运城，最晚今黑七点能办事。"

三命说："就是的，那时候满城不拉警报了也能消停一点。算了，不要胡想咧。我和小灵宝今儿一下班就去坊上给你切块牛肉去，咱也添个硬菜嘛。"

此时，拉响警报后的一阵轻微的骚动已经停止，大家几乎都各归各位地回到机器前，等着警报过去。

思旗从口袋里摸出两张票子塞给三命。

三命推拒着："不得行，不得行，哪有给你过事情，再叫你花钱的道理。我们是你的娘家……"

正在两人推搡间，三命的耳朵突然一阵火辣辣地疼。待他明白过来，才发现花大脸铁塔似的站在自己身后。

花大脸低声骂道："是不是不要命了？炸弹炸了小狗怂我是一点都不心疼，别连累了整个厂子的人。"

三命赔着笑："花姐姐，花姨姨，花奶奶，小日本不敢炸大华的，咱那大门上挂着洋旗旗儿呢。"

花大脸拧得更用劲儿了，几乎要把李三命的耳朵揪下来："小日本听见大华里有你这么个祸害，那可没准儿往下扔不扔炸弹，滚回去！"随即松了手，朝三命屁股上踢了一脚。

大华

被赶回去的三命不忘回头给思旗一个灿烂的笑。

话音刚落，一阵轰响声震得所有人都停了下来，工人们大都不敢动弹，就连平时粗声大气的花大脸也吓得紧紧闭上了眼睛，脸上的横肉因为紧张而扭作一团。

又是李三命的声音："咋听着这回动静就在跟前啊？"

花大脸马上在三命屁股上又补了一脚："小兔崽子，把嘴闭上。"

李三命不敢再作声，但透过车间屋顶的窗户，分明看见不远的地方冒着滚滚黑烟。

车间里突然静得连呼吸声都听得清楚，这样的安静持续了十几秒之后，一声接一声的啸叫开始，轰炸声不绝于耳。一阵比一阵更接近大华的轰炸声，让人们担心门口的意大利旗或许很快就会失去"护身符"的作用。车间窗户上的玻璃被震得"哗啦啦"响，女工们被吓得三三两两哭作一团。李三命一个猛子扎在墙角，抱着脑袋不敢抬头。

2

在那一日警报尚未响起的清晨，石凤翔的府邸石公馆里一片祥和。

石凤翔的妻女们正沉浸在暖阳里，尽管也知道警报声响起之时，日军带着炸弹的飞机正从自家屋顶飞过，不过这些似乎跟她们的关系并不很大，她们的内心仍旧平静。

石家大女儿石淑仪新婚不久，眉宇间泛着初为人妻的幸福光彩。此刻，她正懒洋洋地靠在竹椅上看着母亲一件一件地试着新衣。

石家太太这一天里总觉得哪里别扭，腕子上的翡翠飘花玉镯大约和宝蓝色的旗袍不那么搭调，黑色的丁字头皮鞋好似现在又不那么时兴了，一早就高高盘起的发髻还用头油梳得锃亮。折腾了半天，这会儿身子是乏的，精神倒是越发紧张起来。

淑仪劝道："妈，你也别太在意了，不就是一次家宴吗？爸就是想给您过个生日而已，至于打扮得这么隆重吗？"

第八章

石太太道:"你可不懂,我都四十八啦,本命年呢。你长这么大,几时见过你爸爸要给我过生日的?没有吧,这一次他去武汉前特地交代我,今天要给我过生日的。你看看,我最近没忙别的,就是到处裁剪衣裳。打开柜子一看,简直不晓得过去的衣裳是怎么穿得出门的哟。"

淑仪笑道:"我爸爸搞了一辈子的纺织,竟然没给自家太太做上几身满意的衣服,这先生做得也真是太不合格了。"

石太太也笑了:"他嘛,怎么织出漂亮体面的纱布倒是有一套,至于给自家太太的嘛,就顾不得喽。"

母女俩的谈笑被一阵急促的"噔噔噔"的声音打破,门帘启处露出一张粉雕玉琢的脸。石静宜笑盈盈地探头进来:"我听说晚上又有热闹?"

淑仪说道:"爸爸去武汉前特地交代你姐夫,今天是妈妈的生日,让我们仔细准备一桌酒席,把银行的、商会的叔叔们都请来,好好热闹一下。"

石静宜这才从门帘后面转了进来,只见她穿着一身藕荷色的蕾丝洋装,颇有几分俏皮,衬得脸上越发显出青春的气色。

淑仪拍手道:"不得了,不得了,我们家静宜天生的外交官。我还在给母亲参谋着怎么搭配今晚的衣服,你这儿已经都装扮好了呀!"

石太太看着静宜花朵般的样子,点头笑着,又摇摇头,索性摘下了早就戴在颈上的玉石项链:"罢了罢了,怎么穿也是没你们这些小姑娘好看。一把年纪了我还装什么俏,还是多花些心思在你们身上吧。哦,对了,淑仪,你爸爸的火车不是十一点多的吗?这会儿几点了?"

淑仪看看手表答道:"现在才将将十一点,妈你别急,凤章早就去接了。"

石静宜将脑袋转向姐姐,故作一本正经地问道:"吕家太太,作为中国银行总经理的贤内助,你能不能不要总拿娘家的事情去麻烦吕大经理啊?"

石淑仪被妹妹的一番模样惹得失笑:"臭丫头,接岳父大人是做女婿的本分。不过看你这样，将来一旦嫁了人，爹妈怕是一点都指望不上你咯。"

本想戏谑姐姐却反被姐姐戏谑的静宜羞得满脸绯红："哎呀，你你你……好了，我总是说不过你的，从小就说不过你的。"

淑仪就着话题问道："你们大学里那么多的青年才俊，真就没有一个你能看上的吗？"

石太太愠怒道："当姐姐的，都教妹妹些什么，她还小呢！"

淑仪道："她小？她可是不小了呢，我像她这般大的时候，跟凤章都订下婚约了。"

静宜道："我可跟你不同，我才不会在大学里找稚气未脱的学生。在我心里啊，只有军人才是真正的英雄，你看他们一身戎装是多么地威武，他们奔赴战场时又是多么地决绝。我们前不久刚刚去慰问过守在潼关风陵渡的部队，他们才是民族真正的中流砥柱。要不是因为他们，日本人早就打进关中，进犯西北了。"

石太太看着两个女孩这么大方地讨论着关于男人的话题，脸上羞臊得不行，想赶紧制止这一番谈话，却因了一时的情急竟然有些语迟："你们两个女孩家，都在说些什么，快住嘴吧！"

母女三人又笑在一处时，前厅里的家丁们正在忙碌地洒扫庭除。只一人，此时实在无法与石公馆迎接主人的喜悦相融，那便是聂改华。

"江兴轮"惨案的消息传来，聂改华一病不起。他从未想过自己如此强健的身体，也能被瞬间打垮。他脑海中那些坚持和谋划，此时变得可悲而苍白。他的身份太多，也太重，迫于无奈，他只得将丈夫和父亲这两重身份排在最后。他原本相信等世道太平后，他有足够的时间和机会弥补这两重身份的缺失，那样的日子一家人再不会"身世浮沉雨打萍"。可如今，似乎一切都没有了意义。

病榻前，静宜和淑仪曾来探望他，并带来消息"因为事情耽搁了，北北母女并没赶上'江兴轮'"。这消息让聂改华的病立时消减了一半，他

第八章

即刻就要动身去武汉，却被石家人再次劝住，说大先生一定另有安排。三推四阻间，武汉城传来消息——日军攻破了戴家山，也攻破了挡在武汉三镇前的最后一道屏障。

武汉城，真的丢了。

那个关于北北母女究竟上没上"江兴轮"的消息，此时也变得含混不清起来。聂改华没有追问，他猜想那应该是石家姐妹的安抚之词罢了。

且不提"江兴轮"惨案，就算北北母女当真没有上船，此时仍然滞留在武汉城中，想来也必定是水深火热。

日军到来之前，蒋先生的一纸"焦土抗战"的命令先抵武汉。"将凡有可能被敌军利用之虞的设施均予以破坏"。命令一出，武汉陷入熊熊火海之中。两天两夜的大火烧红了黑夜与白昼，曾经被誉为"东方芝加哥"的武汉三镇光彩不再，取而代之的除了一片片焦土，还有大批来不及撤离的平民。待到两日后，日军踏进武汉汉口城区时，这里实际已是废城。

聂改华猜想，妻女若是上了"江兴轮"，可能早已经血染长江；若仍滞留在武汉城内，那也应是被烈火和日军所裹挟，生不如死。一半是水，一半是火，那些猜想出的情景像是一块块碎片，聂改华却不敢在心里拼出一幅完整的画面。

惶惶然度了数日，终于到了大先生石凤翔归家的日子，聂改华努力打起精神支应石公馆上下，不仅仅因为他还是石公馆的大总管，还因为他知道从石凤翔那里一定能得到关于妻女确切的消息。

此时，站在垂花门外的他，听着石家母女三人的欢笑，又陷入了对北北母女的思念之中。

不知过了多久，聂改华发现自己的身边坐着二小姐石静宜。"哟，静宜！你吓了聂叔一跳。"

静宜歪着脑袋看着他，明眸中似乎装着所有的事情，只是并不急着开口。

"晚宴前面备得差不多了，我是过来……"聂改华提了提精神道，说着就打算起身。

石静宜的眼中突然闪出泪来,抓住他的胳膊,并像小时候一样靠在他的肩膀上,一声"聂叔"出口,满腔的心事都集在喉咙中,却再难说出一句话。

聂改华从静宜的手中拿过帕子,和善地笑笑,又轻轻为女孩儿拭干脸上的泪:"以后,我给北北也买上这么一块帕子。"

石静宜把聂改华的胳膊抱得更紧了些:"聂叔,聂婶和北北她们一定会没事儿的。"

聂改华叹了口气,他的心里其实早就没了希望。年过不惑,他知道很多事情不是自己希望怎样,就会朝着怎样的方向发展。但是他又不愿眼前这个善良的女孩太难过,倒像是劝她一般使劲儿点点头:"会没事的。"

"嗡"的一声,警报由沉闷变得尖利。没多大一阵子,空中几只"秃鹫"由远及近,近了、低了,这些"秃鹫"擦着人的头皮飞过,发出可怖的"嘶嘶"声。聂改华心中莫名"咯噔"了一下,西安的今天似乎已经开始上演武汉的昨天。

石静宜站起身,她死死地盯着飞机划破晴空后留下的灰色的"血痕",还未等她想得太深,不远处的轰鸣声已几乎要震碎了空气。炸弹落了下来,刚才飞机划破天空后的那道"血痕"怕是真的已经被染成了红色。这一道血痕此时已打开阎罗殿的大门,多少人前一刻还太太平平,这一刻已成了来不及和家人道别的冤魂。

他们都不再说话。

3

那一日,李三命的判断并没有错。这一次被炸的地方,确实离大华纺织厂不远,就在中正门外的火车站一带。

当日一早,日寇的十九架飞机由山西境内飞入陕西境内,自东向西,经大荔、渭南一直飞抵西安上空。省防空司令部立即发出警报,严为戒备。地面的高射枪炮架起，冲着敌机猛烈射击，但依然没有阻挡住它们在中正门外火车站一带投下四十余枚炸弹。这一次，炸弹实实在在落入了西安平民聚集地，炸碎了城中的"长安"岁月。

爆炸声绝，大华纺织厂里一片慌乱。

大家发现厂子完好无损的时候，长长地出了一口气。再抬头看看厂门口的意大利国旗，端端地挂在那里迎风而动。但放松了没有多久，他们就开始为炸弹到底落在了哪里而焦虑。附近都是人群密集的城区，如此长时间的轰炸可是"不得了"的事。

"都朝车间里走。"花大脸的鞭子又挥了起来，"厂子好好的，炸弹没落到你们头上，朝回走。赶紧干活儿！"

女工们不敢言声，心里默默咒骂花大脸活该让日本炸弹炸死了儿媳妇、炸残了儿子，但又不得不在鞭子的驱使下回到纺织机旁，继续开机生产。只有李三命猴儿一样地躲过了花大脸的视线，偷偷躲在了车间外的墙根下。

纺织机轰隆隆作响，淹没了所有的消息。范思旗还是如常地站在自己负责的几台纺纱机前忙碌而有序地工作着。她偶尔也会在转身的间隙看一眼大门外的长椅，长椅上落满了秋日的黄叶。此时的她依然是个满心欢喜的准新娘。

"不得了了，是火车站炸了。"当李三命跌跌撞撞地把这个消息带回纺纱车间的时候，范思旗的脑海轰然成了一片空白。她来不及摘下白围裙和白帽子，就冲向了厂子大门的方向。一心希望自己被大华庇佑的她，此时已不能再多停留一分钟。

日军飞机已经飞远，整个西安城的空气里都飘浮着黑灰色烟尘，透过烟尘传来满街的恐惧。北关一带的民房几乎都遭受了毁灭性的破坏，尤以童家巷和史家巷最为严重，整条街上几乎见不到一块完整的玻璃或者一扇还算周正的门板，深秋的枯黄的落叶和着泛黑的血迹就那么铺洒在路面上。

大华

　　一个蓬头垢面的女人瘫坐在路边，脚上只剩下一只鞋，而另一只脚底则皮肉绽开血迹一片。她抱着个卷成卷儿的花被子，有进气没出气地用沙哑的嗓子号哭着："我的娃啊，我的娃！"她的胸前奶水濡湿了衣衫，想必是因为刚刚生产还在哺乳。原来这女人在听到警报声响起时就抱着襁褓中的婴孩往防空洞跑，等到了防空洞一看，被子卷里空了，而孩子是什么时候掉在了什么地方已经完全没了印象。

　　范思旗从大华纺织厂出来后一路向着火车站跑去，路上的情景使她惊愕，但却并不允许她有一刻的懈怠与停留。呼吸间传来的是呛人的烟尘，目光所及处是残破与血污，这样的西安城熟悉得令人心痛，陌生得令人悲悯。

　　火车站是被轰炸的核心，自然比沿街看到的那些景象要惨烈得多。车站票房及第一月台、第二月台附近，落下十余枚炸弹，车站所有的玻璃全部被震碎，月台上炸出两个又宽又深的黑洞，无法想象这里面究竟吞噬了多少条生命。站台上有人拿着电话听筒狂喊，岂不知电话线早已被炸断。电线"刺刺啦啦"作响，整个照明系统像是鬼屋的设计一样忽明忽暗。

　　范思旗看到这样的火车站，心下只是一阵绝望和荒凉。第二月台旁的几节车皮完全被炸毁，旁边都是残破的肢体和惨烈的哀号。她硬着头皮仔细上前辨认，甚至不惜去死尸堆里翻了起来，也都一无所获。

　　在火车站疯了一样找人的何止她一个，离散与寻找几乎成了当日西安中正门火车站所有人心里揣着的两块大石头。

　　心里揣着两块大石头的，还有石家的姑爷吕凤章和他带着的十几个石家的家丁。

　　车站的调度室还未完全坍塌，墙角的两面残壁岌岌可危地立在那里。在那残壁的夹角上，一个穿着火车站制服的瘦削男人，正猫在那里瑟瑟发抖，他的身下还有一摊尿渍。

　　这人大约是吓坏了，就连小便失禁都没有觉察到。一个家丁走过去拽起他，他吓得哇哇大叫："别抓我，别抓我，我不去你阴曹地府。"

第八章

　　家丁一巴掌打过去，这人才好像回了半个魂魄，停止了喊叫。家丁又使劲儿拍了拍那人的后脖颈子："活着呢，再不要胡喊叫了。"

　　吕凤章正要询问岳父所坐的车是否进站，穿着车站制服的瘦削男人只抱头哭道："我不知道，我真的不知道。我还在站台上，炸弹就撂下来咧，车皮全着火了，吓得我赶紧往回跑。"正说着，尖利的警报声再次响起。

　　慌乱中范思旗听说李品堂原定坐的那趟车早就进了站，轰炸前，那车上的人早就出了站各自寻各自的去向了。她的心中又升起了无限的希望，也许此时李品堂已然赶回大华，也正在寻找着自己。想到这里，她这才有了些今日要当新娘的喜悦，趁着泪痕擦了擦脸上的黑灰，转而又破涕为笑，自觉自己是这世上最糟糕的新娘了。

　　大华纺织厂的职员公寓里，此刻李品堂的房间一半是红色，一半是灰色。

　　爆炸来临前，这里也曾有一番热闹。邻近公寓的几个要好的同事都来帮李品堂布置婚房。独居男人的房子总是凌乱不堪，人们一边打扫旧房，一边贴"囍"字，贴窗花。后来，一通爆炸声震碎了刚刚贴上"囍"字的玻璃，大家也就再没了布置新房的心思，各自躲了回去。

　　此时，李品堂的房间里空无一人，"囍"字、对联还有朋友们送来的贺礼凌乱地散落在地上、桌上还有床铺上，这样的情景对于一间婚房来说，着实笼罩着一种不祥之气。

　　陪着思旗赶到这里的还有李三命。见新房如此，李三命跑出去，挨个敲开了其他职员公寓的门，打听着："您见李总技师回来了吗？"

　　站在公寓走廊上，看李三命推开每一扇门，范思旗都希望李品堂能从那门里出来，或者得到一个她希望得到的答案。但当每一扇门打开又迅速关上后，希望也一次次地破灭了。那门里的人都不说话，只是紧张地摇摇头，随即李三命的身体也被掩门人推出来。

　　当李三命被最后一个公寓的人推出来的时候，范思旗僵在了那里。

大华

每一分钟都是难挨的。范思旗回想起刚才在车站见到的那一幕幕，她没有力气也不再有勇气再跑回那样狼藉一片的火车站去寻找李品堂。李三命呆呆地站在她身后，不知该做些什么，只能悄悄地躲进墙角蹲下。

渐渐地楼道里有了各家各户做晚饭传出的香气，似乎只有人间烟火最能让人回到现实，也最能让人点燃希望。

闻着香味，李三命腹内馋虫大作，这些味道是小灶的味道，是他平日里在工人食堂闻不到的香气。他的肚子开始不争气地"咕噜噜"响起来，他捂着肚子，窘得有些不好意思。恍惚了一下午的范思旗听到这声音，转头竟已是一脸平静。她对李三命道："三命，我给咱做臊子面吧。"那眼神里透出的是和往日一样的柔光，亲切而又温暖，让人几乎忘了一天里所发生的一切。

三命心里一惊，却不敢打破这份温暖，于是他点了点头，和思旗一道像做一顿家常便饭似的忙活起来。

计划中，这应当是范思旗成为李品堂的妻子后亲自烹制的第一顿晚饭。"为君洗手做羹汤"，她曾经在书中读到的小女子的平常日月，是她芳心暗许后一直所期盼的。

思旗把水轻轻倒进面盆中，先将面粉揉成面絮，再将面絮揉成面团，一下，两下，三下，陕西女子揉面是最舍得用力的，用力揉出的面团圆润、不结疙瘩，擀出来的面条也格外筋道。这一顿做给丈夫的面是不可马虎，思旗的娘过去就是这么教她的，如今她便也是这么做的。就这么揉着面，她觉得好日子就在自己的手里，而品堂正坐在屋里等着新媳妇端给自己一碗热腾腾的面条，就此开启他们热腾腾的日子。

在爆炸的第二天，《西京日报》如是记载了中正门火车站那场轰炸的情形："敌机十九架，昨（十六）日上午十一时二十分，由晋窜入陕境，经朝邑、大荔、渭南西飞。省防空司令部立即发出警报，严为戒备。十一时四十分，十三架（敌机）分两批飞至西安上空，一批六架，一批七架，余均飞往渭北各地窥伺。敌机到达本市上空时，我高射枪炮，均猛烈射击。敌机仓皇在中正门（即今解放门）外车站一带投弹四十余枚后，即分批向东北遁去。……（敌机）共投弹四十余枚，计中正门外东西护城壕落十余枚，震塌小土窑四座，因窑内居住难民甚多，附近各摊贩亦入窑躲避，以致压毙者十余人，尸体均经掘出掩埋。……查敌机虽不时窜陕肆扰，均在西郊空野投弹，而轰炸我人烟稠密之区，尚为首次。情形之惨，亦向所未有。"

4

还是在这一天早上，石家新来的小丫头川杏儿慌忙间打碎了客厅条案上的一只青花胆瓶。胆瓶落地的一刻，炸裂的声响惊住了所有正在准备晚宴的家丁。小丫头不过十二三岁，如筛糠般在碎片周围惊慌失措。石家的猫主子三花从太师椅上一跃而下，把本就站不稳的川杏儿扑倒在地。小丫头双手撑地，刚好摁在了胆瓶的碎片上，满手鲜血。

据说，猫是跨越生死两界的灵物。此时，三花身上的毛参起来，绿宝石般的眼珠子死死地盯着闯了祸的川杏儿，让在场的所有人都不敢大声喘息。正在此时，落在中正门火车站的炸弹引发的一声声巨响打破了石家客厅中的僵局。

刚刚换上一身颇为满意的红丝绒绲边旗袍的石太太听到爆炸声后，一把扯过床上的毯子护在自己和大女儿的头上就往房后走。她推开一扇屏风，带着淑仪躲进了地下室的防空洞里。此时的淑仪才惊讶地发现，原来父母的卧房下藏着这么大一个暗室。不仅如此，里面竟然存下了足够一家人几天吃用的食品和物品。

外面的爆炸声未绝，母女二人也没有过多地交谈，只是相互依偎着守在楼梯口，听着，等着。突然，石太太像想起什么似的，紧张地问道："静宜，静宜呢？"淑仪恍然想起妹妹，懊恼道："说是去找聂叔了。刚才进来的时候怎么就忘了喊她一声呢？"

爆炸声终于平息下去，母女俩稍待了一会儿便迫不及待地爬出防空洞。回到卧室，房顶的吊灯被震落，桌上的茶杯及博物架上的瓷器也散落一地。石太太不敢出门，拉着女儿的手，颤悠悠地冲外喊着："静宜，静宜，你在哪儿？"脚步想冲着院里去，手却实在没勇气掀开门帘。

静宜匆匆跑进来，抱住妈妈和姐姐："你们刚才去哪儿了？我刚才找了你们半天，吓死我了。"母女三人抱在一起，哭作一团。

石太太问："你聂叔呢？"

静宜答："就在门外。"

石太太依然不敢出门，只带着哭腔冲着外面喊："聂先生，是炸弹扔进大华了吗？"

聂改华道："没有。厂里和公馆里一切都好，您放心。"

石太太稍稍放下些心，拍拍两个女儿安慰道："那就不怕了。"随即又继续问聂改华道："那是哪里炸了，怎么爆炸声听起来离得这么近？"

聂改华道："刚刚听说，是中正门火车站……炸了！"说最后两个字的时候，聂改华的声音低了许多。

"火车站？火车站！"石太太机械地重复着"火车站"三个字。

淑仪惊道："凤章不是去火车站接我爸爸了吗？"

听到这，突然反应过来的石太太几乎要昏厥过去："那先生呢？先生回来没有？"

聂改华不再出声。

少时，接上石太太话的人不是聂改华，竟是范青山。他摇摇晃晃地进了石公馆的大门，手里提着一瓶酒，故意朝内庭喊道："没有啊，太太。您家石先生怕是回不来了。"说完，他足足地饮了一口手中的酒，兴奋地唱了起来："祖籍陕西韩城县，杏花村中有家园。姐弟姻缘生了变，堂上滴血蒙屈冤。"这变了调的唱腔让闻者的汗毛激灵灵地竖了起来。

聂改华将范青山拦在卧房门口，并不让这酒气熏天的狂徒闯进去，但依然没能拦住他那一张乱言的嘴。

"石太太，我给您报信儿来了。您不是就想知道外面是怎么一番情形

第八章

吗？"他举着酒瓶，突然冲天喊道，"炸了，全都炸了，火车站周围一片焦土，就跟当年的范家大院一样，一片焦土。听说石经理的火车刚一到站，就稳稳地接住了十几颗落下来的炸弹啊，'砰'的一声你们家也全完了。"

石太太在里屋吓得不敢说话，石静宜想冲出去理论，却被母亲一把拽住。

聂改华一边向外推搡范青山，一边好言劝道："范少爷，您这是喝醉了。走走走，去我房间，我让人给弄几个菜，咱们俩好好吃一回。"

范青山一把推开聂改华："聂总管，今儿不碍你的事儿。我就是专门来给石太太报信的。"他继续道："石太太，您知道这是什么吗？这就是报应，这是大华和石公馆欠我们范家人的。今天终于还回来了。"

石公馆的家丁们都挤在廊下看着范青山的表演。聂改华示意几个家丁过来，将范青山扯到了二门外，便再没压住火，对着像赖狗一样趴在地上的范青山道："范青山，这里不是你放肆的地方。早点滚，给你死去的爹也留点颜面。"

范青山躺在地上索性不再起来："颜面？你们大华，你们石家给我爹连命都不留，我还给他老人家留什么颜面？"

聂改华狠狠地说了句："要你爹命的不是大华，是你！"

范青山听了这一句，酒似醒了大半，摇摇晃晃地扶墙站起来："不是我。是你们逼我的。"

"范少爷，醒醒你的酒吧。这三四年的光景，大华按月给你送钱、送衣、送酒，没亏待过你。给你置的房产，你窝娼聚赌，抽大烟喝花酒，闹得整条巷子乌烟瘴气。可石家依旧供养着你。你既然视石家为仇家，那么也干脆跟你把丑话说在前头，从今往后，你别想从这儿拿走一分钱。"

范青山像突然醒了酒似的，下意识地转了转眼珠，又装作很有底气的样子，阴阳怪气道："姓聂的，大华和石家的主且轮不到你做！"

聂改华反手就给了范青山一个巴掌，冲着泼皮一样的醉汉喊道："滚！"

家丁抬着范青山扔出了门外。他从地上滚了一身土后坐起来，酒劲像是又上了脑，继续野调无腔地唱道："祖籍陕西韩城县，杏花村中有家

159

园。姐弟姻缘生了变,堂上滴血蒙屈冤。"

正唱着,川杏儿捧着一簸箕的碎片从石家门里出来,脸上挂着泪痕,让人觉得好生可怜。范青山立刻站起来调笑道:"哎哟,好俊俏的小丫头,我怎么原来没见过你?"

川杏儿紧张得不敢抬头,也并不知道眼前人是何来历,哆哆嗦嗦地答道:"我……我……我才来石公馆没几天。府上的人还没认全。"

范青山又发着酒疯道:"是吗?这府上的人没认全,鬼你可都得看清啊。"

川杏儿更是吓得不敢再言语。

范青山继续道:"可惜了,我原来住这儿的时候,可没遇上你。"

川杏儿惊道:"您原来在这儿住过?"

范青山立时来了精神,眉飞色舞道:"那可不,过去这可不是什么石公馆。那可是远近闻名的书香门第范家大院,那雕梁画栋的阅微楼西安城也没有第二座。我和我爹都是状元郎,我妹妹范思旗也是知书达理的大家闺秀,一家人和和美美。如果那时候碰上你,范大爷我一定将你收了房,保你一世荣华富贵。"他抬头看看天,又直勾勾地盯着川杏儿,像是故意要吓唬小姑娘似的说道:"可惜啊,可惜了。我爹娘被石凤翔逼死了,就活活烧死在这大华纺织厂里了。你不知道有多惨。所以,今天石凤翔被炸死了,这是范家人来寻仇的。他肯定和我爹娘死得一样惨。"

川杏儿不敢再与此人搭言,抱着一簸箕碎瓷片急急离去。

此时,关于大华纺织厂经理石凤翔在火车站被炸的传闻,已经从火车站传进了大华纺织厂,又因为范青山的一通醉闹毫不费力地传进了石公馆。一片狼藉的车站,加上大华厂区十有八九被震碎的玻璃,又加上石公馆里醉汉清清楚楚的描述,容不得人不相信。而比这更可怕的是,范青山所说的这是范家人的复仇,更让这场灾祸多了几分神秘诡异的色彩。

第九章

1

日本飞机的炸弹不仅在武汉上空肆虐，同样也成了西安百姓头顶的噩梦。后来人们才知道，毁了花大脸儿子婚礼的那场轰炸还只是试探，没过多久，试探就变成了长驱直入的肆虐与蹂躏。

李三命生平最憎恨一件事——挂红灯笼。别人家过年张灯结彩，只有他家大门口冷冷清清，及至李三命快去世的那几年，李家儿孙们夜里游玩打灯笼的权利也尽数被剥夺。

李三命的理由在儿孙们听来着实有些不可理喻。

"西安城挂不得红灯笼，只要一挂，鬼子飞机上的炸弹就来咧。"

而在李三命去世很多年后，孙女翻看到一些关于西安城在20世纪三四十年代遭遇的日军大轰炸的纪实资料，才明白老人并非无理取闹。曾经，在这片他们生于斯长于斯的土地上，大红灯笼高高挂便是人间悲剧时。

第一盏红灯笼被挂起，是在民国二十七年，也就是公元1938年的秋天。

虽然日军进犯卢沟桥挑起战事的消息很快从北京传到了西安，但西安人都觉得战火还在千里之外，烧不到这个自古叫长安的地方来。所以，一开始，大多数西安人还是十分放心的。

大华

然而，这种"放心"持续了不到两个月，当贴着红膏药的日军飞机在西郊城外盘旋时，恐怖的气氛随之蔓延开来。又过了两个月，日机再次"光临"，这一次从那飞机上结结实实扔下了几颗铁家伙，随后在旷野里发出一片惊天动地的响声。

熬过了镇嵩军的八月围城，熬过了民国十八年的大饥馑，西安人见过死亡，见过成片成片的死亡。从一开始的头皮发麻，到最后从死人手里夺下粮食，民国时期的西安人活得确实不易。这一次，炸弹又来了，还是带着翅膀来的，想落在哪儿就落在哪儿，让人无处可藏。西安城又开始了新一轮的躁动，有人离开，有人留下，有人寻思着哪个地下防空洞跑起来方便，有人已经开始过着朝不保夕的日子。

防空司令部坐落在五味什字，因为他们的抵抗，日军的飞机在一年多的时间里还都像个没胆的贼娃子一样，在别人家门口放上两响"二踢脚"之后就落荒而逃。

当年为朱元璋预备迁都所建的钟楼，此时成了全城人最关注的地方。防空司令部决定，一旦防空警报拉响，钟楼上的大红灯笼便立即悬挂升起。一只红灯笼、两只红灯笼、三只红灯笼，每多一只灯笼被挂起，就意味着日机离西安城中心更近了。

红灯笼太红了，只那三盏，就照得满城颤抖。有时人们觉得灯笼的红光照出的竟是满城血色。人们真真是怕看见红灯笼，也怕错过红灯笼。就在这样的轰炸与躲避中，西安人挨到了第三个年头，被炸次数不降反增。

为了应对日军飞机轰炸，陕西防空司令部组建了高射机枪营，一群二十啷当岁的小伙子守在西安城墙上，随时准备扫射日军飞机。他们把每一顿饭都当"献饭"（献饭：祭奠逝者用的饭）来吃，把身上的一身军服就当老衣（老衣：逝者去世时穿的衣服）来穿，以随时殉国赴死的心态迎接着每一次警报的拉响。日军飞机连日来加紧了对西安城人口密集区的轰炸频率，而西安人在惶惶中每天都不得不做着两件事，一件是在警报拉响时第一时间躲避，另外一件则是在飞机休息的空当抢修各处防空洞以供人

第九章

躲避。

这一日，范青山正悠悠闲闲地走在大街上，行至钟楼附近时，看见钟楼上挂起了红灯笼。他慌了神，街上的人也都慌了神。大家疯了似的往西大街桥梓口跑，据说那里有个非常大的防空洞，约莫能容纳下上千人。范青山也跟着跑，可因常年吸食鸦片，没跑多久他便脸色苍白、气喘吁吁，再让人群一挤，就被甩到了街边。没人顾得上管他，人们都在玩了命地跑。他想呼救，却看着眼前的人都像鬼影似的飘走，吓得他又是一身的冷汗，两条腿像陷在泥潭不得动弹。紧接着，他看见桥梓口方向出现了五颜六色的烟雾，范青山以为是自己出现了幻觉。

不知道过了多久，一声巨响惊醒了范青山，他感觉甚至有那么一瞬间自己已经被炸弹的热浪弹起。然而清醒后，他明确地知道自己并没有死。死了的是那些躲进桥梓口防空洞的人。日军的炸弹这次准准地落在了桥梓口的防空洞口，炸塌的洞口，将上千市民活活地闷死在了洞里。而范青山之前看到的那些烟雾，正是日军安插在西安城里的汉奸放出的信号，提醒日军飞机那里是人群密集的所在。一场抗战时期西安城里最大的浩劫，就这么完完整整地发生在了范青山的眼前。

眼前看到的不是人间，已是炼狱。各样的尸体被从防空洞中拉出来，残肢断臂、面目狰狞，那些尸体开始还有芦席可盖，后来则连张盖脸纸都轮不上；侥幸活下来的人像是从地狱游荡回来的，只有三分像人，七分倒已经成了鬼，呜嗷乱叫地在路上疯跑；收尸的、哭丧的围着尸体喊叫成一片，棺材从桥梓口一直摆到了琉璃街，几个时辰的工夫，竹笆市已无棺可卖，后来人们开始从城外往进运棺木，到傍晚，据说就连临潼、周至、户县的棺材都已经被抢购一空。

在阅微楼的书斋中，范青山不闻天下事，通读圣贤书，写了一手好字，却没修出一副好德行。走出阅微楼，肆意做尽天下荒唐美事，却依旧是不问世事，无论修为。范青山总以为就算有一天能醉死在姑娘的温柔乡里也不枉此生。可真当飞机炸弹擦过头顶时，他却开始爱惜他的这条贱命

163

大华

了，好日子他还没享受够，前二十几年在书斋里吃的荒唐苦还没有赚回本来，他不甘心就这么被炸弹给炸死，灰飞烟灭。

他第一次见这么多的死人，这么多的棺木，这么多刚刚还会说会笑、能跑能跳的人，就在他眼前直直地冲进了鬼门关，然后变成一具具残破不全的尸首。他怕极了自己有一天也成了这样的尸首，那么他的一生该是多么地冤枉。他的脑海里充斥着那些一掷千金与他夜夜笙歌的纨绔子弟，那些满面媚笑与他颠鸾倒凤的窑姐儿，还有那一杆杆能让他吞云吐雾如入仙境的大烟枪，舍不得，都舍不得。那些好人、好景、好物件都出现在他那三进的大院中，他得回去，锁上大门，那些好日子就还是他的。

还未到家门口，他便见火光冲天。这冲天的火光一下子让他想起了阅微楼最后的那把大火，而他几年来不愿想起的父母的脸庞竟清晰地映照在那火光里，正在对着他笑。范青山慌了神，他拨开人群冲进去，发现自己的大院已经成了一片火场。

乱世多盗匪，范青山的大宅院被匪人惦记已经不是一日两日了。那些整日里送进送出的好酒好菜，那些成群结队出入范宅的富家子弟，那些奢靡而高调的日月已经不是一扇红漆院门所能关得住的了。就在今日西安城里拉响警报之后，一群亡命徒趁乱闯进大院，将所有的东西洗劫一空，留下一副空架子，临走时还不忘放一把大火。范青山此时才明白，为什么能在那冲天的火光中看到父母的脸。

丧家之犬没有一了百了的勇气。

范青山突然想起，挂了洋旗的大华纺织厂是如今西安唯一的避难所。他毫不犹豫地奔向了那个曾经叫郭家圪台的地方。

"你们得管我！大华占了我家的地，现在我无处可去，你们得管我。"自上次范青山醉闹石公馆之后，聂改华吩咐各处不可放此人再踏进大华半步。此时，他像只受惊的野狗一样趴在厂子大门口向里面狂叫着。工人们并不知道这是何人，争执声引来了不少换班的工人围观，他们好奇地看着这人的怪异举动。当大家听到此人嘴里像是在喊着"范思旗"的名

第九章

字时,好奇心更重了些。胆大的人凑上去问他:"哎,你哪来的啊?找范思旗做啥?"

"那是我妹妹。你们谁好心帮我叫她出来,告诉她,她哥哥要活不成了,让她来救救她的哥哥。"

"妹妹?我们怎么没听说她有你这么个哥哥?"

"我是她亲哥哥,真的,真的,你们相信我吧。她叫范思旗,我叫范青山,一个爹生,一个妈养,亲亲的兄妹俩啊。"

人们听了这话果然让出一条道,把藏在人群里的范思旗推在了前面。范青山看见自己的妹妹,如同见了救世观音一样,鼻涕眼泪一齐流满全脸。范思旗觉得陌生也觉得恶心,无论是那个与她一起在阅微楼里长大的兄长,还是那个不顾她死活曾经将她撵出门的绝情人,都和眼前这条丧家之犬挨不上边。

"思旗,哥活不成了,哥的家被抢光烧光了。你救救哥哥吧,我是你的亲哥哥啊!"

思旗盯着眼前这个不人不鬼的东西,他说的话混杂着工友们的纷纷议论,像是泥沙和着洪水,一起从耳中涌入脑海。此时大家的目光又都齐齐地转向她,她该如何解释眼前的人还有这背后所有的来龙去脉?

"她一个工人,能管得了你什么?你快走吧,这真要是你妹妹,也别在这儿给你妹妹现眼啊!"终于有关系不错的工友开始替思旗解围。

范青山则更露出一副泼皮无赖的样子:"让大华管啊,找他们的厂长,找他们的总经理啊。思旗,是他们占了我们的家,你记得的,对吧?是他们毁了范家大院和阅微楼,不然我们现在还安安稳稳地住在这里,我当少爷,你做小姐。"

此言一出,众人顿生惊愕。原来和他们一样忙碌在机器前的普通女工,竟然曾经是这里的小姐。

范思旗的脸涨得通红,眼前的人,过去的账,此时都化成了让人窒息的羞愤。

人群里不中听的言语又响起来了："我说呢，她一个女工怎么能挂上大华的总技师？听说了吗？人家可都在准备结婚了。"

"可不是嘛。原来人家是大家闺秀啊。"

"那怎么跟咱们一样成了工人了呢？"

"没听说吗？是咱们厂子占了人家的地啊。"

范青山听到这话又兴奋了起来："思旗，他们说的是真的吗？你要嫁给他们的总技师了吗？一定很有钱吧，咱这是又要过上好日子了吧？"

范思旗想快点结束眼前的一切，她在身上的口袋里一阵子乱翻，翻出身上能拿得出的所有钱，又跟身边几个要好的女工说："把你们身上的钱都先借给我。我一定能还上。"很快，她抓了满满的两把票子，然后几步走到大门口，将手里握得如废纸一样的钱扔在范青山的面前，歇斯底里地喊了一声："滚！"

范青山像狗一样爬着捡钱，嘴里念叨着："不够不够，这还不够。哥过几天还得再来找你，咱要过好日子了。"

2

20世纪50年代末，已经就任纺织厂总技师的李三命接待了一位由纺织工业部派驻下来攻克技术难题的年轻女专家——聂丽北。

起初，烫着卷发、踩着白色高跟鞋、穿着西服套裙的年轻女工程师并没有被大家重视和信任，大家对她是否能真正发挥作用都心存疑虑。没想到，第二天女工程师就直接把铺盖卷搬到了工厂里，夜以继日地围着纱锭、机器和图纸转。四十多天不出厂区，披肩卷发被干练地束成马尾，高跟鞋换成了工作布鞋，西服套裙换成了劳动布工装，女工程师带领着攻坚小组完成了部委派下来的攻坚任务。

直到庆功宴上，大家才知道聂丽北竟然是中华人民共和国成立之初护厂老厂长聂改华的女儿，也就是"江兴轮"上那个随妈妈从武汉出发千方

第九章

百计要与爸爸团聚的小姑娘北北。

听李三命讲到这里，孙女瞪大了眼睛，惊呼道："她还活着？"

李三命咂上一口茶，点点头继续道："娃命好，哎，也不好。她的命是用她妈的命换下的。听说沉船的时候，一个年轻人想救她们母女，但是眼看着来不及了，就只能救一个。她妈就把她塞给了年轻人，说是娃小，好救。娃身上有伤，无论如何叫那人把她娃救活。"说着，李三命叹了一声带着颤音的气，对关中老汉而言，这一声就足以表达满腔的悲凉。"后来，那年轻人就把娃带到重庆，又辗转带到了陕北。直到新中国成立以后，娃才终于见上了她爸。"

"大先生石凤翔和李品堂幸亏没坐'江兴轮'一起走。他们可未必有北北那么幸运。"孙女猜测道。

李三命说："他们是没有坐'江兴轮'，可也同样没有按时回到大华纺织厂来。记不记得，我给你说思旗姐准备结婚的时候，突然中正门火车站被日本人的飞机轰炸？"

"记得，是您陪着她在李品堂的公寓里等了很久。"

李三命点点头："那时候我们其实心里都觉得他们一定是在火车上被炸死了。只是一日不见尸首，谁也不敢把话说明。"

其实，石凤翔和李品堂并未在中正门火车站爆炸中殒命。这个消息大概在十几天之后被众人知晓，不过他们真正的下落也并不能让人松下一口气。

石凤翔和李品堂坐火车未到西安时，便被人从一个无名小站掳走。同样有过日本留学经历的两个人，即便被人用黑布罩套住了头，也听得出掳他们的是一群日本浪人。起初，石凤翔和李品堂以为这群人只是贪财好利的强盗，想着承诺一笔不菲的赎金即可了事。到后来才发现这些浪人并不知道他们的身份，完全是受人指使。及至听到有人说"他们正在支援中国军队来和天皇作战"时，石凤翔才明白恐怕事情没那么简单。

石凤翔和李品堂先是被带到了一个没有窗也没有灯的阁楼中，看不到外面的光线，让人无法判断昼夜。

167

大华

　　李品堂努力地让自己清醒，凭着感觉计算着时间，一昼夜过去后，他明白自己已经错过了与思旗约定的婚期。眼前的情形，别说是自己，就算是一只苍蝇恐怕也飞不出去了。

　　石凤翔从进了阁楼后，一直稳稳地歪靠在一个垫子上，不知是睡是醒。他的神情并不惊慌，也不担忧，但也绝不平静。

　　正当李品堂趴在门口的地上听动静的时候，一个浪人提着一篮饭食推门而入。李品堂故意使劲儿地将头撞在门沿上，夸张地用日语喊道："我受伤了，救救我。"

　　几个浪人随后也跟着进来查看情况，见李品堂头上流了不少血，也不敢怠慢。一个浪人大概是跑出门去请了，很快返回后和其他几个人耳语一番，便把李品堂架了出去。

　　阁楼里只剩下石凤翔一个人。

　　不知晨昏，不分昼夜。黑饼干、白粥、咸菜，轮番送上来。没有人来交涉，也没有人来逼问。石凤翔努力让自己的意识保持清醒，努力在狭小的空间里活动身体，努力地思考该如何应对可能出现的各种情况。

　　不知道过了多少天，终于有人把石凤翔接出了小黑屋。依然是蒙上黑布口袋后塞进了车里。他努力地听着、感受着，车子先是行过一段颠簸的土路，不久后又驶过了一段熙攘的街道，最后七拐八拐像是绕进了一条巷子里。

　　被推进一间房间的时候，留声机传来的日本乐曲有那么一瞬间竟将石凤翔拉回到青年时代。他早年随兄留学日本京都纤维工业大学纺织科，曾与一个叫作景田一郎的同学成为莫逆之交。他们一同学习，一同郊游，互相讲述各自家乡的趣事，没有国界之分，亦没有种族之异。他经常去景田家做客，景田的妈妈会用十分丰盛又精致的日本料理招待他，用餐时一定会放这些优美的曲子。

　　留学归来，他们一直保持着联系，继续探讨棉纺技术。后来石凤翔倾尽半生心血编撰的《棉纺学》手稿完成后，也是第一时间请景田校正。只是战争爆发后，两人就渐渐断了联系。

正回忆间，他脑袋上的黑布口袋被一个人轻轻地摘下，这轻柔的举止显然与那些日本浪人的粗鲁不同。让他惊讶的是，出现在眼前的这个人正是好友景田一郎。再看看四周，房间里的陈设也几乎和当年景田家的陈设无异。

以这样的方式再次见面，两个老同学都十分激动，但此情此景下，都没有表露出太多的情绪。

石凤翔见桌上有酒，便换了一副轻松的状态，问了声：“景田君，酒热了吗？”

景田的表情有些不自然，只是僵硬地点点头说：“热了的。”

石凤翔扭扭脖子，又松了松全身筋骨，熟练地盘腿席地而坐，先给自己满满地斟上一杯酒，仰起脖子一饮而尽。然后又拿出一个杯子，满满地斟上两杯，然后示意景田也一同来喝。

"凤翔，你的胳膊……"景田先开了口。

石凤翔看看自己的袖管，明白景田是在没话找话：“写信给你说过的。”

景田不自然的表情中露出些窘态，更不知道该怎么接下一句话，只低声说：“想起来了。”

石凤翔继续斟酒吃菜，显出一副十分悠闲的样子。

顿了好久，景田还是逼着自己先开口道：“这两天让你受苦了。”

"你的妈妈还好吗？"石凤翔突然打断了景田的话。

"她，去年春天已经离世了。"景田没想到石凤翔会有此一问。

石凤翔顿了顿，又满满地饮下一杯酒：“我很想念她，当年她待我就像自己的孩子一样。等到战争结束了，我一定要回去祭拜她。”

终于说到了战争，景田一郎一时都不知道该怎么接下去。他继续给石凤翔倒酒：“是的，我也希望战争能快点结束，我们都能过上和平的日子。所以这次我来也是受人之托，希望长安大华纺织厂能够停止为中国军队供应军需品。"

石凤翔终于明白了景田来此的用意，但并不意外："景田君真是高看我了。那可是政府下令要我生产的，我哪里敢违抗？毕竟我是在中国地面开厂做生意，老兄你是明白的。"

"只要你愿意和日本军方合作，剩下的事情自会有人来处理。"景田放快语速。

刚刚喝的酒起了些作用，石凤翔慵懒地靠在墙上："跟谁合作都一样。折腾什么呀！"

"对呀，跟谁合作都一样。你是生意人，能赚钱就行。中国军方对你们生产的军需品要求高、价格低，远不及日本军方能够给你的条件优渥。日本军方答应采购你们的棉纱和布匹，价格翻上一番，你们生产多少，他们全都能消化掉。"景田试图说服老同学。

"哈哈，日本军方的胃口确实是不小啊。没打仗那会儿你怎么没给我提这么好的事儿啊？要是有，那时候我一准答应你。"石凤翔涨红的脸上露出戏谑而夸张的笑。

"现在也不晚啊。你的工厂在西安城墙以外，我们有办法把你们的产品运出来。你是商人，心里是会盘算的，这是一桩十分合算的买卖。"

"当然合算。这么好的买卖还多亏景田兄惦记着我。"

"是的，是的。"景田的额头上渗出汗来。

石凤翔还是慢悠悠地饮下一杯酒，像是在思考什么似的，不说话，只咂摸着酒的味道。

景田几乎是跪在了石凤翔的面前，等待着他的答复。

石凤翔一脸遗憾地看着景田说："可是景田兄啊，我现在还不想做什么跨国生意。"

景田急了："你一直在做跨国生意啊。你工厂里那么多的机器都是从日本买来的，难道说你忘了吗？"

听到这儿，石凤翔像是吃了多大亏似的，道："唉，你可是不知道，这些日本机器可害苦我了。当官的和老百姓骂我崇洋媚外。我是顶了老大的罪名在用这些机器啊！"

景田继续问道："所以呢？你现在预备怎么办？"

石凤翔故作无奈道："能怎么办，继续顶着骂名用日本的机器喽。"

景田揩了一把额头，袖口湿漉漉的："我是说，我刚才说的那桩生意，你预备怎么办？"

石凤翔想了想道："这样好不好，你让我回去想想。"

景田一郎见又有机会，便急忙道："一天，给你一天的时间。你能想清楚吗？"

石凤翔表情夸张地摇着头道："哎哟，景田兄，年轻的时候我不是教过你一句中国的俗语吗？强扭的瓜不甜。做生意得双方心甘情愿，这生意才能做得风生水起。"

景田的最后一点耐心终于被消磨掉了："好了，不要再跟我耍滑头了。你石凤翔是个什么秉性的人我最清楚了。做就是做，不做就是不做，你这样跟我绕来绕去，实在是没意思极了。"

石凤翔依然保持微笑："这样吧，等我什么时候想好了，想跟你做生意了，我来找你。"

景田道："那你到底什么时候能想好呢？"

石凤翔哈哈大笑："那就得看我的心情了，也许是明天，也许是明年，也许是下辈子呢。"说完，他像是已经卸下了身上所有包袱，对着桌上的酒菜大快朵颐。

见此情形，景田一郎几乎是匍匐着跪在石凤翔的脚边，胸腔里冲出了一股似是压抑良久而在瞬间爆发的悲恸之声："凤翔，请你救救我的家人吧！"如同狮子绝望的低吼声，招来了门口一直守候着的日本军人。他们的枪都已上了刺刀，那刺刀第一时间对准的不是石凤翔，而是景田一郎。

3

大华

"裹盐迎得小狸奴，尽护山房万卷书。"

古时人们将猫唤作"狸奴"，拟人化的动物，又是动物化的人物，模糊了人与动物之间的界限。也有人说，猫有九条命，本就是穿梭于阴阳两界的精灵。其实，这所有的传说都只因为猫本就不是真正被人驯化的动物。它与狗不同，就算是常年与主人厮守，它仍保有自己的个性，不会为讨好主人而失了自我。反倒是爱猫的人能够无节制地迁就猫，由此也留下了不少佳话与趣闻。

民国文人爱猫，也爱写猫，所以"民国的猫"就留下了不少的"猫传"。这些猫哪里是动物，分明是一台大戏里一群个性鲜活的角色。季羡林的爱猫因脾气暴烈而得名"虎子"，"一见人影，它就做好准备，向前进攻，爪牙并举，吼声震耳"；徐志摩的"法国王"是"一只没遮拦的小猫"，在他写作时经常"抓破你的稿纸，踹翻你的墨盂，袭击你正摇着的笔杆"；丰子恺笔下浑身雪白、长着"日月眼"的"白象"则是在卢沟桥事变之后，陪着主人逃难到大后方不离不弃八年之久，可谓"猫坚强"。可见，在人的世界里，这些名字撼天动地，而在猫的世界里，这些大文豪不过是一群还算优雅的"铲屎官"。

李三命的孙女自幼怕猫，不知道为什么，总觉得外形看上去再可爱的小猫眼睛里射出的都是逼人的凶光。所以每次见到猫，还没等猫躲小姑娘，小姑娘自己就已经大喊大叫地落荒而逃。这让李三命时常觉得颜面扫地。毕竟一个厂长的孙女经常在家属院里被野猫追得屁滚尿流，确实不大好看。这里说一句，李三命在20世纪60年代当上了陕棉十一厂（1966年，大华纺织厂更名为陕棉十一厂）的厂长，到他快退休的时候，这个厂已经成了远近闻名的纺织大厂，维系着西安北郊上万人的生计。那时，家属院里已经高高低低地盖起了不少家属福利楼房，厂子里有了厂区和家属区之分，上班期间有严格的规定，职工不得随意外出，即便是回家属院也是不行的。家属则更是严禁踏入厂区半步。一个厂被明明白白地划割成两个世界，而这两个世界，野猫们却可以畅行无阻。

第九章

大华纺织厂的野猫们有个共同的祖宗——三花，那也是一只"民国的猫"。只是三花并不是野猫，而是一只血统绝不低贱的贵族猫。李三命说不清楚三花到底是什么品种和出身，但只一样就足以确定猫的高贵——那可是大先生石凤翔最爱的宠物。三花尾巴不长，通体三种颜色棕、黄、白，性情极其高冷，却深得石家人的喜爱。石家人并不把它当宠物，而是当家人，就连石家的家丁也要尊称它一声"猫主子"。其中，石凤翔对它更是宠溺得过分。

一次，石凤翔正在和厂里的高层开会研究如何平衡民用与军需品供应的问题。人们都知道，一旦开始供应军需，势必要割舍一大部分的民用布匹经营的利润，那时大华的产品在市场上获利正劲，谁也不愿把大好的市场拱手让出。高层和股东们有了不同的意见，一说商人就是商人，获利事大；一说国与民唇齿相依，国破家亡还谈什么获利。会场上唇舌之争差点就要燃起战火时，三花不紧不慢地从门口踱步进来，先是跳上了石凤翔的膝盖，继而又跳上了桌子，像个将军一样在长条会议桌上继续慢慢踱着步子。大家都停下不说话，知道这是石凤翔的爱宠，谁也不敢去轰赶，只看这猫主子下一步要作何行动。

三花走了几圈，傲娇的眼神扫过会场每一个人，似乎是在检阅着什么。最后，它踱到刚刚说建议大量供给军需用布的股东面前懒懒地趴下，用舌头在那人的衣袖上温顺地舔了几下。

石凤翔见状爽朗地笑起来，脸上一扫刚才的严肃。他两指在桌上敲了敲，三花会意，起身几个跃步跳入石凤翔的怀中。"三花乖，走，咱们回家。"

有人试探地问道："总经理，咱们这儿还没商量出个结果啊？"

已经起身的石凤翔在三花的脖子上轻轻挠了挠，又看看会场上的股东们，露出一丝不易察觉的笑说道："还没结果吗？猫都有个猫性，谁要是抢了它的地盘，都断不可能。何况是人呢！"

众人面面相觑，但并不作何表态。

173

大华

石凤翔又道："我呢，本来也是愿意守着大华这片天地做点事儿就行。没办法，这会儿飞机炸弹成天从头皮上擦过去，再不为保住这地盘供应前线军队，我怕是连三花都不如了。"

会场上再无人敢言。

石凤翔抱着猫站了起来："我得听我家猫主子的。"

石凤翔走后，留下满场惊愕，自此三花除了在石公馆被称为"猫主子"以外，在厂子里也得了个"猫董事"的尊号。

李三命讲述这段往事时绘声绘色，甚至学着三花踱步的样子，颐指气使，高傲无比，每次都能逗得儿孙们开怀大笑。开怀完了，儿孙们又怀疑起他故事的真实性。一个民族实业家，会在开会的时候撸猫，还以猫的意见为准决定厂子大事，这实在有点匪夷所思。

三花是家养猫，爱干净。除了在石公馆里，就是偶尔去石凤翔的办公室转转。至于厂区里，它嫌脏，也嫌不安全，从不涉足。在那一次中正门火车站被炸之前，它常优雅而傲娇地在它的领地中行走，不慌不乱，不卑不亢。

中正门外的火车站被炸的时候，本来还在院子里舒舒服服跟着石家太太小姐一起晒暖暖的三花被震得一激灵，身上的毛像一群听到冲锋号的士兵一样都站了起来，它伸直了脖子向四周张望。没过多久，它发现石公馆里炸了营。女人们在哭，有个喝醉了的酒鬼还在闹。

趁着乱，三花第一次独自出了石公馆的大门，从此再也没回去过。它开始像个侦探一样行走在大华纺织厂的每个角落，这些角落是它原先不曾见过更不会到过的地方，它的步子变得更加轻盈而麻利，失了几分过去的傲娇。它用那双在夜里都能射出光的绿眼睛扫视着大华纺织厂的每一处。

"三花在做什么？"孙女问李三命。

"找大先生。"

"猫哪有那么忠诚，它们都是以自我为中心的。这个主人找不到了，再去找一个能让自己过好日子的主人就可以了啊。"

"那猫怪得很。它一直在厂里转，半夜里还会发出一阵阵的哀嚎，那声音跟小孩哭似的，吓得大家不轻。"

"石家人都不管它吗？"

"管过，丫头们想悄悄抱回去。那猫就像疯了一样地把丫头的脸都抓破相了，后来再没人敢碰它。石家人自顾不暇，就由着它去，只是每天轮番让几个丫头去大门口放点猫食。"

"那后来呢？"

后来三花不寻了，也许是确定了大华的每一个角落都没有它的主人。于是，它伏在大华纺织厂的门口，就在那意大利国旗的正下方，不离左右。它不再是那个爱干净、爱享受、眼中泛光的猫主子，它不爱动，后来也不爱叫，眼神里的光渐渐暗淡下来，吃得也越来越少，步子也越来越沉。刚开始守在大门口，后来则躲在墙根下。它像是生了病，又像是突然到了垂暮之年。

有那么一段日子，人们以为三花死了。它就那么瘫软地睡在墙角下，可真要有人准备去给它"收尸"，它又会噌地一下站起来，恶狠狠地瞪着来人，搞得没人敢靠近它。夜里有几只野猫混进厂里，抢三花的地盘，也抢三花的猫食。它一副无所谓的样子，还是软塌塌地贪睡着。久而久之，门口的墙下睡了一排野猫，不仔细看怕是也找不到三花了。

在那段日子里，大华的上空依然每天都有日军的飞机飞过，数量越来越多，飞得也越来越低，虽说炸弹最后都落在了别处，可在大华人头顶上盘旋和逗留的时间越来越长。飞机快要飞来的时候，所有车间都会让机器停机，在那一瞬间，大华就像是一个从未有过任何作为的废弃的地方一样，不见人的走动，不见机器的转响。等飞机飞远，警报解除后，机器再次启动，布匹依旧被源源不断地织出来，仓库里依旧繁忙地将新织出的棉布棉纱打包整理，准备运送到前线。

可突然有那么一天夜里，三花开始在厂区里狂跑，跑着跑着又停下来

大华

发出它特有的哀嚎，然后换个地方继续嚎。大华的人都记得那一晚，因为那哀嚎不像是从人间而像是从地狱里传来的。人们无法读懂三花哀嚎的内容，却知道这一定不是什么好的征兆。在这样的哀嚎声中，当夜住在大华纺织厂的工人和职员以及石公馆里的家眷们无人入眠。

第二天，太阳还是暖暖地晒在三花的身上，它已经完全没有一丝力气，这回它是真的要死了，可它的嘴里还是竭尽所能地发出嘶哑的声音。人们实在看不下去，给它的食盆里倒了些水，但三花已经完全没有力气抬起头去喝水了。

在大家还闹不明白三花究竟出了什么事儿的时候，空袭警报再次拉响，日军的飞机，12架，齐齐地聚在了大华纺织厂的上空，这回它们还是盘旋个不停。工人们停机停产，因为之前从没有炸弹真的落下来过，所以大家也就各自守在原地，并没有要逃走或者躲避。12架飞机盘旋了大概半个小时后，开始疯狂地朝大华纺织厂投下炸弹和燃烧弹。

三花终于停止了它的哀嚎，也永远地闭上了眼睛。后来，在大华厂区里有了不少和三花毛色一样的小野猫，大家都说，那是三花的娃儿们。

第十章

1

大华被炸的三天前，报纸上登载的一张照片让大华成了众矢之的。照片上，佩戴着刺刀、穿着马靴的日本军官紧紧地握着石凤翔的手，脸上的笑容传递出无限的友好，而石凤翔的手臂僵硬地伸直，脸上有着透不出任何信息的表情。

《大华厂主变节 与日本军方勾结》的新闻不胫而走。这样的消息，在日日遭受轰炸威胁的西安城里，犹如一炬迎风扔出的火把，能够瞬间点燃全城人的怒火。

压不住怒火的人们从四面八方聚到了大华纺织厂的门口，当他们看见"停工告示"，再联想起石凤翔与日本军方勾结的照片，便确信了大华纺织厂已经完全变节的事实。

"大华纺织厂现在断供前线军需，肯定是已经叛国了。我们每天还在城里抓汉奸，我看这整个纺织厂就是最大的汉奸。"

"听说，他们工厂里一直用的都是日本机器，莫不是这纺织厂原就是石凤翔替日本人办的？"

"他们的总经理和总技师都是日本留洋回来的，那身上的骨血说不定早已经换成了日本人的骨血了。"

看似头头是道的分析，不断发酵着聚集在大华纺织厂门前的民怨。人

大华

们开始向厂里投掷石块、垃圾，用他们能想到也是此刻能做到的方式，对大华纺织厂进行着攻击。

几辆军车驶来，冲开人群，开到大华纺织厂的门前停住，扬起一片尘土。

聚集的民众见状向后退了几米，但并不散开。一位年轻的军官走下车，身后立马站定了一排荷枪实弹的军人。气氛十分紧张，而年轻军官则面带笑意地站定，从手上摘下皮手套，显得十分轻松地讲起话来。

"诸位，我知道大家今早为何而来。一张照片说明不了什么，想必大家都还不知道，石凤翔总经理已经被绑架数月。大家想想看，如果他早是日本汉奸，怎会遭此一劫？一直以来，大华纺织厂所产纱和布还全部供应军需，为我抗日将士所用，连半寸都不曾落到日军手中。并且我保证，过去如是，将来亦是。"

"你保证？你是谁，我们凭什么相信你说的话？"人群中有大胆的喊了出来。

年轻军官身后的一排枪立马抬起，惊得民众们不得不向后退缩。

军官压压手，示意把枪放下，继续道："大家不需要知道我是谁。但是我希望大家能够在国难危重之时，对我们的政府和军队多一分支持，对我们自己的实业家多一分信任。石先生被困数月，吃尽了苦头。我们正在全力营救，停工也是暂时的。等到过几天石先生返回西安后，大华纺织厂即刻恢复生产，到时候纱和布到底会送到哪里，你们也可以当面向他求证。"

听到这里，厂里的工人显得异常激动，而这其中最为激动的当属范思旗。

范思旗几乎不敢计算李品堂到底走了多久，一个月、两个月还是一年、两年？总之这是一段暗无天日、分不清春夏秋冬、分不清天地日月、黑漆漆的一段岁月。她在火车站的废墟中寻找过品堂的踪迹，也在听说品堂被绑架但没有丧命之后悲喜交加，更要应付哥哥范青山在大华纺织厂门口变着法上演的一场场闹剧。

直至听到年轻军官的话，知道石凤翔回来时，李品堂也会一同回来，范思旗悬了许久的心终于回到了该有的位置。

停工三日，仓库东大门紧闭，无来无往，整个大华都在等待主人的归来。而范思旗此时也终于在黑色的日子里看到了一点光，那光里分明是有品堂的身影的。

她等着，盼着，把红色的嫁衣偷偷地穿在里面，外面套着工服和白围裙，颈上戴着品堂走时送给她的翡翠平安扣，怀里藏着她亲手写的婚书。她希望见到品堂的那一刻，第一件事就是与他结为夫妻。所谓女儿家的矜持此时变得十分可笑，她心里十分清楚：她想要的往后的日子都与品堂有关。

只是停工最后一日的夜里，三花的哀嚎过于凄厉，打扰了范思旗的渴望。她蹑手蹑脚地出了门，那一幕着实惊了她。宿舍门外大大的探照灯将一大束惨白而强烈的光投射在三花身上。三花身上的毛全都立了起来，眼神里透出万分的恐惧。在三花从石公馆的"猫主子"沦为野猫守着厂子大门的日子里，范思旗时不时地会去给它和其他的野猫喂食。一来二往，它们对她也并不陌生。三花平日里见了思旗并不理睬，见她来送吃的，也并不示好。只是今天当看见思旗出现后，三花一个箭步冲过来几乎要扑倒她。它先是不停地在思旗面前转着圈，然后又开始抠抓咬着思旗的鞋子。当发现思旗并不懂它的意思时，三花发出了比刚才更凄厉的、拉着长声的哀嚎，那哀嚎像是只为思旗一人。思旗蹲下想安抚三花的时候，看到它如绿宝石一样的眼睛里透着说不出的绝望。

三日停工期满，工头们早早地敲开了各个宿舍的门，让所有工人立即到岗开机恢复生产。

范思旗再次把准新娘的装束藏在工服和白围裙之下，急急地束好头发塞进白帽子赶去上工。她的心又开始变得忐忑，人还没回来就恢复生产，会不会又有什么不测？临进纺纱车间时，她抬头望了一眼大门的方向，门紧紧地锁着，但只那一瞥，她发现阳光正从东方投来，只觉得心里一暖，

大华

踏实了许多。

关于那天发生在大华纺织厂的大轰炸，是李三命每次讲故事的空白，直到某年记者来老厂长家采访时，人们才第一次听他真正讲起所有的细节。

"有了洋旗旗，老板认为日机不会轰炸大华。所以每次日机来时，只让工人关闭机器，不允许工人走出车间，日机走后立即开机生产。可有一天，没有料到意大利国旗也不管用了。这天上午，车间上下班的红灯突然亮了，工人们知道日本飞机又来了，和往常一样关闭了机器，在车间里静静等候。可是谁都没有想到，那一天的炸弹真的掉下来了。"李三命沉浸在回忆中。

"我那一天跟着卡车帮忙去外面送货，已经赶到厂门口了，就见远远的四架飞机齐齐地朝我们厂子飞过来，飞得很低很低。我眼看着飞机离厂房也就是个二三十米的距离。"李三命说到激动处，突然站起来学着日军飞机飞过的样子将手里的茶杯一扬，大半杯的茶水洒在身上都没有挡住他的情绪，他接着说道："就'呜'地一下，从头顶上飞过去了。警报声、爆炸声交叠着来，吓得我在厂门口抱头躲着。大概过了二十多分钟，警报声解除了，我才发现纺纱车间被炸了，等我赶到车间门口的时候，车间的厂房已经完全塌了，因为日本人除了投炸弹还投了燃烧弹，纺纱车间里全都是棉纱，一点就着，当时火势凶猛得很。"

"那您的工友呢？"年轻的记者没有停下手中兴奋记录这一切的笔，继续问道。

李三命先是愣了一下，继而将眼睛望向别的地方，再转过头的时候已是老泪纵横："是我亲手把我思旗姐的尸首抬出来的。"说完，老人像个孩子一样嘤嘤地哭起来。

记者们并不知道思旗姐是谁，被老人的哭声吓得不敢再继续提问，采访也就到此结束。

工人们在毫无防备的状态下，遭遇了大华纺织厂的第一次轰炸。被炸的不只是纺纱车间，还有细纱车间、筒车车间以及食堂、宿舍，在燃烧弹

第十章

的作用下，整个大华纺织厂全部笼罩在一片火海之中。

在爆炸的前一刻，石凤翔带着李品堂回到了西安，但终究没有阻挡住悲剧的发生。这场轰炸就像是日本军方特意为二人准备的军事表演一样，肆意而无耻地让他们在绑架期间受到的威胁变成了现实。

想到还在厂里的范思旗，李品堂的脚步变得慌乱起来。当他赶回纱厂时，眼前的熊熊烈火和满目狼藉让他对眼前的一切都无法判断。对纱厂车间位置了如指掌的他，像个陌生人一样冲进厂里，逢人就问："纺纱车间在哪？纺纱车间在哪？"

他顺着人们指给他的方向，找到了纺织厂被炸的重灾区——纺纱车间。他在人群中看到李三命和小灵宝正一边号啕大哭，一边徒手在废墟里挖着。他冲过去一把抓住李三命的手，那手已经在满是瓦砾碎片和残破钢筋的废墟中挖得鲜血淋漓。李品堂吼道："思旗在哪？"

李三命仍止不住地大哭，一把推开李品堂，同样歇斯底里地回答道："你别耽误我救思旗姐！"说罢，又用那双烂手和小灵宝一起挖起来。

李品堂几乎没有半刻停留，便开始比李三命更加疯狂地挖，同时在心里默念不要真的在这里挖到思旗。他期盼自己在这里像个疯子一样的时候，思旗能悄悄走到他的身后紧紧抱住他。

正当李品堂幻想着自己的未婚妻能够劫后生还的时候，李三命低叫一声："思旗姐！"小灵宝和李品堂都停了手，望向李三命所在的方向，范思旗的脸已经从废墟中露了出来。

一枚不小的弹片嵌在思旗的胸口，鲜血在白色的围裙上绽出了一朵娇艳的牡丹花。除此之外，思旗全身上下都完好无损，但那枚弹片是致命的。鲜血还在不停地往外流，那血是带着温度的，思旗的身体柔软地靠在未婚夫的怀里，那枚平安扣从衣襟里滑出来，翠色映衬得血色更加鲜红。她的脸庞十分平静，大概是因为死亡骤然降临还来不及痛苦。品堂去拉她的手，发现她的手中紧紧握着半张已经残破的婚书，婚书上面依稀能看到最末的一句："卜他年白头永偕，桂馥兰馨。"

大华

李品堂抱着未婚妻的尸身跪地，仰天发出孤狼一般的叫声。

他抓着那页残破的婚书，紧咬牙关，跌跌撞撞地闯进石公馆。

石凤翔正在命人想尽一切办法与总厂取得联系，告知大华被炸受损情况。他虽思维清晰，但身体已似强弩之末，勉强支撑而已。

李品堂不管那么多，他冲到石凤翔的面前歇斯底里地吼道："为什么是今天？为什么我们还没回来，你就要让工厂继续开机生产？日本人说，大华的机器要是转起来一定送你一份大礼。看到了吗？这份大礼你看到了吗？"

家丁们想要上前制止李品堂，石凤翔却摇摇手，屏退众人。他低着头，无力地抬起眼皮看着眼前的这个年轻人。

李品堂把手中的婚书展开在石凤翔的面前："大先生，我再叫你一声大先生。你知道这是什么吗？这是我的婚书。我的未婚妻正穿着嫁衣等我，今天原本是我结婚的日子。但是就在刚才，就在刚才她被炸死在了你的纺纱车间里！"说罢，他痛苦地低下了头，像是在继续问石凤翔，也像是在问自己："为什么是今天，为什么一定就是今天？"

石凤翔深深地叹了一口气："答应日本人停工停产是总厂营救我们脱险的权宜之计，但你知道，大华的机器总是要再转起来的。"后面的话，石凤翔不愿再说，他颓然地靠在椅子上。

李品堂的声音渐弱之后，石凤翔抬头看了看堂上的座钟，从爆炸发生到现在已经过去了将近四个小时。头顶时不时仍有零星的日军飞机呼啸而过，他知道那是示威和警告。

"你听听，这是哭的时候吗？现在不仅要救人，还得救厂。"石凤翔用扶手撑住身体站起来，走到李品堂的面前扶起他："去吧，别让她的尸身总留在瓦砾堆上。"

话音未落，石公馆廊下的一只花盆被二小姐石静宜碰翻在地摔得粉碎，她脸色煞白地出现在石凤翔和李品堂的面前，用揉碎了的声音向父亲诉道："爸爸，我姐姐……快不行了……"

第十章

从这第一炸开始，日军的飞机就像是瞄准了大华一样。七天之后，36架日机分三批空袭西安，并集中轰炸大华纺织厂，共投掷炸弹50余枚，火烧棉花2.5万担，另有不少房屋遭炸，死伤工人众多，大华纺织厂几乎全部被焚毁。

2

李三命直到即将离世的那几年，才在闲谈中释怀了隐在心中一辈子的悲痛，向儿孙们讲起1939年大华被炸后的那些事情。大约是觉得自己大限将至，不久便会与那些早逝的工友相聚，那些惨绝人寰的情景才终于从老人日渐模糊的记忆中缓缓流出。

那晚，西安城大雨滂沱。

一卷草席，一口薄棺，范思旗就这样被草草安葬，那身鲜亮的嫁衣成了寿衣，裹着一个准新娘不能完成的等待去往他界。这个刚刚年满二十岁的姑娘不要婚礼、不要排场，只想和自己的新郎回到相识的地方再拍一张小照，在婚书上签下两个人的名字，从此举案齐眉、相敬如宾，但，这些都不能够了。雨水将姑娘脸上、身上的血渍都冲刷干净，露出本就白皙俏丽的面庞。品堂把两人第一次相遇时在大芳照相馆拍的小照粘在了一处，粘成了一张思旗一直想要的"合照"，然后将这"合照"小心地放在了思旗的手心。思旗闭着眼睛，面容十分平静，虽然没有太多的时间留给她跟这个世界、跟她的最爱告别，但匆匆入殓的那一刻，在场的所有人都明明白白地看到了她脸上的笑意。

这笑意几乎击垮了李三命，眼泪决堤般涌出，他拖着棺材，却连一句话也说不出来。他这才明白，思旗已经不仅仅是自己的姐姐，而是像母亲一样刻在自己心里。

也是从思旗的这一笑开始，生性活泼的李品堂脸上再也没有露出过一丝笑意。他眼瞧着棺材盖定，与心爱之人阴阳两隔，脸上却漠然得看不出任何表情，不悲，不怒，简直还不如一个陌生工友目睹这一切时来得

大华

悲痛。

已经有了同样身量的李三命上前一把拽住了李品堂的衣领，怒气几乎要冲破少年的脸庞，他有很多话要说，最终却只挤出一句："你为啥不哭？"

李品堂眼皮都没抬一下，只跟旁边的工人说了句："钉好了就把棺材抬过去吧。一会儿会有人拉这些棺木去处理。"

"处理！"这样的字眼在李三命听来十分刺耳，"什么叫处理？你要把我姐处理到哪儿去？"

李品堂用了把力气，把李三命的手从自己的衣领上拽下去，转头走向工厂的西仓库。工人们正忙着将废墟里抢出来的机器运往那里。

突然，雨地里传来了凄凄厉厉的歌声："小鸟哀鸣声不断，它好像与人诉屈冤。是何人将你们双双拆散？"大家回头一看，发现竟是范思旗的哥哥范青山。他比之前更加形容枯槁，更像一具行走的骷髅架子。也许他今天又是来跟妹妹要毒资的，也许他今天是专门来送妹妹一程的。但此时，他是用着生命最后的力气唱出了刚刚那段《小鸟哀鸣》，如泣如诉，声声钻人心。大家听到这声音又不禁为思旗落了泪，和着天上越下越大的雨，算是送别了思旗。

有人说，不久后范青山死在了烟馆里。也有人说，他去做了汉奸，像条狗一样活在见不得人的地方。不过这也都是些传了十回八回的传闻，无处详考，总之，郭家圪台从此再也没有了范家人的一丝痕迹。

也是在那晚，少年李三命的心里又萌生了对死的恐惧。可不是吗，站在大华几乎已经被毁尽的瓦砾堆上，旁边是工友们的尸首，头顶是好像永远也亮不了的黑夜，他年轻的身体里本该流淌的热血，此时也被冷雨浇灭了应有的温度。太累了，他收了不知道多少具工友的尸体，也不知道抬了多少台机器，他的神经逐渐麻木，眼神也逐渐迷离，瘫坐在断墙根下，昏昏睡去。梦里，许多人来寻他。面色土灰的亲爹亲妈，喝醉了酒准备烧了阅微楼的范老汉，趴在树上冲他做着鬼脸的蛮崽，还有穿着嫁衣胸前洇出

第十章

一朵牡丹花的思旗。梦里每个人都离他那么近，但当他伸手去抓时，他们又远远地躲开。李三命坚持说自己那晚一定就站在生死两界的分隔线上，那些人如果不是远远地躲开，说不定他就再也不会醒来。

后来，叫醒李三命的是小灵宝。

醒来时，雨已经停了，天空露出了蒙蒙的红色，日出应在不久之后。李三命觉得身上特别酸痛，好似这一夜并不是在睡觉，而是去什么很远的地方出了一趟苦差，疲乏得要命。他问小灵宝："咋，干啥？"

"三命哥，咱是不是又没活路了？"小灵宝一脸委屈，嘴角不停地抽动着。

三命伸了个长长的懒腰后把一条胳膊搭在了小灵宝的肩上："不会的。小时候都没饿死，何况现在嘞。"

"可是你看看这厂子……"

李三命抬眼看看，原本无比熟悉的地方，经过一番炮轰火烧，如今已是面目全非。他看向纺纱车间的位置，入目全是乱石、焦土、残破的机器，还有停在旁边的工友尸体。虽然李三命不知道地狱是什么样子，但他想，将熟悉的环境在眼前毁灭殆尽大概就是每个人心里最恐怖的地狱吧。

面对已经无处藏身的西安城，又到了不知何去何从的时候。不过，为了不让小灵宝更害怕，李三命说："最起码咱们还活着呢。现在活着，就一定还有走得通的路。"

在厂子的西仓库里，李品堂不眠不休。从坍塌的厂房里抢下来的机器残破不堪，每一台都要经过他的手来修复。因为长时间地专注于机器，他的两颊深陷，突出两个深眼窝，眼睛里则布满了血丝。

李三命站在仓库门口，看着像机器一样不停运转的李品堂。他突然发觉自从思旗去世后，李品堂变成了另外一个人，一个他完全不认识的陌生人，一个似乎从未与他或者与思旗相识过的人。他不再是那个脸上时刻透着少年般纯粹的笑容，随时表露真性情，随口能逗乐周围人的可爱的欢

大华

喜虫了。现在的他，更像是一尊没有生命也没有灵魂的雕像，脸上的每一道痕迹都如同刀劈斧凿般刻意与僵硬。这张脸以及这张脸上的表情深深地印在李三命的脑海中，此后，在与李品堂共事的二十年、三十年、四十年里，这张脸上的表情都再也没有发生过改变。

蓦地，李三命拽了拽身边小灵宝的手，说道："灵宝儿，你看李品堂忙啥呢？"

小灵宝回道："看不出来吗？修机器啊！"

李三命弹了一下小灵宝的脑门道："不开窍啊你，为啥抢着修机器？肯定是为了尽快恢复生产。这说明大华纺织厂没有完蛋，机器还是要马上转起来的。"

小灵宝转动眼珠，思考了一番，试探着说："你的意思是，咱们还有饭吃？"

正当两人说话时，食堂的厨子齐大脑袋给了他们屁股上一人一脚："闲着弄啥呢，给我帮忙端饭盆子走。"

小灵宝一时没回过神来："食堂都炸了，去哪儿端饭盆子啊？"

齐大脑袋朝着小灵宝的屁股蛋子上又是一脚，喊道："食堂炸了，又没把老子炸死，又没把你们这帮小兔崽子炸死。你们不吃饭啊？这些修机器的工人不吃饭啊？少废话，跟老子走！"

说完齐大脑袋又往前走去，用同样的方式给自己招呼着帮手。

在纺织厂的空地上，食堂的厨子们连夜垒出了几眼大土灶，上面架着残破的大锅，里面煮起了混沌不清的食物。然而工人们依旧热情高涨，他们端着同样残破的半边饭碗接受着工厂在特殊时期的馈赠与照顾。有人开始赞扬起大华，赞扬起大华的总经理石凤翔。

那一天，在大华的断墙残壁上贴满了鲜红色大纸写就的《告全厂同胞书》。

　　　　昨日我厂遭日机偷袭，损失惨重。为保大华元气，凡我厂员工从即日起，均参与抢修机器、厂房，以期尽快恢复生产，支援前线。石凤翔愿与大华员工，协力挽救大华于既倒，同心一德，生死与共。

——总经理石凤翔　亲笔

一顿大锅饭、一纸《告全厂同胞书》，如同一针强心剂注入了每个大华工人的血液里。他们开始夜以继日地劳作，以期如大先生石凤翔所说，能够"协力挽救大华于既倒"，同时，也是救自己于倒悬。

李三命和小灵宝也加入了抢修机器的行列，他们将对思旗的不舍暂且放在一边，紧紧跟随着李品堂的节奏。人活着，机器也能活。机器活下来，大华才能长长久久地成为他们的栖身之所。也正是从这个时候开始，李三命见识了李品堂的过人之处，机器开启，李品堂凑上耳朵去听一听，便大体知晓了损坏处在什么地方，立即指挥人拆换零件整修。疯狂地把自己的每一个细胞每一根神经都投入到抢修机器中，没有人敢和他说除了机器以外的事情，及至后来大家连劝他吃饭睡觉的话也不再说了。十几个技术员、几十个工人轮班跟着他，生怕错过了他吩咐的每一句话。

与热火朝天抢修机器的场面不同，刚刚经历过一场葬礼的石公馆，此时的空气里还凝结着沉郁的气息。石淑仪露着皓齿的笑容印在黑白照片上，正端端地立在客厅的中堂。旁边放满了茶梅、木芙蓉、夏堇，这是妹妹石静宜寻遍西安城能找到的在秋日里开得最明媚的花。

聂改华端着一份点心放到石淑怡的照片前，又仔细地检查着桌边的花束，把里面已经干枯的花瓣和叶子轻轻摘下，再提起浇水壶，拨开每盆花的底叶，小心地润湿花盆里的浮土。他的神情看上去并不那么轻松，家丁们以为聂管家是为大小姐的猝然离世而感伤，殊不知他此刻心底惦念的是另一番大事。

昨日晚间，聂改华刚刚将石凤翔手书的《告全厂同胞书》交于厂里职员去张贴之后，他便接到了一封来自总厂的急电。事情紧急，他没有多想便给

大华

石凤翔送了进去。只是不经意间,他看到了急电上的四个字:"迁厂广元。"

3

日军侵华,目标自然不仅仅是北平、南京、武汉,当一批城市沦陷之后,还没有被攻下的其他城池就成了日军下一步的目标。近年来,学者们发现在侵华战争期间,日本曾多次制定"西安作战计划",这座城,战略地位与其他城市不同。如果攻占西安,就意味着彻底打破了抗战相持的平衡局面,进可北上攻占陕北、南下进攻重庆,退则连通华北主战场,让中国两大内陆板块全部沦陷。

对日军来说,这几乎是一座非攻不可的城。

和所有面临这场战争的城市一样,西安一开始也有着同仇敌忾的勇气和斗志。军方需要什么,后方就捐献什么。在空袭还没有变得这么频繁的时候,人们总觉得这些贼娃子咋呼几声、喧嚣几天便会退去。然而当日军攻破一个个中国大城市的防线,蚕食中国的领土,留下一片片孤岛时,百姓的意志渐渐消沉,来自战争的恐惧与日俱增。特别是在西安,每隔三五天或者十几天,人们就会得知又有某个城市沦陷,尤其是徐州失守后,北方的战况越来越坏,中国军队一直处于败退和转移的状态。除了台儿庄战役给了日军沉重打击,每次会战的结尾总免不了一个字——退。

退,似乎也是当时长安大华纺织厂能够让机器继续转下去的唯一办法。

石凤翔的精明在于他的适时而动和因势利导。当看到大华纺织厂已经成为日机轰炸的重要目标后,保留大华元气、尽快恢复生产是他心头第一等大事。几乎没有太多的纠结和思虑,经过短暂的考察,他就下定决心迁厂广元。至于工人们的个体命运,他确实已无暇顾及。

这一日的晚饭愈发难以下咽。齐大脑袋把饭盆端到车间外的空地上,抽出一根烟点燃,自己忍不住骂了句:"天天给人喂狗食。"人们仔细地在盆里捞来捞去,都是些腐烂的菜根菜帮子,虽说那所谓的烩菜面目不清楚,但一股子馊臭味儿倒是明明白白地冲着鼻眼钻进来。

小灵宝端起碗,忍不住干呕一声,惹得人们纷纷侧目。大家端起自己手里的碗,也禁不住皱起眉头。

"齐大脑袋,哪一天我叫大华的饭给吃死了,你就是杀人凶手。"一个工人道。

抽着烟的齐大脑袋回道:"滚滚滚,爱吃不吃。不吃饿死去。"

对饭食一向不讲究的李三命也对这馊臭的饭汤难以下咽:"齐大叔,咋今儿的伙食这么差?菜都烂完了。"

齐大脑袋又狠狠地哑了几口烟,念叨了句:"就这饭,明天你都未必还能吃上。"

连日的抢修让工人们的体力接近透支。入夜,大华纺织厂内凡有遮挡处,都能见到和衣而眠的工人。他们睡得很沉,沉到听不见夜里在纺织厂中驶进驶出的大卡车的轰鸣声。

吃坏了肚子的小灵宝这一晚辗转反侧,很难入眠。肠子绞得那么痛,来来回回地跑厕所让他两腿发软。最后,他索性守在厕所边上,一来保存体力,二来以免弄脏了眼下唯一一条裤子。和他一样吃坏了肚子的还有齐大脑袋,他朝着厕所跑来时,那颗光得发亮的大脑袋真像一盏会动的路灯。小灵宝忍不住咯咯发笑,齐大脑袋眯眼定睛一看:"碎子儿,你待这儿弄啥呢?吓了老子一跳。"

小灵宝说:"还不是你做的那好饭,把人吃得拉稀。"

齐大脑袋一边解着裤腰带一边往厕所里跑:"少废话,我自己也没偷着吃上好的。"

小灵宝冲着厕所里正在方便的齐大脑袋喊话:"谁让你往锅里尽填些坏了的菜帮子,这下好了吧,把你自己也给吃坏了。"

不一会儿,齐大脑袋一边系着裤腰带一边走出来,冲着小灵宝的屁股又是一脚:"放你娘的屁,扔了烂菜帮子,你连那口狗食都吃不上。"

小灵宝问道:"咋,咱没粮了?"

齐大脑袋在小灵宝身边坐下,长叹一声:"唉,娃呀,过了明天,不行就出去要饭吧。"

小灵宝摇摇头:"我要过饭,齐叔,滋味可不好受了。我再也不想要饭了,我就在咱厂待着。猪食、狗食的,有一口吃的,饿不死就行。"

齐大脑袋抬头望天:"你说,今黑那日本飞机咋不来炸大华呢?狗日的再来一回,炸干净了才好呢。"

小灵宝一听日本飞机,条件反射般地缩起身子:"齐叔,你不要吓唬我了。我现在最听不得谁说飞机了。"

齐大脑袋道:"不是炸死,就是饿死。这大华厂是活不成个人咧。"

小灵宝不明就里,接着问:"啥意思?机器都快修完了,一开工不就有饭吃了吗?"

齐大脑袋回头看看小灵宝,半天,说了句:"瓜怂娃。"

小灵宝腹内一阵绞痛。"不行了,不行了。我还得进去蹲着去。"他一边说一边解开裤腰带,回身往厕所里跑。

齐大脑袋冲着里面的小灵宝喊了句:"拉死算球。今黑咱都死干净了才算舒坦。"说罢,他又点起一根烟,吐了口辣嗓子的烟圈后离开厕所。

一声尖利的刹车声惊醒了沉睡中的人们。大家睁眼看到一辆大卡车正闪着大灯,停在接近厂子的大门处。车上严严实实地围着篷布,车后的土地上留下了深深的车辙,不用想就知道这车上一定拉着极重的货物,还有就是刚刚刹车那一下定是又急又猛。人们快速地跑到车前头,发现闪烁的汽车大灯上溅满浓稠的鲜血。

大门口的矮墙下有工人大喊:"是齐大脑袋。"人们回头一看,果然是那颗锃明瓦亮的大光头。齐大脑袋的脖子梗着,憋住了最后一股劲骂了句:"狗日的。"之后,那梗着的脖子一软,随即光头也就软塌塌地歪在了一边。周围人皆惊。

大卡车的发动机再次响起,似是怒吼着要随时准备逃离。大家还没反应过来的时候,成包车间的筒子工董二娃一个箭步爬上卡车车门,将司机的手从方向盘上拽下来,反扭在身后,又将自己的半个身子探入驾驶舱,

第十章

拔掉车钥匙熄火。大概是被眼前的情景吓傻了，司机根本来不及对董二娃的举动做出任何反应，他嘴角发紫，嘴唇不住地抖动着。

工人们在车下叫喊着："拉下来，把狗日的杀人犯拉下来！"

当司机被从驾驶室里扭拽下来的时候，人们才发现这也不过是个半大的孩子。他深知自己闯了大祸，当工人们的拳脚袭来，他努力地将身子缩成一个大虾米的样子，不断地向后躲。

有工人来到卡车的尾部，攀上车斗开始扯盖在上面的又厚又重的篷布。扯开一个角，工人们惊讶地发现，大卡车上装的不是棉纱，而是机器和纱锭，是他们连日来不停抢修的战果。

工人们开始逼问起司机："你是啥地方的？这么明目张胆地来偷大华的机器！"

司机依然颤抖着，口齿不清地说道："我不是贼，是你们的老板让我们来拉这些机器的。"

工人们没有想到的是，除了眼前这辆闯了祸的大卡车以外，此时还有七八辆同样的卡车停在大华纺织厂中，正准备趁着夜色将所有完整的机器运走。董二娃将工人们分成两队，一队守住齐大脑袋的尸体堵在大华厂门口，一队跟随他围住西仓库阻止他们继续搬运机器。这样的场面一直僵持到了天明。

天明之后，《秦风周报》上的一则启事解释了昨晚发生在大华纺织厂里的一连串的反常。

"裕大华总公司拟将长安大华纺织厂停厂西迁，厂方将向每人发放二至三个月的工资作为遣散费，即日起遣散所有原厂工人。"

齐大脑袋的死，被搬运一空的机器，还有那再没烧起来的炉灶，让大华纺织厂几千工人在一夜之间身陷绝境。他们如同弃子一样，在大灾大难之后被甩在了废墟之上，最可恨的是他们曾那么真心地相信这里依旧是他们的栖身之所。那些仍然贴在断墙之上的《告全厂同胞书》，此时显得格外扎眼。

大华

齐大脑袋的尸体就这么横陈在工厂的大门口,一块脏污不堪的毛巾做盖脸布,是工人们留给他的最后的体面。大家此时必须用这样极端的方式来阻止偷运机器的卡车进出大华,也只能用这样的方式表达即将成为弃子的愤慨。

小灵宝的眼睛布满了血丝,他望着齐大脑袋的尸首整整一夜。天亮的时候,他莫名地向李三命问了句:"齐叔真的再也醒不过来了吗?"

李三命无可奈何,却也不知道怎么回复小灵宝。

小灵宝还是瞪大眼睛,没有把视线从齐大脑袋身上挪开一下。"昨晚还活生生的,坐在茅房门口骂我是个瓜怂娃呢。就一分钟。"小灵宝突然激动了起来,他竖起一根手指在李三命面前,疯了似的喊道,"就一分钟,他跟我说完话,就一分钟,就被卡车撞死了。"人的恐惧到了极致似乎就生出了愤怒,小灵宝声音变了调似的狂喊道:"人咋能这么容易就死了?"

这一声几乎成了导火索,点炸所有在场工人们的情绪。齐大脑袋的死,让他们意识到一颗弃子离生命终点的距离实在太近,结束的方式也实在太轻巧。集体的恐惧成了集体的愤怒,工人们决定立刻去围堵石公馆,向那个几天前还要和他们"同德一心,生死与共"的大先生石凤翔讨要说法。

4

李三命到了晚年之后经常说:"旧社会,比起那些有上顿没下顿的日子,我在大华纺织厂里是幸运的。"

"你见过厂里工头打童工欺负女工吗?"孙女问他。

"当然见过了。从给军队生产棉纱开始,工作量一下增大了不少。我们每天一个班要上十四个小时,有时候更长。一周也不是七天,突然就变成了十天。十天休息一回,真的是熬不到头。加上那时候我们这些娃年龄都不大,正是瞌睡重的时候。那一排排的机器跟前,守着一帮哈欠连天、眼皮打架的娃。工头看这些娃手慢，扬起皮鞭就是一顿打，直抽得娃们皮开肉绽，呜嗷乱叫。"李三命皱起眉头。

"一天吃不饱也睡不好，还要挨打挨骂，工人们的精神就越来越不行咧。就在我们纺纱车间，有几个年龄比我小一点的娃先后都出了事。"李三命摇摇头，不无心痛地说道，"那些娃都惨得很，工厂也没有啥保障。给娃简单地包扎一下，过不了多久就辞退了。这些娃能来当童工，要么是没爹没娘的孤儿，要么就是爹娘还得靠他们上班养活，再成了残疾就恓惶得很了。后来大华门外头就有了好多没胳膊没腿的小叫花子，大多数都是原来在厂里做工的娃儿家。"

当工人的生存与实业的发展出现矛盾时，运动在所难免。

工人运动实则是与资本发展相伴相生的社会产物，从欧洲工业革命开始，工人运动就已经拉开大幕。从一盘散沙到有组织有计划，工人运动的发展已经成为工业文明发展的一项重要指征。要知道，我们今天司空见惯的双休日、带薪假期以及最低工资保障，甚至于最高工时保障，都是一次次工人运动斗争的结果。

长安大华纺织厂被称为旧时西安工人运动的发祥地。在20世纪80年代出版的《陕棉十一厂志》中，可以清晰地查阅到几次非常有影响力的工人运动：

1936年5月，从湖北孤儿院招来的童工和武昌裕华纱厂调来的女工，首次为反对打骂童工和要求提高女工待遇与厂方进行了斗争。

1936年"西安事变"之后，大华纺织厂工人在中共西安地下党组织和"西安各界救国联合会"的领导和帮助下，先后成立了"大华抗日工会""大华职工救国会"，300余名工人参加了西安市群众抗日示威集会。他们沿途张贴标语，高呼抗战口号，走在游行队伍最前列。

抗战爆发后，每班的工作时间从12小时增加到14小时，一周延长为10天，加之货币贬值、物价高涨，工人的正常生活难以为继。工人们迫于无奈举行罢工，4天后，厂方答应了工人们加薪、改善伙食等要求。

大华

然而，在大华纺织厂发生的所有工人运动中，让人记忆最为深刻的，不是任何一次罢工运动，而是1939年纱厂被炸毁之后的复工运动。

这里不得不先用一些笔墨介绍一下那个叫董二娃的筒子工。在李三命的记忆中，这是个操着一口陕北话、极爱与工友们耍笑并极有人缘的人。董二娃所在的成包车间，主要负责的是将布匹打包整理的工作，一个筒包200多斤，所以这个车间几乎集中了全厂所有的大块头。董二娃也是一个大块头。在李三命还弱小得像根发育不良的豆芽菜的时候，成包车间里那些肌肉发达的大哥哥们，在他眼中就代表着极其强大并且永不消减的生命力，这一切都让他羡慕不已。而他不曾想到的是，在董二娃强悍的身躯下还藏着一颗机敏的心。

关于董二娃地下党的身份，直到中华人民共和国成立之后才大白于天下，所有的实情是由他的上级"青峰"向大家道出的，只是那时的董二娃已经牺牲很多年了。这些都是后话，我们暂且不表。

当工人们抬着齐大脑袋的尸体来到石公馆的门口时，门上挂着一只大锁。原来在机器被搬运走之前，石家家眷早已被转移。本已满腔怒火的人们，此时再次情绪爆发。有人开始呼喊："砸烂石公馆！"

众人纷纷响应。

正在此时，石公馆的小门内传来一个拿腔拿调的声音："谁敢！"

人们听到石公馆里有人应声，停下了脚步。偏门打开，一个"小老头"挺着腰杆，眯缝着眼睛，晃晃悠悠地从门里出来。脚步刚一落定，正要说话，睁大眼才发现石公馆门口的人已经是黑压压一片。"小老头"立马缩起脖子，调转身子："哪来这么多人！"他一边碎嘴嘟囔着一边把腰弓起来颠着小碎步子就要往回跑。

人群中立时有人冲在前面，挡住了"小老头"的退路，从未接近过石公馆的工人们并不认识此人，但却知道绝不能放过他。工人们堵着门问："你是谁？干啥的？"

"小老头"又躬了躬腰，声音里满是惊慌："鄙人，鄙人，姓聂。就是个看门的。"

"姓聂？"有人大约是听说过，厉声喝问道："你是不是石家大总管聂改华？"

闻言，"小老头"转身欲躲，却一把被身后的董二娃揪住，摔坐在众人面前。"说，你是不是聂改华！"董二娃追问道。

"小老头"从地上颤颤悠悠地站起来，点头道："是是是，我是聂改华。"

"揍他！"一群工人又要冲将上来，却被董二娃拦住："大家别急，咱们先听他怎么说。"

"小老头"双手合十不停地给工人们作揖道："我是，我是聂改华。可是我也是一觉醒来才发现石公馆人去楼空。石家一家人去了哪儿，我是真的不知道，就留了一张纸条说让我看家护院。"

"石凤翔肯定是带着家眷先跑了。"有工人猜测道。

董二娃说："真的都跑了，咱们砸了石公馆也没有用。机器在咱们手里，不信他石凤翔不回来。"

"小老头"努力咽下一口唾沫，好让自己发干的嗓子说出话来："这小伙子说得对啊，石公馆是石家人的退路，你们砸了石公馆断了他们的退路，不也就等于把你们自己的退路也给断了？再者说了，机器不是都被你们拦下了吗？有机器在，有石公馆在，你们就不怕了嘛，对不对？"

正在此时，一群捧着相机的记者挤到了工人队伍的前排，"咔嚓咔嚓"地摁响快门，记录下这一瞬间的所有场景。西安各大报社的记者一早得到消息——大华纺织厂发生车祸，并预备遣散所有工人，断掉数千人的生计。于是，他们便以最快的速度赶到大华，唯恐错失这一重大新闻的任何细节。

董二娃向他们说道："记者先生们，工人们日夜劳作地抢修机器和厂房，没想到遭了资本家的欺骗。石凤翔已经携家眷远走高飞，留下大华几千工人马上就要没活路了。我们要吃饭，我们要生存。记者先生们，帮帮

大华

我们吧！"

工人们也跟着董二娃一起哀求，记者们或在采访本上奋笔疾书，或继续拿相机拍下眼前的场景。

一旁的"小老头"聂改华更是痛哭流涕，抓住记者的手，一躬到地："是啊，你们快帮我把石先生叫回来吧。这个家光靠我是守不住的啊！"

次日，《西京日报》《工商日报》等各大报纸均发出呼吁："大华工人可怜！数千工人失业。啼饥号寒，急待救济。"一时间，西安*城里各种组织和团体都被动员起来，声援大华工人。他们在全城发起了"救济大华工人"的游行，请愿队伍浩浩荡荡直逼国民党省、市党部，要求厂方立即开工，以利养战。

很快，已经人在重庆的石凤翔接到来自西京市党部的急电，要求他速在长安大华纺织厂原址恢复生产，即日起召集所有工人回厂，食宿问题由厂方负责解决。公推国民党西京市党部书记长、省政府代表、市工会代表督促大华即日复工。同时战区司令部也勒令长安大华纺织厂早日复工，以应抗战需要。

迫于无奈，总厂再次派石凤翔回到长安大华纺织厂，主持复工生产。一场轰轰烈烈的复工运动就此取得了胜利，长安大华纺织厂再次成了战时数千人的栖身之所。

石凤翔怎么也没想到，放弃长安大华纺织厂的计划之所以失败，是因为一个叫作董二娃的共产党地下党员和他的上级"青峰"。

事实上，在这次复工运动发生之前，董二娃并未与"青峰"见过面，而他的上级也一直没有跟他联系过，这条线常年未被启用，他有时甚至怀疑是不是真的有"青峰"这个人。

---

* 注：1932年3月5日，国民党四届二中全会通过决议，决定"以长安为陪都，定名为西京"，随即成立了西京筹备委员会和该会驻京办事处。直到1945年，陪都因种种原因未能建设成功，4月24日，陕西省政府接行政院令，西京筹备委员会撤销。

从1933年到1945年，行政院、内务部及陕西省政府的公文和行政区划表册均称西安为西京市，西京市政建设委员会业已开展工作。

第十章

直到大华纺织厂发生爆炸之后,他终于收到了"青峰"的信息,要求与他在火车站见面。他如约而至,在纷乱的候车厅里,一个穿着长衫戴着深檐礼帽的人出现在他视野中。他装作不经意的样子坐在那人身边,开始攀谈起来。

"先生,您这是准备去哪?"

"重庆。"

"那可是要翻秦岭的。"

"深山里也有路。"

这是早就准备好的暗号,董二娃并不吃惊,但与上级的初次见面还是让他的内心无比激动。

"青峰"坦率直言:"大华可能要迁厂,遣散工人。"

董二娃心内一惊:"《告全厂同胞书》是幌子?"

"青峰"说:"说不准。总之,要做好准备。你从现在开始,深夜不能离厂,随时应对变化,控制局面。"

董二娃点头。

"青峰"继续道:"如果工人们闹起来,一定要想办法稳住局面。不要跟资本家彻底闹翻不留后路。我们要护厂复工,目的不是要谁的命。"

董二娃继续点头。

"青峰"起身欲走,将帽子压得更低些:"控制不住局面的时候,记得提前给报社记者传递消息。"说罢,他提起身边的箱子离开。

董二娃坐在原处,脸上一片平静,双手却紧紧地抓住前排椅子的靠背。

复工运动开始后,所有的情况都在董二娃的掌握之中,但只有一个意外是他始料未及的,也让他差点慌了手脚。当工人们要涌向石公馆,他正不知该怎么控制人群的时候,那个从偏门里意外跑出的"小老头"扭转了当时的局面。更让他惊讶的是,这个佝偻着身子一副告饶相的管家聂改华,正是他在车站见到的上级"青峰"。因为训练有素,他在极短的时间内串联起了所有事情,并索性当着众人的面一把抓过"青峰",在他通知

大华

  的记者到来之前，配合"青峰"演了一段精彩的双簧，不仅保住了石公馆，也保住了大华纺织厂。

  复工后不久，成包车间里不见了董二娃的身影。有人说，他一定是在复工运动中太出风头，最后惨遭暗害；也有人说，他是个地下党，完成了这项任务就得去执行下一个任务，所以来去无踪。传言终究是传言，没过多久就被人们渐渐淡忘了。

  被修复的机器开足马力有条不紊地工作，被炸毁的厂房也在迅速修缮后重新堆满了棉纱和布匹，大华很快恢复了它原来的模样。

第十一章

1

夜深，人静。

石凤翔重又回到石公馆时已经入夜，复工，迁厂，所有的事令他疲惫不堪。他走进石公馆，感觉这院子比以往要大出许多，空落落的。客厅里微弱的灯光正打在女儿淑仪的遗像上，女儿的脸庞被映照得格外生动，犹如这女子尚在人间。石凤翔看着那脸庞，觉得无比熟悉，又无比陌生。女儿淑仪自幼乖巧上进，从来没有让他操过心。上学、成年、婚嫁，几乎都是合着他的设想来的，毫无偏差。如果女儿还活着，撒娇说父亲并不关心自己，或许他会有一千个一万个理由去安抚女儿。只是今天，他不想再为自己找借口，他只想好好端详女儿的笑脸，把这笑脸刻入脑海。

他坐在客厅的大门门槛上，与照片中的女儿相对而视，心里忽然有了说不出的滋味。

他终于有了机会回想女儿的猝然离世。那日，得知父亲要平安归来，身怀六甲的淑仪欢天喜地地回娘家迎接。没想到，父亲尚未回到家中，炸弹先落到了厂里，虽说没有直接炸毁石公馆，但那一番震天动地也足可将淑仪和她未足月的孩子推进鬼门关。

此时的他已经不是西北棉纱大王，亦不是什么西北首富，只是个失了女儿的父亲和失了外孙的外公。"大女儿有了身孕"，这是石凤翔被日军

大华

软禁的数月中，得到的唯一喜讯。喜讯是他的老同学景田一郎带给他的，闻讯他的心中先是一喜，但很快就明白，景田传递的不仅仅是一个喜讯，更是来自日本军方的威胁。商海沉浮半生的他，即便身陷困境依然胸有成竹，但当家人也随之进入险境时，他不得不重新思考，设法做出退让的姿态。

大华要保全，家人要保全，尚未出世的外孙更要保全。石凤翔的眼前出现了一幅画面：战争结束，他和所有平凡的老人一样过上了含饴弄孙、尽享天伦的安稳岁月。想到此，他答应了日本军方暂时让大华纺织厂停工的要求，至于转为日本军方提供军需棉纱则要从长计议。当时日本军方攻陕屡屡受挫，尚不具备直接占有大华纺织厂的先决条件，双方随即谈妥。石凤翔亲笔致信聂改华，要求大华纺织厂即日起停工停产。这才有了那张让西安百姓认为"大华厂主已经变节"的握手照片。

在送石凤翔和李品堂离开日本军部时，景田一郎提醒道："凤翔，回到西安请不要开工生产。他们说，如果你心存侥幸，一定会送你一份'大礼'。"

与此同时，国民政府前线物资告急。停工三日的大华纺织厂被勒令立即开工生产。刚刚脱离了日军控制的石凤翔和李品堂马不停蹄地赶回大华纺织厂，但仍然没能改变后来的事情。

国破，城乱，家亡。石凤翔这一次的"保全"输得彻头彻尾。

"淑仪，对不起。"很久很久，终于有一句话从石凤翔的心中流到了嘴边。他没了骄傲，也没了坚强，他对一切都失去了控制。

他开始琐碎地念叨起他能够想起的每一件与大女儿淑仪有关的事情，回忆变得浓稠，眼前便越发浑浊；他也念叨曾经设想过的有了小外孙的情景，期待变得稀薄，双手也越发颤抖。他的声音放得很小很小，小到除了自己和淑仪以外不希望有第三个人听到。就这样，他整整念叨了一夜，女儿的微笑也回应了他一夜。

这所有的场景都被躲在暗处的聂改华清清楚楚地看在眼里，作为同样

第十一章

无法联系上女儿的父亲，石凤翔的哀痛也触碰了他内心最柔软的地方。他没有去打扰他，只是静静地看着，又默默地离开，去帮石凤翔准备明天赶赴四川的行囊。

次日，四十辆大卡车在滇缅公路上浩浩荡荡地行驶，这样的场景在1940年的战乱里蔚为壮观。日军对西安的轰炸没有丝毫减缓的意思。石凤翔从来就不是一个会把所有赌注放在同一张赌桌上的人。当长安大华纺织厂的工人顺利复工时，石凤翔业已筹备好在四川广元的山洞里再建一座大华厂。而这规模庞大的车队正是要将专门从美国购置的2000吨机器运抵广元的山洞车间里。据说，这是当时国内最大的车队，国民政府都不敢轻易动用。

窑洞车间、山洞车间，这都是特殊时期中国实业家们的创举。如今在陕西宝鸡的申新纱厂还完整保留着19孔窑洞车间，这些窑洞车间是当年为了躲避日本飞机轰炸修建的，而四川广元的山洞车间同样彰显着战时中国实业家的独有智慧。

十月，长安大华纺织厂刚刚复工不久，一万多个纱锭同步在广元安装完毕。厂方从四川招募了一批纺织工人，同时也需要一批熟练工人去支援开工，这些人将从西安厂现有的工人中抽调。

选调工人去广元的消息在厂子里很快传开，人们都忐忑地等待着自己的去留。有家室的自然不愿意离开，但也有一群人怕极了天天在头顶上盘旋的日机和炸弹，想着去广元的山洞里躲一躲也是好的。终于，选调工人的名单张贴在厂子的布告栏中，看榜的人几家欢喜几家愁，而小灵宝却突然慌了神，因为榜单上有他的名字却没有李三命的。

在李三命的记忆里，小灵宝一直是个影子般的伙伴。他能吃苦，不爱言语，也怯懦胆小。当他们都已经长成十六七岁的大小伙子时，小灵宝遇事还总是去找李三命拿主意。当初撺掇李三命吃了裱画铺子掌柜家的醪糟惹了事儿后，他再不敢出头做什么决定，而是像影子一样跟随着李三命。不管李三命说什么，他都点头说："听你的哩。"

大华

"这可咋办哩？我一个人去可不行啊。"小灵宝低头抠着手指甲，就像他小时候没了办法时一样。

李三命的眉头也锁着，心里盘算一阵后终于露出些笑说："这么大的人了，咋还跟个碎娃似的？去广元可是个好差事，我听说四川的女子长得可漂亮得很。你小子比我有福啊。"说完朝着小灵宝肩头重重拍了一下。

没有心情打趣的小灵宝还是一味地低头抠手："也没说让去多长时间，去了还让不让人回来了？"

李三命倒是很有信心地说："看你这话说的，你去广元是当老师傅带徒弟的。在那儿带会了徒弟，自然还要把老师傅请回西安的。"

"老师傅？"小灵宝歪着头问道。

"那可不。广元招的那些工人会个啥呀，估计连啥是纺纱机、啥是织布机都分不清，更不要说见过纱锭筒车了。你就不一样了，对吧？"说着李三命把小灵宝的头抬起来，"仰起，来，老师傅，把你的脑袋给咱高高仰起。你说你都干了这些年了，这些对你来说是不是小菜一碟？说不定你去了以后徒弟带多了，还给你个工头当一当呢。到时候，你就跟咱那花工头一样，对吧，把头抬得鼻孔朝天，手里头永远拿着个鞭子。"说着他从身边的树杈上折下一段树枝装作鞭子，学着花大脸的样子，故意将头扬得高高的，把树枝一下下地拍在手心里，掐着细嗓子说道："眼睛都往机器上看，不要东张西望，小心你的小命，小心我手里的鞭子。"学得形神兼备，一下惹笑了小灵宝。

带着对未知岁月的恐惧，小灵宝还是踏上了奔赴广元的路程。

小灵宝昏昏沉沉地在路上颠簸了很久，已经分不清黑夜白昼，更不知大卡车行进了多久。终于，他们像被卸货一样，卸在了广元东山的一片坡地上。小灵宝陡然想起炸弹落下的场面，想起和李三命一起抬尸首时的景象，顿觉手心冰凉，脊背冒汗，心里有种不祥的预感："日本人的飞机会不会追到这里来炸呢？"想着想着就脚底发软坐了下去。

"嘿，臭小子，咋成了软脚虾了？"一个声音在他身后响起，回头一

第十一章

看是同来的工友潘大力。

"大力哥,我害怕。"小灵宝低声道。

"怕?怕个啥。咱不是都到地方了么?赶紧进去收拾收拾,说不定老板一会儿就让咱们开工了。"大力道。

"你说日本人会不会追到这儿来炸啊?"小灵宝的声音里带着不易察觉的颤音。

大力看着小灵宝摇摇头,从脖领子上提了一把将他整个人提了起来:"起来,也不是个碎娃了,老问些没头没脑的话。怪不得走之前三命还专门托付我。我还笑他多余,看来你小子是真格的不顶事儿。"

"三命托付啥了呀?"听到"三命"这名字,小灵宝不由得多了几分安心。

"托付啥?还不是托付你这个没用的货,说你胆小,让我多照顾你,给你正胆。"大力指了指山坡上的山洞,"瞅见没有,几千年前,咱的老祖宗就躲在跟这一样的山洞里,他们要是活不下来,就没有你小子了。你再看那旁边修的防空洞。"大力说着兴奋起来:"哎哎哎,我刚可听人说了啊,这是专门给大华工人修的,听说里面大得要命,能装好几千人呢。真要是炸弹来了,你说咱离躲的地方那么近,还有个啥可怕的?"

大力继续指向山顶:"看见那个旗旗子没有,嘿嘿,我觉得咱老板真是爱用个旗旗。原来挂了个洋旗,现在还挂了三面。我刚听说,全广元的人都盯着看这三面旗呢。"

"为啥?"小灵宝问道。

"为啥?说白了这就跟咱钟楼上的那红灯笼一样,是专门报鬼子飞机警报的。听说,这旗子归咱看,咱管。万一发现鬼子飞机要来,赶紧就去升旗,广元的人就知道躲了。所以说,这是最早能发现危险的地方,咱躲得也比别人更快。"

小灵宝不错眼珠地跟着,看着,生怕漏掉哪个细节让自己在将来某一天错过了最佳的逃生机会。他的内心突然又升起许多的哀愁,大力看着他

大华

的眼圈逐渐转红，气恼道："咋给你吃了半天定心丸，越吃越完蛋了？哭啥么，谁可把你咋了？"

小灵宝努力憋住哭腔："在西安躲，在广元也得躲，大力哥，咱啥时候能不用躲鬼子的飞机炸弹啊？"

大力叹口气，紧接着又憋足了劲说道："灵宝，你知道咱织这些布都是干啥的不？是支援前线，支援咱的部队打狗日的日本鬼子的。要不是我家里有个老娘要养，老子早就上前线跟狗日的真刀真枪地干上了。现在，只能留在后方当纺织工人，一开始把我憋屈坏了。后来听说这些东西能上战场，我一下就把劲儿憋足了。"

小灵宝低头看到自己的脚趾顶破了布鞋。大脚趾从窟窿里伸出缩进的样子十分滑稽，逗得他突然发起了笑。

大力斜眼看他："咋，这娃一会儿哭一会儿笑，得是疯咧？"

小灵宝揩着自己的眼泪说："大力哥，我的脚长大了。"

大力低头一瞧："嘿，臭小子，还真是长大了。"

两人笑倒在东山坡上，望着满天繁星。

山坡上荒凉不已，山洞里却灯火通明。人类最原始的躲避灾祸的洞穴加上现代化工业的纺织机组成了最初的广元大华纺织厂。就这样，四川机器化纺织业的火种也被大华点燃，从此开启了广元"棉半城"的传奇。

2

20世纪90年代，大华纺织厂因为新厂房一期改造，拆除了一批老建筑，这其中就包括石公馆。经历了六十年风雨巨变，已然步入了新社会许多年的大华纺织厂，如果说真的还留下什么民国记忆的话，那一定就是石公馆了。这个院落曾经装满大华纺织厂主人的悲欢离合，见证过达官显贵、名媛绅士的觥筹交错。要是这里的每一块青砖都有记忆的话，那么能道出的故事一定十分动人。

对于当时还是工人的李三命来说，石公馆是不能随意靠近的地方。他

第十一章

入厂多年，只知道那是大先生石凤翔的家，却不敢奢望能看看里面究竟是什么模样。直到1942年春上，他被调到瓦工部去帮忙翻修石公馆，方得一窥石家府邸真容。

院落十分气派，二层小楼坐北朝南，其余三面则是宽敞的清水砖瓦房。房间里是用红木铺成的地板和墙裙，春雨过后的潮湿让木质显得更为红亮气派。李三命初进院中，十分局促不安。这样别致的景致不要说在大华厂里，就连在外面流浪混命的几年都不曾遇见。院中有一方很大的水池，里面养着许多漂亮的锦鲤，李三命俯在池边看着鱼儿悠哉游哉，心里竟生出许多羡慕。此时，二楼传来了很好听的声音。这声音是从哪发出来的？他不曾听过。这与他儿时在老家红白事上听到过的唢呐声完全不同，乐曲声声入耳入心，仿如天籁。

一曲终了，从传出好听声音的房间里走出一个年轻女人。李三命赶紧收了张望，跑到大门口去搬运砖瓦。他不曾想到，眼前的这个女人正是大先生石凤翔刚刚从广元娶回来的如夫人。这次翻修石公馆就是要隔开南北两院，大太太搬进新盖的南院，而翻修后的北院则入住新的女主人。

关于这位如夫人的故事，还需从广元县城也遭遇日军突袭开始说起。

空难来临，位于广元大华纺织厂旁的防空洞成了不少广元人的栖身之所。"上东山，躲炸弹"是广元人看到三色旗升起、听到空袭警报声时脑海中出现的第一个念头。

广元县立女中的女教员乔粟粟背着包袱，拖着自己的母亲，终于在炸弹落下之前跑到了东山防空洞口。深不见底的防空洞里究竟装下了多少人，此时已经很难计数。随着避难人潮的不断涌入，防空洞里的空间被不断压缩。乔粟粟母女俩被人潮拥在中间，不得进也不得退，耳听着飞机轰鸣的声音越发清晰，那情景实在让人揪心万分。

也正在此时，洞里一个花白头发的老汉像是受了什么刺激一样从洞里向外冲，身后还跟着几个试图拉回他的家人。这一冲一进把洞口搞得更加混乱。乔粟粟母女恰被人群卡在洞口，动弹不得，正在焦急万分的时刻，

大华

　　一只大手从身后绕过她,将前面的人狠命推了一把,错开空间,让她们母女绕过缠乱的人群顺利地进入防空洞中。

　　防空洞里十分拥挤,乔粟粟想向刚才助她进入防空洞的人道一声谢,尚不得转身,但她知道,那人就紧随身后。大约已经进洞四五米时,方能停下脚步勉强跻身于一个转弯处。她回过头见是一个中年男人,便问道:"先生,刚才是您帮我们母女进来的吗?"

　　男人抬眼看看她,不作声地点点头。

　　粟粟道:"谢谢您。刚才门外都是壮汉,真是差点就挤不进来了。"

　　"没什么可谢的,我也得进来躲躲。"

　　粟粟再不好言语,和母亲前后错开坐下后,腾出一点位置道:"先生,您要不也坐这儿吧。前面的位置怕是更不好找了。"

　　男人没有多言,径自撩衣坐下。此时粟粟才发现,这人竟没有左臂,她在心里默默吃了一惊。

　　洞外一个五六岁小女孩的哭声叫人揪心,大约是在逃进防空洞时与家人失散了。洞口黑压压地填满了人,凭着孩子自己的力气,绝不可能挤进防空洞避难。乔粟粟起身正要向洞口走去,却被母亲一把拉住。

　　母亲问:"你要做什么?"

　　乔粟粟一把甩开母亲的手:"没听那孩子哭得可怜吗?我得把她抱进来,外面太危险了。"

　　母亲赶紧抓住已经站起身的女儿的脚腕:"你不要命了?这会儿自己的命最重要。"

　　乔粟粟焦急地要挣脱母亲,跺着脚道:"一会儿炸弹来了!"

　　正在母女俩僵持不下时,身边的男人一把将乔粟粟拽得坐下来,自己起身,硬是拨开人群挤到洞口,用仅有的一只手臂将洞口的小女孩揽进来,交给乔粟粟,复又坐下,仍旧一言不发。

　　乔粟粟一边安抚着孩子,一边再次向身边的男人道谢。

　　上午十一点左右,炸弹开始密集地在广元县城落下,人们无法计算轰

第十一章

炸持续了多久,但却明白地知道,那些炸弹都落在了自己的家园中。防空洞里的人们怀着各自的担忧,屏气凝神地听着每一声炸响。没过多久,飞机和轰炸的声音似乎朝着东山的方向来了,人们的神经再次紧绷起来。乔粟粟抱紧了刚刚救回来的小女孩,而她自己也因恐惧忍不住抖动着身体。

"大华的车间着火了。"洞口突然有人喊起来。

这就意味着炸弹已经落在防空洞附近,所有人下意识地又朝着洞里挤去。乔粟粟发现:只有她身边的男人听到这个消息后,忽地站起来准备向外走。

乔粟粟拉住他喊了句:"保命要紧。"

男人停下犹豫的一瞬,从洞口挤进来的人群拥过来,他再也动弹不得。

一个多小时后,轰炸终于停止了,几个青壮小伙扒开了洞口的乱石,让几千人得以重见天日。当他们走出防空洞时,整个广元城已被炸得狼藉一片。硝烟尚未散去,街上零星散落着人的尸体与残肢,不远处的大华纺织厂两个车间的余火还在燃烧,广元城现出一副死城的模样。

在空袭来临之前,人们都在紧张地筹划如何躲过狂轰滥炸保住一条性命。然而,却很少有人会去设想,真的活下来之后,该如何面对已经残破不堪的家和城。

广元大华纺织厂在县城里发出一份招工启事,计划招纳200名女工入厂,尤以在轰炸中失掉家园者为先。

没过几天,广元几乎所有适龄的女性都来到了东山大华的招工现场。在一群身着短衣长裤的布衣女子中,一个穿着灰色提花缎旗袍的身影格外显眼。她的旗袍衣边扫地,明显是平时用来配高跟鞋穿的,只是此时脚上换上了一双布鞋。那布鞋局促不安地努力并在一起,好使旗袍旁边的高开衩不那么明显。她躲闪着大家好奇的眼神,希望能够尽快有个结果,好快点换上纺织女工的工服,脱下这身让人窘迫的旗袍。

终于到了填表的环节,她不需要职员帮忙,从包里拿出钢笔,转开笔帽，在登记表上写下自己的名字——乔粟粟。

一个声音在她身后响起："原来你叫乔粟粟。"

还未等她反应过来，眼前负责招工的职员赶忙站起来叫了一声："石经理！"她回头一看，此人正是那日在防空洞里有过一面之缘的独臂男人。她十分吃惊："您是大华的石凤翔？"

石凤翔冲着职员们一笑："看来我在广元的名气还不小。"

大家都附和着点头称是。

石凤翔继而冲着乔粟粟笑道："我刚刚倒是没认出你，就是认出这身旗袍了。好像那天躲在防空洞里时，你穿的就是这件。"

这让乔粟粟再次显得不安，她轻轻扯动着衣边道："回去后，家没了，学校也没了。我逃出来的时候也忘记带换洗衣服了。"

石凤翔问道："学校？你是教书的先生？"

乔粟粟点点头。

石凤翔摇摇头："教书先生来做大华的纺织女工，屈才了。"他想了想又道："愿意在大华再当先生吗？"

乔粟粟不明白他话里的意思："大华没有学校啊。"

石凤翔笑道："你来了，不就有了吗？"

后来的事情，自然不必赘言，人们看到一个面容姣好的年轻女子住进了广元大华纺织厂的经理室。孤身在广元开辟新厂的石凤翔身边多个女人照料本不是什么新奇的事情，但让人惊讶的是，随着这个女人的到来，广元大华纺织厂里竟然有了一所战时学校。乔粟粟除过照顾石凤翔的一日三餐，晚间还会进入那间同样设在山洞里的教室，教书育人。她的学生有未开蒙昧的娃娃，也有一身力气却目不识丁的壮汉，甚至有奶着婴孩的少妇。最开始大家来这里不过是为了看看新鲜，时间久了，人们都被女子的博学和讲课时的风趣所吸引。他们愿意跟着她多识几个字，也愿意听她讲些戏文里听不到的故事。

转年春上，广元大华纺织厂生产的所有纱和布全部被国民党军政部统一收购，随即又全部作为军需品运往抗战前线。石凤翔见广元生产状况良好，运营平稳，即带粟粟返回西安，回到长安大华纺织厂石公馆。

关于原配夫人和如夫人初次会面是否出现了"仇人相见分外眼红"的场面，李三命这样的小工人当时是不可能得知实情的，他所能看到的是厂里的瓦工部很快便开始修建石公馆南院。原配夫人搬进了更为豪华宽敞的南院，而北院稍加修缮后并未搬进新的家具，只是在二楼的卧房内多添置了一架钢琴。李三命后来才知道，他刚刚踏进北院时听到的曲子，正是钢琴弹奏出的声音，而他不经意看到的二楼的年轻女子，正是石凤翔新娶回的如夫人——广元女子乔粟粟。

3

李三命是个极其热爱学习的人，这一点一直保持到他退休以后。家中的书柜里永远整整齐齐地码放着他各个时期学习棉纺技术的笔记。那些笔记上的字迹行云流水，蓝黑色的钢笔水潇洒地在方格纸与条纹纸上留下好看的曲线。儿孙们幼时虽对棉纺技术一无所知，但仅是李三命那一手漂亮的钢笔字也足够他们作为字帖临摹。一个童工，如何写得这一手好字，又如何成为纺织业知名的技术权威？李三命说，这都是乔粟粟给大华普通工人创造的机会。

关于乔粟粟的身世，大华的老人知道得并不多，只知道她曾经是广元县立女中的教员，但是大华许多老工人都听过她的课，做过她的学生。因为她的到来，广元大华纺织厂有了山洞里的教室，长安大华纺织厂更是有了一所名为"惠工学校"的子弟小学。子弟小学打破了职员和工人的界限，所有的大华子弟均可入学，后来李三命也成了乔粟粟的学生。他说，乔粟粟为大华子弟制订了系统的教学课程，除了国语，还教授算数、唱歌、绘画。从一开始所有的课程都由她一人教授，到最后发展至三名教员，惠工学校成了所有大华子弟真正开蒙的地方。

大约这就是一个年华正盛并受过良好教育的新女性甘愿做如夫人的

大华

原因吧。后来，她把放在石公馆北院的钢琴也抬到了子弟小学，弹奏着价值不菲的钢琴，教一群五音不全的工人子弟唱歌。那情景，就算是今日想来，也是十分动人。

自从范思旗死后，李三命就再也没有机会读书识字了。他努力地在脑海里回忆那些认识的字和读过的书，他很怕有一天这些东西会随着机器和纱锭一道转走。他想学更多的东西，做个更有用的人。只是，工厂劳作周而复始，这样的心愿暂时只能是心愿。

一日午后，他刚刚吃完午饭端着饭碗准备离开食堂，突然看见曾经在石公馆北院见过的那个弹钢琴的女子领着一群孩子来到了食堂北侧。这些孩子大多是职员子弟，也有一些工人子弟，这样的身份差别从他们的穿着上就可一眼辨识。李三命不知道这是在做什么，出于好奇便凑了上去。

安排孩子们坐定之后，女子在黑板上写下两个字——大华，然后转身告诉孩子们："这就是我们厂的名字，你们都是大华的子弟，所以这两个字一定要记牢认准。"

见是在教大家识字，李三命来了精神头，赶忙在最后一排落了座，仔细地跟着听起来。此时，一个孩子站了起来，问道："女先生，您还没有告诉我们您叫什么名字呢，我们以后应该怎么称呼您呢？"

女子笑着点点头，示意孩子坐下，然后在黑板上大大地写下三个字——"乔粟粟"。这三个字对于眼前的学生们来说过于复杂，所以并没有人能在台下报出来。还是女子自己说："我姓乔，如果大家听过或者看过《三国演义》的戏文的话，里面有一对漂亮的姐妹花——大乔和小乔。我就跟她们一个姓。粟呢，就是粮食粟米的意思，其实就是北方人说的谷子。大概是我爹妈生我的时候怕我将来吃不饱饭，在名字里添了两把谷子，所以我就叫粟粟。你们呢，以后可以叫我乔老师、乔先生，也可以叫我粟粟姐，但是在我变得很老很老之前，麻烦你们先别叫我老乔哦。"

孩子们开心地笑起来，课堂气氛一下子变得很活跃。加上这样有趣的介绍，学生们轻松地记住了女先生的名字。在学生们也积极做自我介绍之

第十一章

时,乔粟粟发现最后一排坐着个大个子,正傻愣愣地冲着每个站起来发言的孩子憨笑。

"最后一排的那位同学,最后一排,对,说的就是你,大个子那位。"乔粟粟示意李三命道,"这位同学,大家都介绍过自己了。该你了。"

当一群小孩子的目光都集中到一个大个子的身上时,这个从长相到身量明显都很不合群的小伙霎时脸红到了脖子根。李三命磕磕绊绊地站了起来:"乔先生,对不起,我是来看热闹的。我是纺纱车间的工人,打扰您上课了。对不起,我这就走。"

大个子藏不住的窘态引来孩子们的一阵哄笑,这让李三命更焦急地想要离开。而在他快要走出门的时候从背后传来一声:"你想来随时可以来。"李三命一愣神的工夫与迎面进来的人撞了个满怀。他抬头一看,心里更是一惊,来人正是石凤翔。

大华的工人们都认得大先生石凤翔,而大先生石凤翔可不认识几个工人。被撞之后,大先生的脸上倒是没有明显的不悦,只说:"哎哟,这个伢子怎么疯疯张张的!"见是石凤翔,乔粟粟便也来到门口解围道:"这孩子怕是想识几个字,坐在了教室的最后一排。"转而一笑又说:"就是这个子太大了,一眼就从小孩子中间把他显出来了,弄得他大红脸,不好意思在课堂上听讲了。"

石凤翔听罢上下打量了一番李三命,问道:"想识几个字吗?"

李三命虽没抬头,但语气里多少有点骄傲道:"我识字的。"

石凤翔和乔粟粟都小小地吃了一惊,石凤翔道:"你是哪个车间的?从哪里认的字?"

"我是纺纱车间的,从大华盖厂房的时候就来做小工了。前几年,我跟着思旗姐认了不少字,她还给我看过很多书。"

"什么书?"乔粟粟问道。

"都是鲁迅写的书。"

大华

乔粟粟惊叹道:"不简单啊!"

石凤翔拍拍李三命的肩膀,又道:"十八了吧?这么大个子在这儿上课确实不合适。"他转向乔粟粟道:"粟粟,你先去上课。晚上家里要宴请胡司令,你下午回去准备一下。"他又看看李三命,笑道:"这个学生,我亲自来教。"

乔粟粟点点头,重新返回课堂,带着一群小娃娃开始在黑板上认下"大华"二字。

对于李三命而言,石凤翔是十分神秘的。他似乎是一个可以只手遮天的人,他所拥有的权力和财富也是一个整天面对着纱锭的孩子所无法想象的。李三命说这是他第一次也是唯一的一次离石凤翔这么近。石凤翔邀他一起坐在工厂花园的石凳上,展开了一番直接影响李三命命运的谈话。

"小伙子叫个啥名字?"大先生满脸笑意。

"李三命。"

"三命,知道自己名字什么意思吗?"

李三命转了转眼珠,说实话这个问题他自己也没怎么思考过。"大概是爹妈怕我一条命经不住饿,想多给我添上两条。"

大先生笑着拍了拍石凳:"好名字。不怕饿。"

李三命也忍不住笑:"怕呢,可怕饿了。当年来大华当小工,就是为了一天一个黑杠子馍。"说罢,他有点不好意思地低下头。

大先生道:"在大华厂最羡慕什么人?"

"刚来大华的时候,羡慕能吃上好饭的人。"李三命脱口而出,这句话倒是没有经过太多的思索。

其实,早在李三命刚刚从饥饿的生死线上挣扎过来的时候,他就发现在大华纺织厂里存在着两个完全不同的世界。这两个世界里的人,穿着不同的衣服,谈论着不同的话题,吃着不一样的饭菜,最重要的是脸上也拥有着不同的颜色。李三命清晰地记得,李品堂曾经给他、蛮崽以及小灵宝一人一个肉包子。蛮崽三两口囫囵吞枣般地咽下自己的包子后,便开始觊

第十一章

觑小灵宝手里还舍不得放到嘴边的那个。而李三命则轻轻咬破包子皮,望着油汪汪的肉馅,眼神发直。这肉包子就是从不属于他们的那个世界里拿来的,李三命第一次尝到了自己这个世界里从未有过的味道,心里一阵酸楚。那个世界里生活着一群十分体面的人,他们在这里不叫工人而被称作职员,他们住的是宽敞明亮的单间公寓,吃的是花样翻新的小灶食堂,上班不用进车间,下班不用捡菜叶。那个世界里的人活得精彩,活得让另外一个世界的人望尘莫及。

大先生又问:"那后来羡慕什么样的人?"

"羡慕李总技师那样有本事的人。"李三命回答。

"为什么?"大先生讶异。

李三命低头道:"一开始确实是因为只有他们能经常吃上肉包子,那味道是我们这些穷工人想也不敢想的。但是后来大华遭了难,我亲眼见到他把一堆废铜烂铁一样的破机器救活了,又能纺纱了,又能织布了。我心里想,只有这样的人才配吃肉包子。"他的声音越发地小,却十分笃定。

"那我就在厂子里办上个纺织学校,让愿意吃肉包子的娃娃都来学习,学好了成了大华的人才,顿顿都能吃上肉包子。"大先生拍了一下桌子,似是玩笑又似是认真地说道。

李三命抬起头,看看大先生眼中的笑,又在脑子里把刚刚这句话过了好几遍,还是一脸的不相信:"您别逗我这小孩子了。"

大先生一提眉:"逗你做什么?我这人从来不哄人的,况且你都这么大个子了,哪里还是小孩子?"

李三命心中一喜道:"真不哄人?"

石凤翔摇摇头:"不哄人。你先跟着乔先生好好认字,再多认些,过一段时间纺织学校开学了,你就来上学。"

其实,在与李三命有这场交谈之前,石凤翔在乔粟粟的建议下,确实已经开始筹办大华纺织专科学校。但也许石凤翔自己也没有想到,大华纺织专科学校定下的第一个学生,竟是因为肉包子而催发的斗志。

213

大华

　　石凤翔亲自为学校编写教材并授课，学校开设的课程包括：棉纺学、机织学、纺织原料、纺织染料、应用热力学、管理学、日语及英语。这所学校后来成为陕西近代教育史上第一所纺织工业专科学校，为陕西、西北乃至全国输送了大批纺织工业专门人才。也正是这所学校，成就了石凤翔"纺织教育家"的称号。

第十二章

1

石公馆的车夫老隋这几年衰老了不少，最主要的表现是他拉着黄包车跑起来时已经倍感吃力。尤其前一段时间下过一阵子连阴雨后，今日他拉着二小姐石静宜时腿脚越发不灵便。坐在黄包车上的石静宜此时已经是个十分成熟的大姑娘了，大学毕业后，通身的书卷气换成了藏也藏不住的贵气。洋气的卷发上别着一只精致的珍珠发卡，身上穿着件素锦暗花旗袍，丁字头的黑色小羊皮鞋擦得锃亮，手边放着一只墨绿色的小皮箱。从这一身装扮能看出，她今日是要去赴一个极其重要的约会，但她的眉宇间又透着抹不去的愁容。绣花手帕在手指间绕成几转，正如她当时的心境一样百转不定。

这样的石静宜是在前面拉车的老隋看不到的。老隋一边跑一边喘着越发重起来的粗气。他又放慢了些脚步，好让自己缓缓。见石静宜并没有说什么，老隋大着胆子说道："二小姐，老隋该跟您告假了，您看我这腿脚越来越不中用了。拉完这一回，还是给您再物色个更年轻力壮的车夫吧。"

石静宜坐在车上，似乎没听到老隋的话，依旧锁着眉头。

老隋自顾自地继续说道："说实话这些年您对我真是没得说，您给我开的工钱是其他车夫的两倍，可是救了我们全家的命了。我也不愿意离开

大华

石公馆，可是怎么办呢？人老了，总有跑不动的一天，我是怕将来误了您的事儿。"

石静宜在车上叹了口气，说道："老隋，这一次，我和蒋营长的婚事若是不成，你也不必告假了。你把我直接拉到东闸口铁路沿就别管了，我自会了断。"

老隋以为自己没听清二小姐说的话，停下车，回身再看石静宜，她已泪湿娇容。老隋再不敢说什么，只暗暗说了句："您和蒋营长都是好人，你们会有情人终成眷属的。"但明显这话里并没有什么底气。说完，他继续迈着并不灵便的腿脚奔向西郊机场。

此时的西郊机场，英武的少校营长蒋纬国正焦急地等待着自己的未婚妻石静宜如约与他一起飞往重庆。此去重庆见养母姚冶诚，是瞒着石家长辈去的，堪比私奔。如若在重庆方面再度受阻，两个年轻人的未来将何去何从？他不是一般的富家少爷，他的一举一动都不可能瞒过天下人。他期待石静宜早点来，飞机早点飞离西安的地面，这样就能让事情推进得更快一些，也许成功的概率也就更大些。

石静宜赶到机场，蒋纬国已经安排好了一切，挽着她的手就要登机。石静宜回身告诉老隋："白天不要回家里，去我姐夫那里躲躲。晚上晚点再回去，就没人注意你了。老隋，我的事儿能不能成就在这两天了，你可千万别走漏了消息。"

老隋还是怕得要命，吞吞吐吐地说："要不我还是给石先生和石太太说一下吧，不然真要是知道您去了重庆，我还瞒着他们，事儿可就闹大了。"

石静宜急得直跺脚，眼泪夺眶而出："老隋，你这是要急死我啊！你就给我两天时间。能成的话后天早上你还来西郊机场接我，如果接不到，你再去告诉我父母，总可以了吧？"

蒋纬国上前拍拍老隋的肩膀："老隋，拜托了。我们办好事，一定尽快回来。"说罢便拉着石静宜的手上了飞机。

第十二章

潼关是关中的东大门，守住潼关即是守住关中，守住整个西北。自1938年日本人占领山西永济之后，每天有上千发炮弹落至潼关，飞机轮流轰炸。回国后的蒋纬国受胡宗南之命镇守潼关，与日军对峙。因为中国军队的顽强抵抗，日本军队所有的攻击都以失败告终，一直未能踏进潼关半步。

老隋还记得一年前蒋纬国与石静宜相识的场景。

石公馆是个经常云集达官贵人的地方，陕西政商两界的大人物常会出现。作为石公馆的包月车夫，老隋对省主席、警备司令、军长、省府委员以及市长和专员的府邸位置都了如指掌。那一日，石公馆的排场比平时大了许多，贵宾们来得很早，似乎都在等更重要的人物出场。晚七时许，一辆汽车开进大华纺织厂，停在石公馆门前。宾客们在门口站成一排，谦恭地迎候车上下来的大人物。老隋好奇地向车里看了看，只见一个身量并不高大的人走下车，他却不知这便是当时的第八战区司令长官兼第34集团军总司令，西安绥靖公署主任，号称"西北王"的胡宗南。倒是他身后跟着的一名高大气派的军官十分抢眼，一身军装更衬出英姿飒爽，此人正是蒋纬国。

下车后，蒋纬国谦恭地与所有人握手问候，到了石静宜身边时，他说道："石小姐，很高兴又能见到你。"石静宜先是一愣，见周围人多也不好多说什么，很快就随着人们一起走进了石公馆客厅。

老隋也不知道那天的晚宴上这两个年轻人到底发生了什么。只是自那天之后，石静宜常常让老隋拉自己去西门外约两公里的西郊军用机场。老隋起初并不知道这是什么地方，但也不敢怠慢。嘴严腿勤是二小姐石静宜留下他的主要原因。到了西郊机场，石静宜下车后并没有被门口的哨兵拦截，倒是很熟悉似的与他们打招呼，之后便径直走了进去。机场一马平川，里面有几排青砖瓦房，石静宜每次进去都是直接走进最南边的那间。

老隋不敢跟进去，但同样身为人父的他明白，这姑娘是在私定终身大事。他心里觉得女子胆大，但作为车夫也不好多言。如果他知道对方是当今国民政府的"二皇子",大约他心里的震惊又会多上不少。

每次离开,老隋都能在门口看到一身戎装的蒋纬国挽着石静宜的手,从一排瓦房后走出来,两人依依不舍,似乎有说不完的话。老隋的心里则默念着:"你们可分开得快些,回去晚了,老爷夫人怪罪起来,我老隋可是吃不消的。"

一次即将分别时,蒋纬国看了看老隋说道:"小宜,先别走了,晚上部队里还有一场舞会。"

石静宜犹豫了一下,转身对老隋说:"老隋,你先去转转,晚上回去跟我妈说我住城里干妈家了。"

石静宜所说的干妈是时任陕西省政府主席祝绍周的夫人。祝绍周亦曾是蒋介石的心腹爱将,其夫人跟随他身处异乡,举目无亲。同样是在石公馆的一次宴会上,她见石家二女儿聪明伶俐,乐得认作干女儿。从此石静宜总夜宿祝家官邸,石凤翔夫妇也并不介意。

老隋的口张了张,终是没发出什么声音,一方面他不好管东家小姐的事,另一方面要帮着小姐蒙骗东家也绝对没什么好果子吃。"唉,为难我一个下苦的干啥!"老隋心里念叨着,却不敢明言,只得掉转车头返回大华。

因为身份实在太显赫,蒋纬国和石静宜的事很快就传到了石凤翔夫妻耳中。平日里一向善于结交权贵的石凤翔没有想到,女儿竟然不声不响地私订终身,对方竟然还是蒋家二公子。他勃然大怒,将女儿禁足在家中,就连胡宗南亲自上门说媒也都遭到了拒绝,理由是:"我的女儿是民家女,只配做民家妇。"

而就在此时,蒋纬国捎信给石静宜,说自己已经将两人的事告知养父母,养母姚冶诚更是希望能够在自己生日之际见见未来的儿媳。石静宜知道自己再无退路,便想尽一切办法从家中逃出来,再次奔赴西郊机场。

果不其然,当晚石太太看到老隋拉着空车回来便发觉不对,又见丫鬟叫了老隋几次,老隋都不敢相见,便坐实了心里的猜忌,竟不顾身份地堵在院中破口大骂:"老隋,你给我滚出来,你今天要不说清楚二姑娘去了哪儿,我要你老命。"老隋吓得再不敢躲着,遂出了下屋房门垂手而立,默不作声地听石太太训斥。

聂改华赶了过来,一边安慰石太太暂且别动火,一边悄悄跟老隋说:"把话讲清楚。"

老隋擦了擦头上的虚汗,点头说道:"您别急,我说。"于是便将事情的原委一一道出。石太太坐在当院痛哭流涕,只怪自己没管教好女儿,不知该如何向石凤翔交代。

两日后,老隋在西郊机场焦急地等候着石静宜。他知道,不论事情结果如何,他将二小姐完完整整地拉回家就算大功告成,至于今后石家究竟怎么个乱法,他一个车夫也无能为力了。这么想着,他的心里像戏台上打的鼓点一样,一阵紧似一阵。

忐忑间,老隋听见头顶传来军用飞机的轰鸣声。很快,飞机便落在了停机坪上。不久,石静宜与蒋纬国挽着手出现在众人面前,两人脸上都露出胜利的笑容。老隋大概猜出了结果,心里五味杂陈。尚未开口问,只听得石静宜铃铛般的声音:"老隋,我和蒋营长的婚事成了。"

老隋憨厚地念叨着:"好,好,好,成了就好。"他招呼石静宜上车,很快便拉着向石公馆奔去。他知道今晚的石公馆一定有一场不小的风波。但他不知道的是,此时的石静宜手中握着未来公公蒋介石的"御笔朱批":"石门亲事,可结合。"

2

《陕棉十一厂志》的"大事记"中清晰地记载了大华纺织厂屡次遭到日军轰炸:

"1939年10月11日,午后1时许,日本侵略者飞机12架来袭,投炸弹及燃烧弹50余枚,致使纱厂被焚。烧毁棉花25000担,炸毁工人饭厅两幢,其他房屋60余间。炸死炸伤工人40余人。被炸损失税局核定为:2362196.57

大华

元（法币）。"

"1941年5月6日，晨8时许，遭受日本飞机轰炸，投弹20余枚。清花场被炸中，炸毁拆包机1部、工人食堂1幢，烧毁棉花5000余斤。"

"1941年12月2日，晨6时许，日本飞机来袭，投燃烧弹4枚，击穿棉花仓库方顶，炸毁库存棉花1465包，损失计百余万元。"

三命，大约是人生有三次险境，最终皆可化险为夷。也有可能是道家所说"一生二，二生三，三生万物"，所以"三命"大概就是指虽然命运多舛，但生命韧性十足。

毕竟能够躲过儿时的饥荒、又能躲过战乱轰炸的人，不得不说是命运垂青。不过，李三命也曾有过一次近乎彻底的绝望。

战时的大华纺织厂一直源源不断地向前线输送纱、布等军需物资，所有的机器厂房几乎都是在满负荷地工作。生产任务不断加大，工人们虽叫苦不迭，却依然不能停下手中的活计。

入秋，西安的天气变得无比干燥。

在机器的轰鸣声里，纺纱车间并没有人注意到电灯的忽明忽暗。李三命当时已经连续上班30多个小时了，神情已经有些恍惚，抬头看到墙角的电线好像在噼里啪啦地打着火星子，他觉得一定是自己出现了幻觉，便使劲儿摇摇头以试图让自己快点清醒过来。要知道对纺织工人来说，打盹的下一刻兴许就是送命。可还没等他彻底醒过来，一股子浓重的胶皮味就冲入了鼻腔，再抬头看时，屋顶没来得及清理的积花被点燃，一片连着一片地烧了起来。紧接着，他看到车间堆放棉花原料的地方冒起了黑烟。

火势的蔓延之快超出了所有人的想象。棉花、棉纱、布匹，一瞬间都像拉紧手似的接续着火焰。

李三命对那场大火最后的记忆像是一场黑暗的狂欢，他看到火焰里透出许多人的脸，狰狞的、惨笑的、哭泣的。大火已经渐渐向他逼近，但他的腿脚又像被地上的什么怪物牢牢地抓住。他明白如果这会儿逃不出车间，恐怕就再也逃不出去了。他拼命地喊，却发现喉咙里冲出的不是声音，而是一股子夹杂着烟熏气的血腥味。

李三命心里突然萌生出一个疑问。郭家圪台怎么总也逃不过个火，阅微楼的火，日本飞机的燃烧弹，还有大华纺织厂自己烧起来的火，这些火总是在人眼皮子动一动的瞬间就把人们所有的辛苦都付之一炬。李三命趴在被炙烤得越来越烫的地面上，手脚像上了枷锁一般动弹不得，身后的火焰似乎已经烧到了他的腿上，皮肉的疼提醒他再挣最后一口气活下去。

关于这场火灾，石凤翔直接向蒋介石呈文："此次火灾，共计损失达7731万元法币。"

长安大华纺织厂再次陷入了覆灭的危机。

石凤翔旧疾发作，咯血后又一次倒下了。

不久，已经迁至重庆的裕大华总厂收到了长安大华纺织厂的火灾报告，股东会议室里灯火通明直至深夜。将近八千万的损失对所有股东来说都是不小的打击。连年抗战，赋税沉重，加之原料统购成品统销，裕大华所有下属公司几乎都面临着连年亏损的情况。然而国难当头，营利自然不能放在头一位。可是如今因管理不善造成的损失，委实让股东们无法接受。

苏汰余坐在首席上一言不发，手里的烟卷一明一暗地闪着。

股东们愤愤道："电线老化，屋顶积花，这种事儿也能积攒酝酿成一场火灾？秦厂的当家人是干什么吃的？"

"结交权贵，歌舞升平。哎，你没看到人家这两年都在忙什么吗？省政府主席、军区司令长官，听说前一段时间连青帮都结交上了，专门去上海滩拜会了老头子杜月笙。哪还有时间管厂里的事情？"

"也不能这么说，石经理在石家庄、西安、广元建厂经营这么多年，也是功劳苦劳一大把。他结交这些权贵也是为了护着秦厂顺利经营下去。"

"那么这一次呢？这一次造成我们这么大的损失缺口，他结交的那些权贵谁能出面帮我们填上一填呢？"

苏汰余摁灭了手中的纸烟，对股东们摆摆手，示意大家不要再讨论这

大华

些了。

"现在说这些都没有什么用。如今应当想想办法,秦厂接下来应该怎么办?关于石凤翔经理的处理意见,"苏汰余停了停,又点燃一根烟,"关于他个人的处理意见,我觉得还是暂缓吧。"

"怎么能暂缓?"股东们纷纷表示反对,"务必现在就有个决断。秦厂就是因为他才闹成了今天这个样子。他的权力不收回,谁去收拾这么个烂摊子?"

苏汰余见状也只得摇摇头,顿了许久,有些无奈地说道:"那大家给个意见吧。"

"撤掉石凤翔长安大华纺织厂经理一职,撤掉其在裕大华总厂的所有职位。等秦厂复工之后,另行追究其责任。"

苏汰余的脑海里浮现出石凤翔赴西安办厂前与自己相谈甚欢的情形。长安大华纺织厂曾是帮助石家庄厂甚至是武汉厂走出绝境的一剂强心针。他依稀记得自己拿到石凤翔托人送来的"雁塔"牌细布样品时的惊喜与激动,国货不死,中国实业不死,曾是这块细布带给他的信心。可如今这样优秀的大华厂被付之一炬,他心头盘算良久,实在不知道该从哪里拨出这么大一笔钱让秦厂复工。他心痛的不是股东们一致要求罢免石凤翔,他心痛的是在战火未灭、国仇家恨尚在的时候,这样一把火烧掉的不仅仅是大华的元气,还有他坚持多年的实业救国的信心。

窗外的风声更紧,嘉陵江上船舶往来依旧,苏汰余却不知裕大华这艘大船将何去何从。

"董事长,不瞒您说,我们已经拟好了一份股东大会决议,就差您签字了。"

苏汰余苦笑一声:"你们这是在逼我吗?"

股东们皆不语。

苏汰余点点头:"罢了,撤了石凤翔。如果能让秦厂复工,也算他石某人为裕大华做出的最后一点贡献了。"说着他提笔准备签字。

第十二章

正在此时，董事长秘书急急地推门进来，在苏汰余耳边低语一阵，苏汰余的脸上渐渐有了喜色。听罢秘书的话，苏汰余又将已经落在决议上的笔收了回来："看来这字我是签不成了。蒋委员长的二公子纬国和石家二小姐静宜下月订婚，12月25号，也就是西方人说的圣诞节，正式大婚。裕大华的各位股东都将陆续收到请柬，你们看今天这个决议，咱们是不是得暂缓啊？"

股东们一时都没了话，立着的，坐着的，都只有面面相觑的份儿。

苏汰余见众人无话，便站起身来准备离开，临出门时说了句："忘记告诉各位，经济部农本局已经特批大华秦厂3000万的无息贷款用于复工。各位可以稍微喘口气了。"

这一场联姻也许是有意为之，也许是误打误撞，总之长安大华纺织厂又渡过了一劫。

而被重度烧伤的李三命此时并不知道自己能否闯过这一关。他在卫生院里躺了多日，被烧伤的皮肉渐渐溃烂。没有了思旗姐姐，没有了蛮崽，连小灵宝都去了广元，他身边没有一个可亲的人来看看他，甚至在他死之前听他再说上一句话。大夫给他上了些颜色诡异的药水，似乎没起什么作用，他依然是高烧不退。又过了几日，意识已经逐渐模糊的李三命觉得此刻丢了小命真是有点冤，他已经快要从大华纺织专科学校毕业了，很快他就能脱下工服去做个职员了，也许未来自己也能变成个和李品堂一样厉害的总技师。

在昏睡中抱着对未来无限憧憬和遗憾的李三命没有想到，最后救了他的人正是那个不苟言笑、一心只扑在机器和纱锭上的大华总技师李品堂。李三命被送到了教会医院，洋大夫用盘尼西林救活了他，并通过悉心照料渐渐让他身上的伤口愈合结痂。

李三命康复回厂时，长安大华纺织厂的厂房已经基本修复完毕，新机器到位，已经开始正常运转生产。

第十三章

1

在西安，道北曾是一片江湖。

20世纪六七十年代出生于道北的著名摇滚歌手郑钧曾回忆说："7岁就开始面对死亡，然后是一片黑暗。被打，或者打别人，家庭暴力、社会暴力，痛苦、悲伤，我妈的眼泪。"这是郑钧的童年，也是大多数道北人的童年。这里是西安曾经的贫民窟，这里生活着河南逃荒者的后代，这里因为贫穷而成为弱肉强食的原始部落，也因为出了身负11条人命的魏振海而臭名昭著。

关于道北的历史，据说可以追溯到陇海铁路修建到西安的那年。20世纪30年代，一批河南的铁路工人将路修到了西安后，也把家安在了铁路以北。不知是不是因为道北有了第一批河南人的根，此后，豫地凡逢灾遇险，那里的人们就像有了共识般地一起奔赴西安找寻生路。

如果非要给民国三十一年，也就是1942年，加一个历史注脚的话，或许没有什么能够比1942年河南境内的大饥荒更合适了。夏秋两季绝收，蝗灾接续旱灾，加之政府救济不力，造成河南境内111个县中96个县受灾，受灾总人数达到了1200万人。当时的《大公报》用16个字震动了国民政府："豫中平原，饿殍遍野，尸塞于道，赤地千里。"300万人踏上了逃离河南之路。

第十三章

　　逃难的这一路都发生过什么，当年的媒体就已留下不少在今日看来依旧骇人听闻的记录。不过，经历过重重磨难之后，还是有相当一部分人活着走到了西安，来到了道北，把家安在了道北的窝棚里，用尽一切办法继续活下去。

　　虽然与道北棚户区仅一墙之隔，但是李三命从未想过他会和河南的难民产生怎样的联系。直到1943年春上，一个自称是小灵宝爹的男人，背着个六七岁的孩子出现在他面前。

　　八九年的光景里，小灵宝从未提起过自己的爹，这让李三命很早就在心中笃定地认为，他和自己一样都早已是孤儿。可眼前这个男人，即便是已经饿得形容枯槁，但也确实能从眉目中寻到小灵宝的影子。

　　知道李三命与小灵宝交情匪浅，男人用衣袖蹭了蹭乌青的眼角，问道："俺那可怜的娃，现在搁到哪了？"

　　"叔，您别急，我慢慢给您说。"李三命不忍怠慢眼前这对可怜的父子，从男人的怀里接下已经饿得两眼发直、只会像小猫一样呻吟的孩子。他从自己兜里掏出一块干饼子，掰成小粒填进孩子嘴中。那孩子似乎已经不会吞咽，干饼子卡住他的喉咙，让他发出了"咳咳"的声音。

　　男人连忙摆手道："不中不中，这会把他噎死哩。"说着男人将满是污泥的黑手伸进孩子口中，掏出几粒干馍又放在了自己口中。男人抬起眼皮祈求道："娃儿，你给叔端一口热水中不中？"

　　李三命赶忙倒来一杯热水，男人把热水含在口中泡软干饼子，然后一边嘴对嘴地给孩子一点点喂下，一边摩挲着孩子的胸口。孩子的喉咙里轻轻地咕噜一声，让李三命稍稍放下些心。

　　"叔，您真是灵宝儿的亲爹？"李三命试探着问道。

　　男人叹口气，点头道："咋不是哩，当年刚生出来，俺就和他娘用担子把他挑到这郭家圪台，莫有过上几年好日子，孩儿他娘又生重病落了炕，我那会儿真是想给他们娘俩弄个活路，可莫想到……"男人低下头，又去摩挲怀中孩子的胸口。

大华

李三命想让男人缓口气，便又试图岔开话题："您原来真住郭家圪台？"

男人点点头："真住郭家圪台，这个地方当初人都是种地哩，也不知啥时候就变成这么大的工厂了，我跑过来打听了一圈，才找着这个地方，莫想到灵宝娃还在这儿住。"男人显得有些激动，拍了一下自己的大腿道："我真是莫有脸见我那可怜的娃儿了，谁知这些年他受了多大哩苦呀！"他指指自己怀中的孩子："要不是为他这可怜的弟弟，我咋着都不会再回来。"

李三命大约听明白了事情的原委，又道："叔，你现在住哪儿？这两天我就托人捎信去广元把灵宝儿叫回来，让你见上一面。"

男人赶忙站起身，忙不迭地给李三命鞠躬："我好心的娃儿，我好心的娃儿，我住哩近，我成天来厂子大门口守着，我娃回来了，我肯定能见着他。"

李三命将手里的饼子递给男人，又从兜里摸出钱塞进男人破烂的衣兜里，指了指怀里的娃说："叔，得先把这个救了。"

男人点着头，准备向外走，脚刚刚踏出门槛半步，又像想起什么似的收回来，嘱咐道："娃儿呀，叔跟你说，你先别跟他说是我来找了。"男人又露出愧色道："我操心他……不想见我。"

李三命点头道："您放心，我不说。"

男人又告了几声谢之后抱着孩子蹒跚地出了门。

李三命想了想，追出几步问了句："叔，您叫个啥能告诉我吗？"

"王良田，我那个大娃，就是恁们叫小灵宝的，叫个王有福。"然后又看看怀里的小儿子，"这娃叫个王有贵。"

李三命点点头，表示自己都记住了。

拿着李三命给的几块钱，王良田救回了小儿子的半条命，父子俩又回到了道北的窝棚里。窝棚是他从火车头上扒拉下煤灰，和上泥，然后扯上一卷子破草席搭起来的，窝棚下面刨个坑，就是爷俩的安身之地。他从口

第十三章

袋里取出干饼子，泡在存着水的烂瓦罐里。

"爹，"有贵虚弱无力地在王良田的身边唤了一声，"我冷。"

王良田摸了摸孩子的额头，烫得厉害。他深深地叹了一口气，此时，他无比希望有贵能像刚刚踏上逃荒之路时那样不停地哭闹。因为饿，因为累，因为苦，又因为怕，但无论因为什么，那哭声都说明孩子生命的小火苗依然蓬勃明亮。

可最后一次听到孩子有力的哭声，已经是一个多月之前的事了。

从洛阳西站扒上车厢已经一天一夜，趴在车顶棚上的王良田手脚早已麻木，还未立春，天气仍是刺骨地冷。火车正过灵宝，他看见自己的女人抱着孩子趴在不远处。刚才孩子还有点哭声，此时已经渐渐弱了下来，女人也已经半天没有动静。他伸过腿踢了踢，妻子动弹了一下，他才放下心来。他心里默默地祷告着：快点到潼关吧，进了潼关就活命了。

耳边突然响起了炮声，炮弹在火车附近炸响，王良田的身子随着火车一震，继而耳朵里只剩下嗡嗡的轰鸣声。就在他伸手要把女人和孩子往自己身边拉一把时，却见女人的身子已经滑向车边。火车开始颠簸，车顶的人像泥鳅一样被甩下去，就连哭喊声也变得断断续续。女人明显已经再也扒不住车顶，她用力地将怀里的孩子推向王良田，在被甩下去的一瞬间，她露出了一丝笑。

王良田伸着手，呆呆地看着女人消失在眼前。一阵漆黑，火车钻进了山洞，又一批人从车顶被甩下去，大约是火车从这些人身上轧了过去，车下传来一片鬼哭狼嚎。孩子被王良田紧紧地搂在怀里，像猫叫一样哭了半声后，吓得再没了动静。

走走停停十几天，终于进了西安。王良田带着孩子，跟着如潮般的流民一起到了道北。他比他们更熟悉这个地方。十几年前，他带着自己的第一个女人和孩子，挑着货郎担，一边讨饭一边卖货到了这里，到了那个叫郭家圪台的地方。

起初，他带着小儿子在道北的窝棚里安顿下来后，并没想着立即去找

大华

自己的大儿子有福。郭家圪台就在不远处，可儿子有福还在那里吗？他该如何为自己当年抛妻弃子寻得一个至少听上去还情有可原的理由呢？这些问题在王良田的心里转了几个来回之后，终于还是和着很难捞起几粒米的稀粥咽了下去。

　　王良田觉得自己是能把小儿子有贵救活的。他给人糊墙、修房檐、拉小车，但是除了换来爷俩当天的嚼谷，再多不上一分钱。王良田出去给人干活，就用包袱皮将这个半死不活的孩子背在身上，他有时候甚至觉得儿子的气息细若游丝，说不定在他不注意的时候就会断掉。所以他总是一边干着活儿，一边朝背后轻唤："有贵，有贵，恁醒醒，达带你找吃哩！"

　　父子俩都没想到，有贵的病是因为一大碗苜蓿麦饭而加重的。就在王良田一边乞讨一边打零工的时候，二马路上的一个妇人见爷俩恓惶，将家中刚刚出锅的苜蓿麦饭盛在大粗瓷碗中，递到了父子俩面前。在野菜繁茂的春天里，关中妇人通常会将它们采摘回来，洗烫揉切，再用少量的面粉搅拌后上锅蒸熟。饭食虽粗，却带着扑鼻的香气，仅这香气就足以当下捡回有贵的半条命来。王良田谢过好心施舍麦饭的妇人，并不舍得吃，而是托到了儿子面前，高兴地说道："俺娃快吃，都是你的哩！"

　　孩子将头埋在比自己脸还大的海碗中，用乌鸡爪一样的小手不停地往嘴里划拉着，吃一阵后孩子抬起头，抓上一把递到王良田的面前，憋着满口饭的嘴里含混不清道："达吃。"

　　这是自逃荒以来爷俩见过的第一顿热乎饭，王良田想把每一口都填进儿子那个亏了已久的肚子，便拍着自己的肚子说："达都吃了，这些都是有贵娃的。"

　　到了夜里，有贵开始呻吟。王良田这才想到，吃了一路野草根、苦树皮的孩子，怎么经得住一口气吃下这么一大碗饭？豆大的火烛在他们的地窝棚里亮了一夜，早起周围的乡亲们看过有贵的脸色和一阵紧似一阵翻起的白眼后，都说"这个娃，可能是不中了"。王良田开始着急，也开始盘算，眼下唯一的希望怕只有去找大儿子有福了。

第十三章

郭家圪台已经完全不是十年前的样子了，王良田没有料到自己离开几年后，这里盖起了如此大的一座工厂。站在大华纺织厂的门口，他开始绝望。从踏上逃荒之路，见过饿殍遍地，见过恶狗吃人，经过家破人亡，经过生离死别，他的眼底却总如一口枯井，不曾湿过半分。可当见到这偌大的工厂后，他犹如面对着一座高山，这高山拦住了他所有的去路。他落了泪，愧疚、思念、绝望、彷徨击垮了这个枯槁的男人。

就在王良田转身要走的时候，有贵在他的怀里瞪直了眼睛。"达，俺肚子胀得很！"孩子呢喃道。王良田惊讶地发现有贵的肚子已经像气球一样圆了起来，硬邦邦地鼓着，掀开衣服一看，肚皮薄得几乎要透亮，像是随时要爆的样子。王良田抱着孩子，无助地蹲在地上。他双手杵着头，一把一把地薅拽着自己的头发，十年前他养活不了自己的女人和孩子，十年后，他依然无法救下另外一对与自己骨血相连的母子。

大华纺织厂的工人渐渐围拢过来，纷纷询问着："娃这是咋了？"王良田断断续续地讲述着自己一路的经历。在那个年头，这样的经历已经完全不能触动人们的神经，唯一让大家驻足继续听下去的原因是，王良田说自己的大儿子叫"王有福"，小时候邻居们都叫他"小灵宝"。

也正因这样，李三命才出现在了这对父子的面前。

2

探亲归来的潘大力背着老娘亲手做的一罐油泼辣子回到了广元大华纺织厂。从西安调到广元的人，最惦念的也就是这一口。大力把罐子放在宿舍桌上，工友们早已掰开了馒头、烧饼，紧紧地盯着辣子，等待开罐的时刻，在他们中间这仿佛是一个仪式。盖子打开，汪汪的红油上漂着一层白芝麻，存在罐子里的辣椒香、麻椒香还有芝麻香裹挟着冲出来，刺激着在场每个人的味蕾。

一旁的小灵宝探着脑袋往罐子里瞅，羡慕道："大力哥好福气，有娘给做上这么一罐子油泼辣子。"

众人称是，大力笑道："你一个河南娃，也跟着我们爱吃这味道。"

小灵宝还是不错眼珠地盯着罐子，一边将馒头伸向油泼辣子一边道："我三四岁就到了西安了，说的是关中话，吃的是老陕饭，口味早就跟你们这些西安娃一样了！"

一个工友问道："哎，小灵宝，你们河南娃小的时候最爱吃啥？"

"糊涂面。"小灵宝不假思索地说，"俺妈做的，俺能吃一锅。一顿糊涂面吃下去，浑身都暖透了，痛快得很。"

潘大力接言道："那你会做那糊涂面不？"

小灵宝掰下一块夹着油泼辣子的馒头填进嘴里，摇摇头："不会，俺妈死的时候我太小了，没学会。"

"那你爹肯定会。"潘大力故意往这个话题上引。

小灵宝没想到会突然提起爹，在他的印象中，这个人似乎早已经消失了，或者说压根儿就没存在过。小灵宝没有停下咀嚼，他觉得今天有了油泼辣子相佐的馒头味道十分合心，不禁夸道："这辣子太香咧。"他并没有接大力的话。

另一个工友倒是接了过去："男人家还有个会做饭的了？"

众人都笑，都说没见过自己的爹进厨房、上灶台。

小灵宝还是埋着头吃，但像是没经过什么思考似的接了句："我爹就会。"说完，依旧自顾自地吃起来。

潘大力抓抓脑袋，觉得自己脑子里的办法也就这么多了，索性直接从兜里摸出李三命托自己带的信。他拿信在小灵宝的眼前晃了晃，以便将他的注意力从馒头上引开。小灵宝看到信不明就里地问道："大力哥，你这是啥？"

"你三命哥让我给你捎的信。"

小灵宝拿着信封在灯底下比照，透着光看里面的内容。

大力忍着笑道："瓜娃，信是拆开看的。你这样能看清个啥？"

小灵宝又拿着信封在自己耳边晃了晃，还是一脸的不信道："真是三

第十三章

命让你带给我的信？"

大力一瞪眼："那还有啥假？"

"啥重要事情呢？让你传个口信还不行了，还写封信，真是上了学识了字，也开始学人家读书人那一套了。"小灵宝料定无非是些问候安慰的话，已经是大小伙子的他觉得自己应当对这样的兄弟情表示出些不屑来。

大力将信贴在小灵宝的胸口道："你哥说咧，让你好好看，看完了马上往回走，不要误事。"说罢，他拿起盖子就去捂那油泼辣子罐罐，一边捂一边道："对咧对咧，一人吃上一口就对咧。半年回去一回，半年就靠这一罐子油泼辣子吃饭咧。"他拿盖子扣住一个工友的筷子头，佯装生气道："就你下手狠。"那人不好意思地一笑，但嘴里还是紧叼咕着："一口一口，就一口。"

从广元回西安的这一路上，小灵宝一直在揣摩着三命信里的意思。信上只有六个字："家人病危，速归！"

"家人"，这个字眼对小灵宝和李三命来说应当是同样陌生的。他拿着信纸转了几个圈后，还是搞不明白这信里的意思。纺织厂每月都有往来广元和西安的货车，小灵宝还未问明情况，就已经被大力推进了货车的棉花垛子里。小灵宝猜想着李三命见到自己后第一句话会说些什么，也在想自己见了李三命之后第一句该问些什么。

只是在一路的猜测中，他终是没有想到李三命见到他说的第一句竟然是："王有福！"

自从母亲死后，从来没有人叫过小灵宝的大名，每当有人问起"你大名叫个啥"的时候，他总是憨憨地一笑回说"忘了"。久而久之，人们都以为"小灵宝""灵宝儿"就是他的真名，就连车间里新来的徒弟也叫他"宝师傅"。

"王有福，你爹给你起这么好个名儿，咋不见你告诉我呢？"李三命眼里带着光，他知道小灵宝一定会很惊讶，但他觉得接下来他的一切安排对小灵宝来说，一定是个惊喜。

小灵宝没缓过神来:"啥,你刚叫谁呢?"

李三命从墙角提起半口袋白面在小灵宝眼前晃了晃:"这是我刚买的五斤白面,都给你记着账呢。"

小灵宝还是一脸懵懂:"啥意思?"

李三命一扬眉:"瓜娃,跟哥走。"

来自河南各地的流民仍旧源源不断地逃进潼关,逃到西安,又扎在了道北,在铁道附近落脚安家。乱坟岗连着棚户区,茅庵草舍窝棚里密密麻麻挤着的都是暂时从这场饥荒里逃出命的人。走进充满河南各地乡音的道北,小灵宝有些激动,他感觉到自己在无限接近着什么,熟悉而陌生。

跟着李三命,小灵宝来到了一个地窝棚前。这家的地窝挖得很浅,棚子也不大,里面的草席上趴着个六七岁的小男孩,他像只猫一样用腿把屁股高高撑起,只听"扑哧"一声,小男孩活泼地笑着叫道:"达,娃又放屁了!"

窝棚外,一个正在生火烧水的男人高兴地应声:"中,多放几个屁,我娃儿的病就好了!"

小灵宝见到这一幕刚要发笑,却见李三命竟将手中的面粉递给了窝棚外的那人,口里叫道:"王叔,我今儿给你把白面带来了,你可是说了,要给我和有福做上一顿糊涂面的。"

王良田接过面口袋,不住地点头,却始终不敢把腰背直起来。他转过身,抬动眼皮,发现窝棚外立着的大小伙子,低声问了句:"过来啦?"

李三命一把将小灵宝拉到王良田的面前:"这不是,你亲儿子,王有福。看看,还认得不?"

王良田这才又稍稍抬起点头,仔细又躲闪地上下看着小灵宝。他搓了搓自己满是青筋和骨头的粗手皮,待有了几丝温度后,便伸过去拉住已经愣怔在那儿的小灵宝:"有福呀!"

小灵宝此刻才将李三命的信、路上的猜测以及刚见面时的诧异还有那半袋子白面这些莫名其妙的内容串联在一起。他再回头看看那个窝棚里因为放屁而乐不可支的小男孩，那简直就是缩小版的自己。

见大儿子没有反应，王良田的喉头抖动几下，伸着舌头舔了舔已经干裂的嘴唇。他朝着窝棚里叫道："有贵，赶紧过来，这个就是你大哥。"

已经痊愈了的有贵光着脚跑出来，转着圈上下打量着眼前这个比自己块头大、比自己身量高的人："你都吃哩啥，咋会长这么高、这么壮？"

"糊涂面。"小灵宝自己也闹不清楚怎么就说出这么一句。

"俺原来也爱吃糊涂面，俺达做哩可美了，后来俺们家莫有粮食了，我就再也莫有吃过。"有贵道。

李三命在旁边接言道："面都提来了，今天叫你哥俩暖暖和和吃上一顿糊涂面。"

有贵拉着李三命和小灵宝的手："走吧，到窝棚里坐，屋里热。"

李三命装出一副嫌弃的样子："我才不去呢。里头装的都是你的屁，得把我和你哥熏个跟头出来。"

有贵笑得捂住肚子："中啊，里头就是臭哩很！"

看着有贵的笑，小灵宝意识到李三命所有的安排。多年来，他确实将李三命视为异姓兄长，他也记得自己曾经最大的心愿是当三命发达之后给他做个守门人，可是今天他突然对三命生出了怨气。

小灵宝用怪怨的眼光看着李三命："咋？你把我叫回来就是为个这？"

李三命有点不好意思地挠挠头："没敢给你提前说，想着给你个惊喜。"

小灵宝又看了看王良田，愤愤道："这是个啥惊喜！"说罢，他从王良田的手中夺过白面，扭头朝巷口走去，留下各怀心事的王良田和李三命杵在原地。不明就里的有贵愣了几秒后，跟着跑过去拽住小灵宝的衣襟道："哥，你是咋回事，咋生气了？走吧，达给咱做糊涂面哩。"

小灵宝停下，没有回头。此时，他看见巷子口有对夫妻正在给自己十一二岁的女儿脖领上插草，男人唉声叹气，女人则抹着眼泪。小灵宝明白他们这是要把女儿送到人市去卖了。女人哭着说："妮儿啊，你别怪爸

233

妈，咱实在是莫有活路了！"

小灵宝没有理会有贵的拉扯，走到那家人的跟前递上白面道："别卖闺女了，把面拿上，西安城里头能养活人。"

一家三口如获大赦，立马跪下给不知姓名的恩人磕头。再抬头时，小灵宝已没了踪影，女人把草标从孩子的脖子上取出，激动得又哭又笑："不卖了，不卖了，娘再也不卖俺的妮儿了。"

当晚，小灵宝又跟随货车回到了广元。

3

1941年，太平洋战争爆发。1942年后，日本的海军、空军将进攻重点转向了太平洋战场，轰炸西安的山西运城基地日本陆军航空队将大部分飞机调往南洋。1943年秋冬之交，陈纳德的飞虎队进驻西安，日军对西安的轰炸开始有所收敛。

在一次空战中，一架日机被击落，飞行员切腹自尽于麦田中。西安人将日机的残骸在竹笆市的马坊门"民众教育馆"里展出了七天七夜。看到曾经在西安城上空为所欲为的铁家伙被打得残破不堪，失去所有威胁横陈在面前，不可一世的日军飞行员如今也殒命于此，西安百姓的心里重又升起曙光。

在仅仅招收了一期学员的大华纺织专科学校里，李三命无疑是个另类。因为除了他是工人出身以外，其他同学都是石凤翔专门从西安、成都、武汉等地优选来的高中生，无异于今日的定向培养。出身与教育背景的差距，让李三命不得不比别人付出更多努力。也许是因为常年围着纱锭、机器转及对纺织工作的留心，也许是他天生对纺织技术有极强的悟性，在恶补文化课的同时，他的纺织专业课程一直名列前茅。

到了1945年，李三命已经不再是个每天需要上工12到14小时的普通纺织工人了，他成了长安大华纺织厂最年轻的技术员，同时也成了总技师李品堂的徒弟。李品堂依然不苟言笑，但却愿意把自己的一身本事都倾囊相授。李三命回忆说，那段时间李品堂常常带着他在车间里熬到深夜，检修机器，排除故障，并经常在工作结束或者休息日的时候塞给他一摞书，又布置一堆作业，限时要他完成。虽然李三命很不喜欢李品堂冷若冰霜的脸，但这样高强度的业务训练让他受益匪浅，这也为他后来成为全国知名的纺织专家打下了坚实的基础。

时至八月，西安城到了每年最热的时节。

这一日，李三命准点下了班。他的兜里装着他作为技术员领到的第一个月工资，那是一个沉甸甸、厚墩墩的信封，他没有数是多少钱，但他知道一定比自己当工人时多出了十倍不止。

李三命站在厂门口，抬头很认真地看着"长安大华纺织厂"几个字。此时，他突然发觉那几个字离自己近了许多，进厂十年，他已不再是那个朝不保夕的穷孩子。没有人相信此时朝气蓬勃的他曾经在渭北乡村的老家被恶妇人虐待；更没有人相信他曾饥寒交迫、穷困潦倒，几乎饿毙在西安街头；同样，他被范老汉像小鸡仔一样提起来恐吓的样子自然也是没人能想象的。他长高了，也长壮了，心里藏着那些陪他走过来的伙伴，死了的、活着的，自然他记忆中也存着那些经历过的险境，轰炸的、燃烧的，碰巧这些内容都与眼前这七个字紧紧相连——长安大华纺织厂。

他长长地出了口气，走出大门，今天他准备进城去给自己添置些衣服，顺便也配上一副和李品堂一样的眼镜，好让他看上去更像是个有本事的技术员。

李三命刚一入城，空中就传来了飞机螺旋桨转动的声音，被日军轰炸七年，这样的声音熟悉得令人憎恶。不过这一次，警报没有响，钟楼上的大红灯笼也没有一盏一盏地亮起。李三命再一抬头，发现头顶的飞机和平时的日军轰炸机不大一样。究竟哪里不一样呢？等飞机再飞低一些，他发现是飞机上悬挂的国旗不一样，这次不是膏药旗，而是美国的米字国旗。

数不清的美国飞机，一拨一拨，一群一群，从东边空中飞来，往西南方向飞去，飞得很低，螺旋桨都看得十分清楚。

大华

入夜的西安城格外热闹。街上的商店铺面纷纷挑出了汽灯，店主们把汽灯拨到最亮，让整个街道都亮如白昼。钟鼓楼上又亮起了红灯笼，显然这与平日预警空袭的那三盏红灯笼不同，它们被一串串一排排地挂起，映出逢年过节时才有的祥和与喜庆。

李三命发现有许多辆敞篷军车在围绕着钟楼转圈。车上的士兵开心地将军帽高高抛起，不停欢呼。街上看热闹的百姓也冲上吉普车，和士兵一起欢呼、唱歌。东西南北四条大街上人山人海，锣鼓唢呐声响彻整个街巷。

原来，这一天是1945年8月15日，日本无条件投降了。

李三命跟着人群一起拥上了城墙。他第一次登上城墙，第一次以这样的视角去看西安城。他想到自己藏在马车上误打误撞被拉到西安城外的那一天，那时的城墙是个身披金甲随时待战的将军，冰冷而严厉。而现在站在将军的肩头，钟楼与鼓楼上的灯照亮东西南北四条大街，这样的西安分外可爱。

被日军轰炸骚扰八年之久的西安，虽然遭到了重创，但好在它没有像北平和南京那样成为又一座沦陷的古城。据《西安抗战风云》记载，1936年西安市的总人口有20.88万，1938年太原、南京、武汉相继失守后，与陕西比邻的山西、河南等省以及其他沦陷区人口大量涌入西安，加之大批工厂、学校内迁和驻军增多，西安人口剧增至24.64万，抗战时期仅流亡西安的难民人数就有6万多。

这八年中，西安城作为支援抗日前线最有力的后方之一，同时也是连接全国各地的桥头堡，招致侵略者的轰炸蹂躏。随着日军越来越密集的空袭，西安城民不聊生，工商凋敝，经济萧条，但终究抵住了日军向西进犯的步伐。据可考资料显示，日军飞机自1937年11月开始轰炸西安，近八年间共出动飞机560余架次，民众伤亡1万余人，毁房43000余间。

清末关中大儒牛兆濂留诗有云："横空大气排山去，砥柱人间是此峰。"李三命看着这座似乎和他一样有着顽强生命力的古城，觉得十分亲切、可爱，他发现原来自己的命运早就和西安城连在了一起。他不再后悔跟着一车麦草到了西安城，也不再抱怨在这里经历的那些磨难，他决意将自己今后的时光都留在这里，这里有他李三命向往的岁月。

两个不大点儿的孩子拉着手在城墙上戏耍。看他们的年岁，应当是出生在中日战争爆发以后的。在人生最初的几年，他们和家人浸泡在日机轰炸的威胁里、城破家亡的恐惧中。但孩提的懵懂让苦难的记忆并不深刻，战火没有烧毁属于他们的童心与童真。此时，他们正愉悦地在城墙上蹦高耍闹，享受着和平带来的美好。李三命看着他们突然想起了一句思旗姐姐教过他的诗——"儿童散学归来早，忙趁东风放纸鸢。"那是他从小就盼望的情景。

大些的孩子手里拿着糖葫芦，往小一点的那个口里喂，而小一点的则随着自己手里的拨浪鼓不停地摇晃着脑袋。李三命想起了自己如兄弟般的伙伴蛮崽和小灵宝，想起和小灵宝一起偷吃醪糟后被光屁股赶出门的样子，想起为蛮崽打抱不平而挨在自己身上的鞭子，想起三兄弟坐看大明宫时的童言无忌。此时，李三命无比希望自己能在蛮崽逃出厂时把他从矮墙上拉下来，哪怕再挨花大脸的一顿鞭子。李三命也无比希望自己能先问过小灵宝的意见之后，再把他带去道北见王良田父子。回忆太长，但留给他的除了思念就只剩下遗憾。

李三命回头望着城墙上欢闹的人群，希望能在里面找到自己熟悉的面孔。映着红灯笼的光，那些笑真诚却陌生。

在一片欢闹中，李三命觉得自己很孤独。

他从城里狂欢的人群中挤出来，发现不知什么时候自己的上衣兜里多了一瓶酒。自从那年和小灵宝吃醪糟醉倒在裱画铺的厨房后，这应该是他第一次碰酒。他觉得快乐，也觉得合意，今晚他很想喝那么一场酒。

大华纺织厂的职员公寓楼外被一盏不亮的路灯照得昏黄。灯下，一个人正靠在包袱卷儿上，腿高高地翘起，口里悠悠地哼唱着无腔的野调。李三命走到近前，发现此人正是两年多未见面的小灵宝。所有的话和喜怒哀

大华

乐像是一瞬间都要从腔子里涌出,却不知从何说起,倒让他愣怔怔地戳在了小灵宝的面前。

小灵宝一个翻身坐起来,看看李三命手里的酒,笑了:"喝点?"

李三命狠劲地点点头:"喝点。喝点。"看四下里没有酒杯,他赶忙往楼里跑:"你等着,我去借上两个杯子。"

小灵宝上前拉住他:"别麻烦了,俺爹那儿肯定有。去找他,让他给咱擀糊涂面。"

李三命以为自己听错了,使劲儿掏了掏耳朵。

小灵宝搂过李三命的肩膀,搭着往前就走:"我寻不到那个窝棚了,一直等你回来带我去。"

经历过饥荒、离乱、战争,有了地窝子做栖身之所的王良田不愿再离开这里,而更为重要的是,他在这里见过自己的大儿子有福。虽说那次相见短暂并且不欢而散,但他心里总还是抱着希望的。就是抱着这点希望,他开始拼了命地在西安城里谋生活。他盼望着有一天当有福愿意回来的时候,自己的样子看上去能更体面些,好让儿子从心里对他少一点厌恶和憎恨。

今晚的道北棚户区里,许多人家里都点起了白蜡,他们想把战争终于结束了的消息告诉那些丧命在逃荒路上的亲人们。王良田和有贵的家已经不再是地窝子,而是一间并不宽敞但四面不再透风的土瓦房。有贵端着一碗糊涂面放在给母亲点燃的白蜡面前,脸上露出孩子才有的笑:"娘,你看哪,我达给我做的糊涂面,真香啊!我达说,日本人往后就不敢再给咱扔炸弹了,我高兴哩很,你心里带劲不?"

王良田站在儿子身后,听他念叨着,心里一阵发酸。

"王叔,王叔。"是李三命的声音。

王良田赶忙将手里的面放在桌上,一边往外走一边招呼道:"三命啊,你咋这会儿才来?面都燵了,赶紧来赶紧来,往里走。"

刚刚开门,小灵宝还没等父亲反应过来,便一个俯身钻了进去。他走到桌前，用白蜡引燃三炷香，恭恭敬敬地鞠了三个躬，然后又从自己的包里拿出一支蜡烛，转身跟王良田说："给俺娘也点根蜡吧，跟她也念叨念叨。"

见大儿子突然回来，王良田难掩激动之情，不住地点头答应着："哎，哎，中！"

小灵宝拿着白蜡，擦着火柴点燃，又在桌上滴上几滴蜡油用于固定。摇晃的烛光就这样映在小灵宝和有贵的脸上，好似逝去的母亲还要再给孩子们一点亮。

李三命开言道："叔，今儿的糊涂面够吃不？"

没等王良田开口，小灵宝从身上取下一个布口袋蹾在桌上："今儿个的面，管饱！"

李三命也就势把酒放在了桌上："今天的酒也管够。"

这是一段在陋室里极温暖的回忆。人们可以在战争面前聚集仇恨，也能在和平面前尽释前嫌。从此，小灵宝没有再去广元，而是留在了长安大华纺织厂。没过几年，他将父亲和弟弟接到了自己分得的单元楼里居住，离开但并没有告别道北那片江湖。

第十四章

　　我出生的那一年，爷爷李三命已经做了陕棉十一厂（1966年，大华纺织厂收归国有，更名为陕棉十一厂）的厂长。他的身板永远笔直，头发永远一丝不乱，脸上永远带着让人温暖的笑容。他的卧室里摆着一张倾斜的桌案，每当晚饭结束，他就俯身在案上用红蓝铅笔改改画画，一盏台灯，一副暗红色边框的老花镜，一个全身心投入工作中的老人，是我儿时对爷爷全部的记忆。

　　小时候的我从未想过"生命会有尽头"这句话，也从没有想过身边的人有一天会真的去往他界，与我们永不再见，及至见到家属院的单元楼下偶然摆起花圈，单元门上长明灯彻夜不灭。

　　过了八十岁生日之后，爷爷的口齿不再清晰，他拿着拐杖见谁都想杵两下，往日和蔼可亲的老厂长变成了油盐不进的倔老头，这让全家人头疼不已。但我觉得那仅仅是衰老，远没有走到生死的边界。

　　也就是从那个时候开始，爷爷的回忆开始变得杂乱无序，我明白那扇记忆的大门已经开始渐渐关闭。

　　那时的太华路上已经是高楼林立，大城市建设正吹着前进的号角碾压着所有的旧事物，就如同当年的大兴二厂碾压郭家圪台、碾压范家阅微楼一样，不容置疑，不容停留。陕棉十一厂以及它的家属院陷在这些明丽的高楼大厦中，像是一座被遗忘的孤岛。家属楼是20世纪60年代以后盖起来的，没有超过六层的，自然没有电梯也没有车库。

年轻人外出工作，一群含饴弄孙尽享天伦之乐的老人还能在熟悉的老家属院里晒晒暖暖、拉拉家常，说说厂子过去的辉煌与今日的黯淡。

老厂长李三命成了那时大华家属院里的一景。他像个雕像一样，坐在单元门外面，守着一个有了些年头的蜂窝煤炉子。炉子上放着水壶架，一个底部发黑、壶身焦黄的铝制水壶满满地装着一壶开水，稳稳地坐在架子上。架子边上放着一个烧得焦黄的杠子馍，那是他每天的早饭。

经医生诊断，爷爷得了脑梗，这样的病虽然一时威胁不到生命，但足以让人的记忆逐渐被掏空。我终于明白他为什么在最后的几年中断断续续地给我们讲那些大华的往事，那些出现在他脑海中连缀不起来的碎片，是他与时间与记忆赛跑后的收获，跑赢了就会有人记住曾经发生在这里的故事，就会有人记住曾经有这么一群人生动而顽强地活过。

只是不知道从哪一天开始，疾病夺走了爷爷讲故事的能力。他经常看着我却叫出别人的名字，但我知道他认得出我是谁，因为叫错之后，他总是气得跺脚离开。直到后来，他只守着蜂窝煤炉子、老水壶还有一个架在铁架子上烤得焦黄的杠子馍，再不与人交谈。或许是说不出来，或许是怕说错了招人笑话，总之他就是不说了，也不再与谁的目光相对。他有他的骄傲，他用沉默的方式拼尽一切力量保住最后的骄傲。

夜深时，炉子里灰尽火灭。我拉着他的手朝着家的方向走去，他像一个听话的孩子，挪着已经不能抬起来的脚步紧跟在我身后。他的手摸上去很柴、很干，似乎已经没了什么血肉。他的嘴角流下些口水，我用手帕替他擦去时，他落了泪。那晚，我最后一次看到爷爷的目光尚有些灵动。

此后，他的目光更加呆滞，而那扇关于大华纺织厂所有回忆的闸门也就此彻底关闭。

2008年，陕棉十一厂宣告政策性破产。

就在厂子宣告破产的前一年，爷爷李三命永远地离开了我们。在他离开我们的第七天，家属院改造拆迁，他所住的单元楼在一声定向爆破后

大华

轰然倒塌。这几栋老楼是爷爷做厂长时，亲自带着人从甘肃买来木料和红砖盖起来的，当时谁如果能分上这单元楼里的一套房，真是被旁人羡慕得紧。可如今，李三命住了三四十年的一楼三居室被一片瓦砾掩盖，那个他去世前几年一直守着的蜂窝煤炉子和铝制烧水壶却待在原地，没有受到丝毫的破坏，只是少了一个烤得焦黄的杠子馍。

我和家人站在瓦砾堆前，满满地斟了三杯他生前最爱喝的西凤酒，洒在曾经的家门口。父亲告诉我，其实爷爷在成为全国知名的纺织专家后，曾经有过非常好的机会去北京发展，对方给出的待遇好得令人觉得不真实。可是爷爷还是拒绝了，他的理由十分简单："我一个叫花子娃，是这厂子给了我一口饱饭，给了工作又让我学下了本事，还在这儿娶了老婆生了娃，热热闹闹有了这一大家子人。我的命早就跟厂子分不开了，就不走了。"我知道，爷爷爱大华是爱得深了。

爷爷的葬礼结束后不久，我们全家都搬离了陕棉十一厂的家属院，好几年都没有再回去过。

爷爷去世十年后的这个夏天，我和丈夫来到了陕棉十一厂的旧址，这里重又叫回了大华的名字，"大华·1935"。

我又走在了儿时和伙伴们一起追逐打闹的厂区林荫道上，从梧桐树叶缝隙投下的光影也许二十年前如此，五十年前如此，八十年前亦如此。刻着"长安大华纺织厂"的门楣还在，那些窗户开在屋顶的厂房还在，锅炉房前面那三柱高高的烟囱还在，连那厂房外墙上的斑驳印痕也都还在。我的思绪又信马由缰、不受控制起来，我寻找蛮崽翻出厂的矮墙，我寻找李品堂坐等过范思旗的石凳，我寻找乔粟粟住过的北院，我寻找石静宜出嫁时踩过的台阶，我寻找三花酣睡过的草坪……比起博物馆里那些用机器与史料完整连接起来的大华历史，李三命故事中的这些人物此刻显得无比生动、无比鲜活。

一场摇滚音乐会正在锅炉房前的空地上进行着，年轻人用自己的方式恣意地表达着对生活的热爱和失望，音乐里依然透出生命的力量。现在

第十四章

的"大华·1935"已经成为西安文艺青年和潮人的聚集区。在工业与艺术的结合改造之后,这个曾经承载过西安民国历史上民族工业最强光芒的地方,经历了衰败、黯淡之后,似乎又被赋予了新的生命力。

原来的新布场厂房变成了"大华·1935"小剧场集群,里面的舞台、灯光、音响都达到国际化标准。剧场外面贴满了海报,先锋话剧、儿童剧、相声、舞蹈……你听过的和没听过的表演艺术品类应有尽有。海报上的年轻面庞灵动可爱,让人相信这里一定是个还存在着梦想的地方。

草坪上正在进行一场规模很小但极温馨的婚礼。背景就搭在纱锭、齿轮做成的艺术造型上,新郎和新娘举起交杯酒,目光流转处露出爱意与幸福。坐在台下的只有二三十个人,想必都是真正的至爱亲朋,没有虚礼,更没有华丽的灯光秀,大约看到有情人终成眷属就已经十分满意。我特意看了他们放在一边的婚纱照,是一张民国风的合影。新娘穿着旗袍,新郎穿着中山装,简单的一笑定格美好。

一个胖嘟嘟的小男孩捧着两块蛋糕来到了我们面前,样子十分可爱讨喜。他说:"哥哥姐姐,你们好。今天是我姐姐的婚礼,蛋糕是我帮她订的,很甜,很好吃。我想让你们也分享我姐姐今天的甜蜜。"我们当然无法拒绝这样的美意,接过蛋糕,也将祝福转托小男孩送给新娘。

动画电影《寻梦环游记》里说,死亡不是结束,被人遗忘才是真正的消失。如果李三命和他的伙伴们能看到今天的大华,不知心里又作何感想。然而我相信一生都在努力活着的他,一定能够理解大华纺织厂用这样的方式延续价值。

快过年时,我看到钟楼又挂起了大红灯笼,西安城到处都是红灯笼,大华也不例外。只是这时候,西安人不再害怕,更无须躲避。灯笼照红了西安城的角角落落,也映出新年里每个西安人红润的笑脸。

我心里默默地问候着:"爷爷,过年好。"

后　记

　　按道理，劳神读者看到这儿，原不应再有更多废话。但想到洋洋洒洒十几万字都是借了别人的口讲故事，总觉得终究该给自己留点机会，再聊聊这本书背后的寒来暑往。

　　《大华》一书启于六年前的春天，那时的我站在接近而立之年的十字路口，茫然无措。一日，师兄渐渐拿来一沓资料交予我："写写大华的故事，有趣极了。"

　　那时我对大华的认知，只浅显地停留于"厂主石凤翔是蒋介石的儿女亲家"，至于其他，便无从谈起。师兄渐渐已是知名的青年作家，彼时正忙于执笔完成国内首部大型编年体史诗动画纪录片《帝陵》，于是便将创作《大华》的任务全交给了我。

　　寻找大华的背景资料，我像是打开了民国西安的一幅旧画，但岁月已经将画面侵蚀得支离破碎，需要不断地深挖才能找到连接整个故事的那条线索。在民国短暂的历史中，东西方文化互斥互融，政局动荡，就像为本书作序的朝阳总所说"一切似乎都在折腾，都在动荡，安静地做一个人，或者建一个工厂，都是艰难的"。我翻看大量资料，在普通人的衣食住行里寻找小说人物的灵魂，这些内容一度让我觉得陌生而感动。

　　应当是那年五月的一天，西安的酷暑未至，我坐在大华博物馆门外的石凳上，暖阳从梧桐叶的缝隙洒落下来，我的脑海里猛然现出一个情景：

后 记

多年前，一个青年坐在石凳上满怀期待地等着纺纱车间里走出自己心爱的姑娘。那时，我想这样的桥段一定会出现在我的小说中。

次年，《追忆大华1935》（初定书名）入选2016年陕西出版资金资助项目。当陕西师范大学出版总社的责任编辑尹海宏老师打电话告诉我这个消息时，我内心倍感压力，但也明白"写成这本书已是必然。"

20世纪80年代出版的《陕棉十一厂志》中关于1935—1945年间的资料，仅占全书的百分之十。但也正是那寥寥几页资料中的一句话——"工人除从本地招收外，又从汉口孤儿院选录50名孤儿"，终于拉开了《大华》故事的帷幕。

童工李三命是一个虚构的人物，但他的身上有着我父辈和祖辈的身影，那些工厂大院里的琐碎细节甚至源于我自己童年的记忆。我在李三命的身上设定多少磨难，就又赋予他多少希望。他是故事的亲历者、观察者和讲述者，借他的视角讲述出大华初创时期的故事，也借他的命运折射大华厂的沉浮兴衰。而大华厂又是那个特殊年代中国民族工业的缩影，冰冷的机器虽不能言，但国恨家仇让实业家热血难凉，让平民百姓也未敢忘忧国。

这本书让我重新审视了自己生长三十余载的城市——西安，它就像一个历经风霜却怡然自得享受和煦阳光的老人，听着秦腔，喝着砖茶，纸扇轻摇，虽不提当年的战火与饥馑，但你却实知他也曾如铁甲将军一般不屈与不易。

从提笔到成书，五年有余，其间恋爱、结婚、生子，办完了一半的人生大事。也因经历了这些，对许多事情的解读开始发生变化，于是便不断地调整人物命运走向、故事情感脉络，加上丈夫刘先生作为第一读者实在挑剔得紧，以至于前前后后作废了近20万字。不过也正因为有他的挑剔，我才能尽力完成到现在这个程度，实要谢他。

在此，我要特别感谢几位老师，包括为本书作序的当代著名散文家、也是我的领导华商传媒集团总裁王朝阳，为本书做推荐的中国民间商会副

大华

会长史贵禄，我的好友西安相声新势力的掌门人卢鑫卢老板，以及为本书提供大量图片资料和史料的西安大华1935项目、大华博物馆的老师们。同时，也要感谢用最大耐心等我五年成书的责任编辑尹海宏老师。对于一本并不完美也并不能够带来流量的小说，他们的站台和支持让我深受鼓舞。当然更要感谢我的父母，如果没有他们帮我分担生活的压力，这本书大概还要等很久才能问世。

大华的故事并不止于此，老西安的故事也不止于此，希望我们还有机会再聊更多。如果看完这本书，读者尤其是年轻的读者，能重新认识并更加喜爱西安这座城，那便是我最大的心愿了。

寥寥数语，权作感谢，是为后记。

徐静

2021年3月21日于深夜

附录

长安大华纺织厂大事记

(1934-1945)

1934年

4月 汉口大兴纺织股份有限公司下属河北石家庄大兴纺织厂会计科长徐治平来陕推销产品并考察建厂条件，并提交在西安建厂的报告书。

9月 大兴纺织股份有限公司总经理苏汰余召集股东大会，并通过决议在西安筹建大兴二厂。

10月 大兴纺织股份有限公司董事长周星堂以汉口商会的名义致电陕西省政府主席邵力子，准备派员到陕筹备设立分厂。邵力子复电表示欢迎。

11月 石凤翔、艾衍畴、王友堂、杨春澄等八人在西安参府巷17号（现为菊花园）设立大兴二厂筹建处，选定铁道北郭家圪台为厂址，开始购地建厂。

1935年

3月 陕西省建设厅颁发第143号建厂许可证。

7月 陕西省公安局310号函：批准工厂购置枪弹，招收警士20名。

11月 大兴二厂第一次刊登招工广告，计划招收女工400名。

大华

12月 从石家庄大兴纺织厂迁来一台1000千瓦发电机,开始发电。

1936年

3月 建厂筹备工作就绪,部分开工生产。共开纱机12000锭,布机300台。

7月 武昌裕华纺织公司增加投资100万元。大兴、裕华两公司主要股东投资50万元,作为扩充资金。向日本订购纱机13000锭,布机500台。8月1日大兴二厂正式更名为"长安大华纺织厂"。石凤翔任经理。

8月 将剩余的400千瓦电力租赁给西京电厂,解决用电问题。

9月27日 大华纺织股份有限公司成立。选出第一届董事会,计董事15人、候补董事3人、监察3人、候补监察2人。

12月26日 "西安事变"发生后,《解放日报》报道了大华纺织厂工人刘尚德等人要求参加抗日的消息。

1937年

1月11日 厂职工救国会成立,并通电全国,反对内战,一致抗日。

1月 西安市工、农、商、学、兵各界举行示威大会。工人李成章被选为工界代表。

6月 第二次扩充计划的13000枚纱锭、500台布机在"卢沟桥事变"发生前抢运到厂,九、十月间安装齐备,全厂共计纱锭25000枚,布机820台,如数开齐。

10月 中共陕西省工委报告大华纺织厂近况:"厂内工人已有7人加入民先队,3人加入中国共产党。"

11月　国民党政府军政部花纱布管制局发布命令，对纱、布实行统制。

1938年

3月　中共西安工委派干部王若望来厂开展地下工作。
4月30日　中共地下党组织成立。布场工人张自学担任第一任支部书记。
7月　为了战时安全生产，以300万元做抵押，与上海意大利天主堂签订协议，由意籍人员驻厂并悬挂意大利国旗，以便日机空袭时加以掩护。

1939年

1月　工人因厂方克扣年终红利进行罢工，重庆《新华日报》予以披露。
5月　租申新公司纱锭4000余枚，租武昌震寰纱厂纱锭16000余枚。租期为6年。
10月11日　午后1时许，日本侵略者12架飞机来袭，投炸弹及燃烧弹50余枚，致使纱厂被焚。烧毁棉花25000担，炸毁工人饭厅两幢、其他房间60余间，炸死、炸伤工人40余人。被炸损失税局核定为2362196.57元。
11月　裕大华总公司决定停厂西迁。中共陕西省委、西安工委和厂地下党组织领导工人开展了声势浩大的"反对遣散、要求复工"的斗争。
12月　大华纺织公司董事会通过决议，拆迁部分机器设备建广元分厂。

大华

1940年

10月　广元分厂12000枚纱锭安装完毕,并开工生产。

12月　粗纱管、钢丝圈等一批机物料在安徽亳州被日本侵略者没收,价值法币16183元。

1941年

1月15日　共产党员张××、高××被捕。地下党组织遭到破坏。

4月　经国民党中央社会部、经济部决定:成立第二区机器纺织业同业公会。大华纺织厂成为会员工厂,石凤翔当选为理事长。会址设在西安新民巷3号。

5月6日　晨8时许,工厂遭受日本飞机轰炸,投弹20余枚。清花场被炸中,炸毁拆包机1部、工厂食堂1幢,烧毁棉花5000余斤。

6月　自购汽车50辆成立运输处。经呈准国民党军政部军需署,特许以辎重汽车第四营第三连名义,发给牌照。

7月　大华纺织专科学校成立。校址设在厂内,石凤翔担任校长。

12月2日　晨6时许,日本飞机来袭,投燃烧弹4枚,击穿棉花仓库房顶,烧毁库存棉花1465包,损失计百余万元。

1942年

2月　历年委托香港慎昌洋行代办的机物料全部被日本侵略者查封没收。

3月　国民党中央组织部直属大华区党部成立。

4月　为争取提高工资待遇,工人举行罢工,持续数日,厂方答应工人部分要求。

8月	细纱车间屋顶电线走火,引起火灾,延及全厂。
9月	石凤翔致蒋介石呈文:此次火灾,共计损失达7731万元。蒋介石转嘱速拟办法,呈候核办。
10月	国民党军政部给予无息贷款3000万元。

1943年

5月	国民党政府花纱布管制局对大华纺织厂及下属广元分厂实行纱布管制。
7月	裕大华总公司创办的永利银行西安分行成立。大华纺织厂投资该行200万元。

1944年

2月	因粮价飞涨,厂方决定给予员工米贴和布贴。

1945年

10月	购买储备外汇,计美元2169000元,英金124300余磅,港币640000元。

资料来源:《陕棉十一厂志(1988年)》